dtv

Die Schriftstellerin Pauline hat sich aufs Land zurückgezogen, um besser arbeiten zu können. Hier, hinter dem grünen Weizenfeld, ist das Leben anders, ursprünglicher, echter. Doch auch die Emotionen gehen tiefer. In der Ehe von Paulines Tochter Teresa stimmt etwas nicht. Pauline, die früher ähnliches durchgemacht hat, ahnt sehr bald, was die Ursache ist, und spürt, wie wachsende Wut sie erfüllt. Aber soll sie sich ins Leben ihrer Tochter einmischen? Teresas Mann, um dessen Bedürfnisse das gesamte Familienleben kreist, verhält sich unbekümmert und selbstzufrieden wie immer. Und schließlich bekommt Paulines mühsam errungene Selbstbeherrschung einen Riß ...

»Ein herrliches Buch, glänzend geschrieben, voll genauester Beobachtungen. Lesen Sie es.« (Val Hennessy, ›Daily Mail‹)

Penelope Lively wurde 1933 in Kairo geboren und verbrachte dort ihre Kindheit. Seit 1945 lebt sie in England. Sie studierte in Oxford Geschichte und hat zahlreiche Romane und Kinderbücher veröffentlicht. Für ihren Roman ›Moon Tiger‹ (deutsch 1994) erhielt sie 1987 den Booker-Preis. Auf deutsch sind außerdem erschienen: ›Kleopatras Schwester‹ (1994), ›Der wilde Garten‹, ›London im Kopf‹ (1995), ›Ein Schritt vom Wege‹ (1996).

Penelope Lively

Hinter dem Weizenfeld

Roman

Deutsch von Isabella Nadolny

Deutscher Taschenbuch Verlag

Von Penelope Lively
sind im Deutschen Taschenbuch Verlag erschienen:
Moon Tiger (12380)
Kleopatras Schwester (11918)
London im Kopf (11981)
Ein Schritt vom Wege (12156)
Der wilde Garten (12336)

Ungekürzte Ausgabe
Mai 1998
Deutscher Taschenbuch Verlag GmbH & Co. KG,
München

Titel der englischen Originalausgabe:
›Heat Wave‹ (Viking, London)

Die deutsche Erstausgabe erschien 1996
im Luchterhand Literaturverlag, München
Umschlagkonzept: Balk & Brumshagen
Umschlagbild: ›Feld mit Hafer und Mohnblumen‹ (1890)
von Claude Monet
Gesetzt aus der Centaur MT
Satz: Fotosatz Amann, Aichstetten
Druck und Bindung: C. H. Beck'sche Buchdruckerei,
Nördlingen
Gedruckt auf säurefreiem, chlorfrei gebleichtem Papier
Printed in Germany · ISBN 3-423-12515-2

Es ist Nachmittag und Ende Mai. Pauline schaut aus dem Fenster ihres Arbeitszimmers in World's End. Sie sieht nicht das saftige Grün, das sich zum kühlen Himmelsblau emporschwingt, sondern Teresa, die vor den Cottages steht, Luke auf der Hüfte, und den Feldweg zur Straße hinaufblickt. Paula sieht Teresa gewissermaßen zweifach. Sie sieht ihre Tochter, die ihren Sohn an sich drückt und auf das Eintreffen ihres Ehemannes wartet. Doch sie sieht auch eine archetypische Gestalt: ein Mädchen mit Baby, eine Frau mit Kind. Das ist mit vielerlei Assoziationen belastet, denkt Pauline. Das Mädchen, das Kind, das wogende Kornfeld, die langen Furchen im holprigen Weg, der zur Straße führt – anderswohin. Durch die eine Brille gesehen, ist Teresa die Heldin eines Buches von Thomas Hardy, höchstwahrscheinlich verlassen, eine tragische Gestalt. Durch die andere gesehen, ist sie ein poetisches Sinnbild für Jugend und Fortbestand. Und für Pauline schimmern noch eine ganze Reihe intimere Erinnerungen durch, andere Versionen von Teresa, die sie beide mit anderen Zeiten und anderen Orten verbinden. Es ist ein Maitag in World's End, doch es ist auch das Ausmaß von zwei Leben – eigentlich drei, wenn man Lukes fünfzehn Monate mitzählen will.

In Wahrheit steht Teresa aus gutem Grund dort, wo sie steht. Sie hat bereits das Sonnenglitzern auf der Windschutzscheibe von Maurices Wagen erkannt, der von der Hauptstraße abgebogen ist. Jetzt kommt der Wagen tatsächlich, er kriecht näher wie ein glattes, dunkles Tier im wogenden Grün. Auch Luke hat ihn gesehen. Sein ganzer Körper drückt Erwartung und Vorfreude aus. Er dreht den Kopf. Er zeigt mit allen vier Fingern. »Da!« sagt er. »Da!« Dort kommt mein Vater, verkündet er.

Pauline hört ihn durch das offene Fenster. Auch sie bemerkt den Wagen. Sie beobachtet, wie er näherkommt, sie sieht ihn von der Zufahrt abbiegen auf den Platz neben den Cottages, der als Parkplatz dient. Maurice steigt aus. Er küßt Teresa, und sie gehen miteinander ins Cottage, in ihre Hälfte der beiden Cottages, die zusammen World's End bilden. Pauline wendet sich vom Fenster wieder ihrem Schreibtisch zu. Sie nimmt den Stift und macht eine Notiz in das vor ihr liegende Manuskript.

World's End selbst ist auch etwas wie ein Archetyp und als solcher nicht glaubwürdig. Es besteht aus einem an einem Hang gelegenen grauen Steingebäude irgendwo in Mittelengland. Die Steine sind verwittert, der Hügel dahinter reicht hinauf bis zu einer Baumgruppe, die ein zartes Muster in den Himmel zeichnet. Geschickt fotografiert könnte es als Reklame dienen: für Autofabrikanten (man braucht eines, um hinzukommen), für die Bäckerinnung (hier wächst der kernige, gesunde Weizen) und für Touristik-Unternehmen (reisen Sie mit uns, dann erleben Sie diese Natur). Das Gebäude scheint noch im frühen neunzehnten Jahrhundert verankert: eine Reihe zweistöckiger Cottages mit Dachgauben, aus den Steinen eines nahegelegenen Steinbruchs, gedeckt mit Ziegeln, ebenfalls lokaler Provenienz. Da liegt es, behaglich in Felder eingebettet. Es hätte, glaubt man, ganz von selbst aus ihnen emporwachsen können, entstanden aus den Knochen des Landes. Es ist die Hervorbringung einer Zeit und eines Raumes.

In Wahrheit aber hängt World's End in der Landschaft wie eine Raumkapsel, deren Triebwerk mit all seinen Computern, Telefonen und Faxgeräten leise summt. Mit seinen Mikrowellen, Tiefkühltruhen, Fernsehern und Videos. World's End ist so gut getarnt wie einer von den rasengedeckten Bunkern, die für den Fall eines nuklearen Angriffs als Befehlsstellen ausgestattet sind.

Im Inneren ist es umgebaut worden. Die ursprünglichen drei Wohnungen bilden jetzt nur zwei, und von der Originalkonstruktion sind nur die Fenster, Kamine, ein paar Eichenbalken und ein Treppenhaus übrig. Die Haustür ins linke, das größere Cottage – in dem jetzt Teresa und Maurice wohnen – öffnet sich direkt auf eine große Wohnküche. Dahinter ist ein neuerer Anbau, ein Wohnzimmer mit Blick auf den zu beiden Cottages gehörenden Garten. Eine raffiniert angelegte, raumsparende Wendeltreppe windet sich aus einer Ecke der Küche hinauf zum darüberliegenden Schlaf- und Badezimmer. Das Dachgeschoß ist das Arbeitszimmer von Maurice.

Das kleinere Cottage, Paulines, ist ganz anders. Küche und Wohnraum liegen beidseits einer winzigen Diele, aus der die noch ursprüngliche Treppe in den oberen Stock führt. Es ist eine besorgniserregend steile Treppe mit zu schmalen Stufen. Pauline hat zu beiden Seiten Handläufe anbringen lassen. Besucher muß man trotzdem immer warnen. Manchmal wünscht sie sich, die Treppe wäre bei der Renovierung des Gebäudes herausgerissen worden, aber damals schien sie so reizvoll und gewissermaßen untrennbar zum Cottage gehörig, und jetzt scheut Pauline die Unruhe eines neuerlichen Umbaus.

Selbstverständlich ist überall elektrisches Licht und Zentralheizung. Es tickt und tackt von Schaltmechanismen und ferngesteuerten Kontrollgeräten. Grüne Zahlen blinzeln aus Schaukästen. Telefone sind einsatzbereit. Computer und Faxgeräte stehen wartend in Paulines und Maurices Arbeitszimmern. Beide können sie sich in ein globales Kommunikationsnetz einschalten, können sich Informationsquellen in weit entfernten Bibliotheken erschließen. World's End ist ein Wolf im Schafspelz, es ist so wenig in Zeit und Raum verankert wie das Cockpit einer 747.

Ein sonderbarer Name für eine an einem Hang liegende Reihe von Cottages: World's End. Ende der Welt. Als Pauline das Anwesen vor zehn Jahren kaufte, wunderte sie sich über den Namen, fand aber keine Erklärung dafür, bis Maurice sie darauf hinwies, daß man im vorigen Jahrhundert solche Namen oft Häusern von Landarbeitern gab, die draußen in den Feldern abseits des Dorfes lagen und die man als abgelegen empfand und ironisch als idyllisch bezeichnete: Weltende. Botany Bay. Tasmania. Utopia-Cottages. Paradieszeile. Er lieferte diese Information ganz nebenbei, als er zum ersten Mal auf dem Feldweg stand, noch ehe er Teresa geheiratet hatte.

Pauline, die jetzt an ihrem Schreibtisch sitzt und rasch noch etwas im Manuskript von jemand anders verbessert, blickt wieder hinaus auf den Weg und sieht dort Maurice als Schatten, wie er gerade diese Bemerkung macht. Er wirft ihr den gewissen raschen Blick zu, als müsse er sich entschuldigen, wie oft, wenn er eine Auskunft erteilt, und Pauline ist gleichzeitig interessiert und leicht irritiert. Auch Teresa flackert sekundenlang dort auf. Sie steht daneben, als Pauline und Maurice über die Cottages sprechen, die Augen auf Maurice gerichtet, hoffnungslos verliebt, verstrickt, verloren.

Teresa ist auch heute noch, drei Jahre danach, in Maurice verliebt. Es ist für jeden deutlich zu sehen. Besonders deutlich für Pauline. Eben jetzt hat sie es gesehen, als Teresa nach Maurices Wagen Ausschau hielt, an ihrer Haltung, den Bewegungen ihres Kopfes, an der Art, wie ihre Hand am Zaun auf und ab fuhr. Und bei diesem Anblick wußte sie genau, was Teresa empfand. Pauline konnte sich einen Augenblick lang an ihre Stelle versetzen – und wurde dabei nicht Teresa, sondern sie selbst an einem anderen Tag in einem anderen Jahrzehnt, als sie so auf einen Mann wartete.

Da kommt er schon, er fährt keinen Wagen einen Kiesweg hinauf, er geht rasch durch eine Menschenmenge am Victoria Bahnhof. Sie sieht ihn von weitem kommen und geht ihm nicht entgegen, bleibt vielmehr, wo sie ist, weil das die schönsten Augenblicke sind, das sensationelle, ruckartige Erkennen, wenn sie ihn herausfindet, ein Aufwallen des Seins, als steigerten sich alle Sinneswahrnehmungen. Sie wird sie ausdehnen, diese köstliche Vorfreude. Und dann ist er nur noch wenige Meter entfernt, lächelt, winkt. Und dann hält er sie in den Armen. Sie kann ihn fühlen und riechen. Harry. Sie weiß: So wie dies ist nichts auf der Welt.

Und als der Augenblick heute in World's End zu ihr zurückströmt, ist dies Gefühl weit deutlicher als alles, was sie sieht: die Bahnhofshalle, Harrys Gesicht. Harry selbst ist nur mehr Stichwort, nur mehr Auslöser für eine wiedererlangte Gemütsbewegung.

Pauline liest eine weitere Seite in dem Manuskript, das sie lektoriert. Sie korrigiert einen Schreibfehler, beanstandet eine Satzstellung, weist taktvoll auf eine Wiederholung hin. Dann schiebt sie das Manuskript auf ihrem Schreibtisch beiseite, gähnt, reckt sich, bleibt noch kurz sitzen und schaut hinaus auf den zu Ende gehenden Mainachmittag. Nach einem kalten, grauen Frühling ist es plötzlich warm geworden. Der Sommer rückt in greifbare Nähe. Sie hat bei der Arbeit das Fenster geöffnet, fast zum ersten Mal. Das Fenster nebean scheint auch offenzustehen: Sie hört Luke-Geräusche, wortloses Gemaunze und Teresas Reaktionen. Sie hört auch Maurice – ein undeutbares Gemurmel. Maurice scheint zu telefonieren. Maurice telefoniert viel.

World's End ist ungefähr hundertsiebzig Jahre alt. Pauline ist fünfundfünfzig. Teresa ist neunundzwanzig. Maurice ist vierundvierzig.

Daß Pauline die Cottages kaufen konnte, ermöglichte ihr der Verkauf ihres Elternhauses, das sie erbte, als ihre Mutter zwei Jahre nach dem Tod ihres Vaters starb.

Als Pauline die Cottages kaufte, arbeitete sie noch ganztägig als Cheflektorin in einem Londoner Verlag. Teresa ging auf die Kunstschule. Maurice war ihnen beiden unbekannt und daher für alle Pläne und Vorhaben noch irgendwo in den Kulissen. In Wirklichkeit war Maurice gerade dabei, sich ersten Ruhm als eigenwilliger junger Autor schrulliger Geschichtsdeutungen zu erwerben. Er schrieb Bücher, die zugleich lehrhaft und herausfordernd waren. Ein spritziger Bericht über die Tabakindustrie. Ein aggressives Buch über das Marketing der Stately Home Business. Jetzt arbeitet Maurice an einer Geschichte des Fremdenverkehrs – ein gewichtiges Projekt darüber, wie weit die natürliche und die vom Menschen geschaffene Umwelt durch den Kommerz ausgebeutet wird. Er steht in engem Kontakt mit einem einflußreichen Filmproduzenten. Es ist ernsthaft die Rede von einer Fernsehserie als Aufhänger für das Buch. Solche Diskussionen haben begreiflicherweise Einfluß auf die Begeisterung von

Maurices Verleger für die entstehende Arbeit. Maurice ist unverhofft vom interessanten jungen Autor schrulliger Bücher zum potentiell wertvollen Aktivposten aufgestiegen.

Wegen dieses Buchs sind Maurice und Teresa in diesem Frühjahr in World's End. Vor der Heirat der beiden pflegte Pauline das größere der beiden Cottages zu vermieten und das kleinere selbst zu bewohnen. Als Teresa Maurice heiratete, schenkte ihr Pauline das größere Cottage als Wochenendquartier. Heute hat Maurice verkündet, daß sie den ganzen Sommer dort verbringen werden, damit er sich ungestört dem Buch widmen kann, dessen erstes Konzept er fertig hat. Natürlich wird er gelegentlich nach London müssen, um etwas nachzuschlagen, und sein Verleger, James Saltash, wird manchmal über das Wochenende herkommen, um das Manuskript mit Maurice durchzugehen. World's End wird in diesem Sommer zu einem redaktionellen Umspannwerk werden.

Pauline hat ihren Job vor fünf Jahren aufgegeben. Sie arbeitet jetzt als freiberufliche Lektorin zu Hause, ist sehr gefragt, weil sie in weiten Kreisen bekannt und äußerst kompetent ist. Sie nimmt nur so viel oder so wenig Arbeit an, wie sie will, und verbringt ihre Zeit damit, Autoren vor semantischen Ungeheuerlichkeiten und der Schlamperei schöpferischen Übereifers zu bewahren. Sie ackert sich durch Romanmanuskripte und kontrolliert, ob nicht die Augen der Heldin mittendrin grau statt blau geworden sind, der Frühling sich nicht plötzlich in Winter verwandelt hat, Sonntag nicht auf Montag folgt. Sie hinterfragt exzentrische Satzkonstruktionen und weist taktvoll darauf hin, daß Komma und Strichpunkt nicht austauschbar sind. Die Manuskripte, an denen sie arbeitet, wimmeln von lakonischen Kommentaren – sie beanstandet den Sinn eines umständlichen Satzes, macht auf ein Klischee aufmerksam. Selbstverständlich wird der Autor oder die Autorin machen, was er oder sie will. Viele werden sogar einige oder auch alle Verbesserungen mehr oder weniger widerwillig annehmen und dabei unterschiedlich beleidigt sein. Eine Minderheit, die Kompromißlosen, werden bis zum letzten Komma dafür kämpfen, daß der Autor prinzipiell unfehlbar ist. Pauline hat im Grunde Spaß an diesem Zweikampf, diesem Hin und Her von lexikalischen Referenzen und literarischen Präzedenzfällen, und selbstverständlich können sie ihr samt ihren Sprachschnitzern den Buckel herunterrutschen. Das juckt sie nicht. Sie hat ihre Pflicht getan, hat es sogar genossen, hat lange stille Tage hindurch an ihrem Schreibtisch am Fenster darübergesessen, von Zeit zu Zeit den Blick gehoben, das sich wandelnde Licht auf dem Weizenfeld wahrgenommen, wenn die Sonne sich emporschwingt und es überstrahlt, und ist zwischendurch aufgestanden, um etwas nachzuschlagen oder sich eine Tasse Kaffee zu machen.

Das Feld kennt Pauline genau, sie kennt die Skala seiner Stimmungen, seine jahreszeitlichen Veränderungen. Darauf wächst Weizen, Winterweizen, der jetzt im Mai einem leuchtend grünen Pelz gleicht. Es ist ein großes Feld, mindestens zwanzig Acre groß und wird bei normaler Ernte sechzig Tonnen Weizen liefern. Somit stellt die smaragdene Steppdecke, die sich bei Wind silbern kräuselt, einen Gegenwert von 5000 Pfund dar. Diese Tatsache hat sie bei einem Gespräch mit Chaundy erwähnt, dem Farmer, von dem sie World's End gekauft hat. Chaundy ist kein übertrieben freundlicher Mensch, und zwischen ihnen besteht kaum mehr als eine vorsichtige Bekanntschaft, aber von Zeit zu

Zeit treffen sie sich auf dem Feldweg, und dann entspinnt sich ein flüchtiges Gespräch. Bei einer solchen Gelegenheit hat sie die Bemerkung über das Feld gemacht.

»Sie wollen doch nicht etwa Ackerbau treiben?« fragte Chaundy spöttisch.

»Bestimmt nicht. Aber ich schaue dauernd auf dieses Feld, und da wollte ich gern mehr darüber wissen.«

Für Chaundy war Paulines Interesse ohne Belang. Er beantwortete ihre Erkundigungen widerwillig und wegwerfend. Anbaufläche. Ertrag. Er interessiert sich übrigens auch für Pauline nicht. Sie ist einfach jemand, mit dem er einmal ein Geschäft gemacht hat, und jetzt eine Nachbarin, aber nur ganz am Rande, da sie nicht zu seiner Gemeinde gehört. Er ist nicht verpflichtet, Tag für Tag mit ihr umzugehen. Sie arbeitet nicht für ihn, verkauft ihm keinen Dünger, kauft weder sein Korn, noch teilt sie seine Sorgen. Sie bewohnt nicht seine Welt, außer im geographischen Sinne.

Chaundy ist so etwas wie ein Großbauer. Er besitzt nicht nur hier Land, sondern auch drüben im Nachbartal. Er betreibt einen Campingplatz zehn Meilen weiter und eine Obstplantage für Selbstpflücker jenseits des Hügels, komplett mit Verkaufsraum und Restaurant. Außerdem betreibt er eine Reihe Hähnchenbratereien. Inzwischen macht sich Chaundy wahrscheinlich nicht mehr die Hände schmutzig, fährt meist nur noch von einem seiner Unternehmen zum anderen, in einem relativ neuen, aber verbeulten Peugeot, und gibt markige Befehle. Eine Menge Leute arbeiten für Chaundy, meist gegen recht geringen Lohn.

In der linken oberen Ecke des Feldes, wo das Nachbarfeld beginnt, liegt ein knallgelbes Dreieck, das über den Hügelkamm nach hinten kippt. Raps. Pauline ist sich nicht ganz sicher, wie sie zu Raps steht. Das ästhetische Urteil über Raps ist geteilt. Manche finden ihn lustig, einen hübschen Farbfleck. Die Puristen – und die schreien am lautesten – schimpfen über ihn als eine mißtönende, grelle Dissonanz inmitten der zarten Farben der englischen Landschaft. Der Raps hat den üblen Ruf eines von jenseits des Kanals eingeschleppten Schädlings. Die Landwirtschaftspolitik der EU hat Raps zum gewinnbringenden Ertragsanbau gemacht, das hat ihm, abgesehen von seiner schlimmen Farbe, auch noch einen bedrohlichen politischen Beigeschmack eingetragen. Paulines Gefühle sind, wenn sie über die zitronengelbe Fahne am Hügelhang hinblickt, gemischt. Manchmal wirkt der Raps tatsächlich fröhlich, dann denkt sie an den warmen Süden, an Felder von Sonnenblumen. Ein anderes Mal kommt er ihr vor wie ein aggressiver Aufschrei gegen den Horizont. Doch in jedem Fall ist er etwas Vorübergehendes. Im Juni erlischt er, genau wie die anderen kurzlebigen Eigenheiten dieser Landschaft.

So ist es also in World's End an diesem Mainachmittag, der sich schon zum Abend hin verschattet. Pauline räumt ihren Schreibtisch auf, verläßt ihr Arbeitszimmer, steigt die jäh abwärts führende Treppe hinunter und sieht nach, was sie zum Abendessen im Kühlschrank hat. So sind denn Pauline, Teresa, Maurice, Mutter, Tochter, Schwiegersohn und Gatte, Nachbarn, Verwandte in Stellung gebracht für diesen erfreulichen Sommer der Geschäftigkeit und Gemeinsamkeit.

Es ist zehn Uhr am nächsten Morgen. Pauline, Teresa, Maurice und Luke sind in der Küche von Teresas Cottage versammelt.

Teresa redet mit Luke – das murmelnde Gurren einer Mutter, die mit einem Baby spricht – für ein Erwachsenenohr belangloses Geschwätz – für das Baby eine strahlende Offenbarung. »So. So ist es fein.« sagt Teresa. »Jetzt die Hose ... ein Beinchen ... das andere Beinchen ... heute die rote Hose ... so ist's schön.« Und Luke begreift, daß die Laute, die er hört, auf geheimnisvolle Weise mit den Dingen verknüpft sind, die er sieht. »Da«, sagt er. »Da«, oder vielleicht auch »ba«, oder »doh«. Seine Laute hängen noch nicht mit Gegenständen zusammen, auch nicht mit Vokalen oder Konsonanten. Es sind einfach nur Laute. Das Radio erzählt von einer Wahl in Italien, unterbricht sich plötzlich für eine Musikeinlage, spricht jetzt von einem Gemetzel in Ruanda. Pauline liest einen Brief. Sie schaut hinüber zu Teresa und sagt: »Jane hat für September wieder diese Wohnung in Venedig. Vielleicht fahre ich für eine Woche zu ihr.« »Aha, ja, fein«, sagt Teresa. »Magst du eine Banane, Luke? Mmm. Gute ... nane?« Maurice ist am Telefon. »Dann sehen wir euch also am Wochenende. Ausgezeichnet. Ach, und könntest du mir ein Exemplar von Defoes *Reise durch England* mitbringen, James, wenn du es irgendwo auftreiben kannst? Danke!«

Der Raum ist erfüllt von einem Wortgestöber, Luke wird niedergehagelt von Wörtern, sie strömen durch seinen Kopf wie Elementarteilchen durch Materie. Er wird bombardiert mit Wahrnehmungen, dem weißen Lärm der Sprache, der Brillanz der sichtbaren Welt. Für ihn lodern Tag und Raum von lauter Neuigkeiten und Offenbarungen. Der Kessel, dessen glänzende Oberfläche die blauen Blumen in der Vase tanzend spiegelt, der Stuhl, dessen Beine am Boden quietschen, wenn sein Vater aufsteht, er staunt über alles. Er existiert auf einem anderen Planeten als Teresa, Pauline und Maurice, er sieht, was sie nicht sehen können, hört, was sie nicht hören. Von den Vieren ist Luke derjenige, der sich im erleuchteten Zustand des Kennenlernens befindet. Da sitzt er auf Teresas Schoß, ein Besucher aus einer Welt verlorengegangener Fähigkeiten. »Da!« sagt er. Und Teresa strahlt verständnislos. »Er hat wieder seinen Ausschlag«, sagt sie zu Pauline.

Maurice steht jetzt am Fenster, eine Tasse Kaffee in der Hand. Er wendet sich um, läßt die Tasse sinken. »Wenn das Wetter so bleibt, könnten wir am Sonntag irgendwohin fahren. James und Carol kommen übers Wochenende. James will Kapitel Sechs nochmal durchgehen.«

»Ich fahre heute vormittag in Hadbury ganz groß einkaufen«, sagt Teresa. »Wir könnten vielleicht Hammelbraten machen.«

Pauline steckt ihren Brief in die Tasche. »Carol?« sagt sie.

Maurice hat jetzt die Zeitung zur Hand genommen und überfliegt geistesabwesend das Titelblatt.

»Sie lebt mit James«, klärt Teresa ihre Mutter auf. »Carol ... ach, wie war doch noch ihr Nachname, Maurice? Kommen sie Freitag oder Sonnabend?«

»Sonnabend früh«, sagt Maurice. Er legt die Zeitung weg, trinkt seinen Kaffee aus, wendet sich zur Tür. »Alsdann ...

wieder in die Tretmühle.« Er schaut zu Pauline hinüber. Er lächelt – ein besänftigendes, schräges, für ihn typisches Lächeln. »Was macht denn deine Tretmühle im Moment, Pauline? Hast du etwas Interessantes?«

»Nichts Besonderes«, sagt Pauline. In ihrer Stimme ist eine kleine Härte, ein Hauch von Schärfe. Vielleicht weil sie einen weiteren Brief geöffnet hat und an der Heftklammer in der Ecke von ein paar Seiten zerrt, das ist ja immer irritierend.

Maurice verläßt das Zimmer. Er geht die Treppe hinauf. Die beiden Frauen hören, wie sich die Tür seines Arbeitszimmers schließt. Pauline gelingt es, die Heftklammer zu lösen, und sie überfliegt einen Sturzbach von Rechtfertigungen eines Autors, die dieser in seinem Eifer verkehrt zusammengeheftet hat. Sie sieht Maurices Gesicht über dem Text schweben wie die Grinsekatze in *Alice im Wunderland* und denkt an Gesichter, und wie sie einem im Gedächtnis bleiben. Ein Gesicht ist ein Image, ebenso gegenstandslos wie eine Art, sich zu bewegen, oder die Modulation einer Stimme. Ein Gesicht kann man nicht in Worte übersetzen – oder doch nur bis zu einem gewissen Grade.

Maurices Gesicht ist dreieckig. Die Stirn ist breit, die Augen stehen weit auseinander. Die Nase ist schmal und ziemlich betont. Die Flächen seiner Wangen fallen steil ab zu einem spitzen Kinn. Sein Haar steht in die Höhe, dicht, wellig und hellbraun. Wörter, die eine Vorstellung davon geben, wie Maurice aussieht, die vielleicht die Grundlage zu einem Phantombild sein könnten, die aber nur schwach das Besondere seiner Züge wiedergeben, das Besondere, wonach die, die ihn gut kennen, Maurices Gesicht jederzeit beschwören können, und das bedeutet, daß Luke es aus einem Dutzend anderer herausfindet und sagt: »Da!«

Lukes Gesicht ist eine Sammlung von Hinweisen. Pauline sieht Maurice darin, in der Art, wie die Augen stehen. Sie sieht Teresas Nase und eine Andeutung ihrer hohen, geschwungenen Brauen. Sie sieht darin auch etwas von sich selbst – einen Ausdruck, den sie manchmal im Spiegel wiederfindet und auch wenn Luke den Kopf dreht und sie von unten her anschaut. Sie sieht auch ihre Mutter aufflackern, ihren Vater aufblitzen, und einmal hat sie schattenhaft eine Tante gesichtet, die sie kaum gekannt hat, deren unverwechselbare Züge ihr auf einem Foto im Familienalbum begegnet sind. Als ob Luke erst die einen, dann die anderen Gesichtszüge ausprobierte, um schließlich zu einer tragbaren Synthese zu kommen.

Teresas Gesicht ist oval, blaß, mit dunklen Augen. Sie hat dichte Brauen und eine hohe Stirn, von der das dunkle Haar zurückgekämmt und im Nacken durch ein Band gehalten ist. Wenn Pauline sie ansieht, sieht sie das alles und auch ihre ernste, leicht besorgte Miene. Doch sie sieht noch anderes, das nur für sie wahrnehmbar ist, ein geisterhaftes Echo ihrer selbst, wie ein Elternteil es im Kinde sieht. Teresa und Pauline sind sich nicht ähnlich, Paulines Züge sind breiter, flacher, ihr Mund ist größer, ihre Augen sind grünlich, ihr Haar hat einen – mittlerweile mit Grau durchsetzten – kupferbraunen Ton. Trotzdem ist das Echo da, dieses Spiegelbild des eigenen Ichs – schwer faßbar, undefinierbar, jedoch unentrinnbar. Dort ist sie, denkt Pauline, dort ist Teresa. Und dort bin irgendwie auch ich. Das denkt sie nicht, sie sieht es einfach. Und dort ist – ebenso unentrinnbar – Harry.

»Noch Kaffee?« fragt Teresa.

»Mmm, danke.«

Teresa, Pauline und Luke sind jetzt allein in der Küche. Sofort ist alles kaum merklich verändert, als sei der Wind umgeschlagen. Die zwei Frauen sprechen in einer anderen Tonart miteinander. Gewisse Resonanzen gehen verloren, andere kommen hinzu. Nur Luke, der mit seinen eigenen Belangen beschäftigt ist, bleibt sich gleich.

»Du könntest doch Luke bei mir lassen, während du einkaufen fährst«, sagt Pauline.

»Aber du mußt doch arbeiten«, wendet Teresa ein.

»Damit kann ich aufhören. Ich habe einen freien Beruf, oder?«

»Also gut«, sagt Teresa. »Danke. Kann ich dir was mitbringen?«

»Brot könnte ich brauchen. Und Obst. Laß mich nochmal nachdenken.«

Es herrscht Stille, nur unterbrochen von Lukes Hin und Her im Zimmer, seinen Kommentaren, seinen Ausrufen.

»Nescafé«, sagt Pauline. »Und einfaches Joghurt. Sonst habe ich alles.«

»Gut.« Teresa macht sich eine Liste. Sie hält inne und blickt auf den Tisch. Sie beißt sich auf die Unterlippe. Vielleicht denkt sie an ihre Einkäufe, vielleicht auch nicht.

Pauline sieht Teresa an. »Wo sind sie denn bei dem Buch? Maurice und dieser James ...?«

»Saltash. Sie fangen gerade mit dem zweiten Entwurf an, glaube ich.«

»Maurice braucht anscheinend viel verlegerischen Input.«

»Er sagt, James ist sehr konstruktiv. James hat nämlich schon mit dem Filmmenschen verhandelt. Sie müssen sichergehen, daß Maurice das Buch richtig hinkriegt, wenn das mit dem Fernsehen klappen soll.«

»Aha.«

»Luke könnte Rührei zum Lunch kriegen«, fährt Teresa fort. »Falls ich zu spät zurück bin.«

»Und was ist mit Maurice? Soll ich dem auch Rührei machen?«

»Maurice macht es nichts aus zu warten«, sagt Teresa.

Ein recht prosaischer Wortwechsel. Aber auch nützlich. Es ist etwas arrangiert worden, Informationen sind ausgetauscht worden. Es ist Echo und Nachhall darin, die glatte Oberfläche kräuselt sich. Alltägliche Wörter sind befrachtet, lassen andere Ereignisse, andere Wortwechsel, andere Manifestationen Paulines und Teresas mit anklingen. Ein unentrinnbarer Kreislauf des Bezüglichen offenbart sich in jeder Modulation ihrer Stimmen. Sie sprechen nicht nur von Einkaufslisten und Mittagessen, sondern von einer gemeinsamen Vergangenheit.

Pauline sieht, wie Teresa sich auf die Lippe beißt und stumm auf den Küchentisch niederblickt, und sieht sie sekundenlang sich auflösen in eine andere Teresa, die auf einen anderen Küchentisch in einem anderen Haus niederblickt, plötzlich aufschaut und sagt: »Ich geh heute abend nicht mit Don aus.«

»Huh!« sagt Pauline. »Du willst ihn versetzen, ja?«

Jetzt wird Teresa verlegen. »Nicht direkt. Nur ... es ist alles ein bißchen altbacken geworden, und da hab ich gesagt, es ist vielleicht besser, wenn wir heut abend nicht zusammen ausgehen.«

»Sowas nennt man jemanden versetzen«, berichtigt Pauline. »Wenn du nur so dasitzt und Däumchen drehst, könntest du mir einen Gefallen tun und das hier umrühen. In drei Stunden kommen zwanzig Leute zum Essen.«

Jetzt ärgert sich Teresa. Sie errötet. Sie ist ein freundliches Mädchen, das ist ihr Problem.

»Er wird's überstehen«, sagt Pauline. »Ende nächster Woche ist es Schnee von gestern.«

»Danke«, sagt Teresa leicht gekränkt.

»Weil er jung und gesund ist. Und jetzt bist du am Sylvesterabend in New York frei und ungebunden. Was hast du vor?«

»Ich komme zu deiner Party«, sagt Teresa.

»Ach ja? So so. Dann mußt du jetzt erst recht hier hocken bleiben. Die Brötchen hier müssen alle bestrichen werden, und wir wollen noch einen Punsch brauen.«

»Wer kommt denn?« erkundigt sich Teresa.

Ein Echo unter vielen – schon wieder ausgelöscht, weil die Ereignisse weiterstürmen: Teresa greift nach ihrer Handtasche, den Wagenschlüsseln, ihrem Einkaufsbeutel. Luke bricht in ein kurzes Protestgebrüll aus, Pauline nimmt ihn schnell auf den Arm und läuft mit ihm in den Garten, um ihn vom Abschied von der Mutter abzulenken.

Der Garten von World's End ist ein ins Feld hinausreichendes Rechteck, die Verschmelzung dreier langer, schmaler Streifen, der einstigen Gärten der ursprünglichen Cottages, ein spärliches Zugeständnis, damit jede Arbeiterfamilie ihre eigene Parzelle hatte, um ein bißchen Gemüse anzubauen. Und Blumen. Landhausblumen, deren Abkömmlinge Jahr für Jahr wieder auftauchen. Am Ende des Gartens stehen alte Apfelbäume, die längst über die Jugendblüte hinaus sind und räudige Äpfel tragen. Auch sie sind vermutlich die Hinterlassenschaft der Vorbewohner, einst vielleicht hochgeschätzte Wertobjekte, stehen sie jetzt in ungepflegtem Gras, das zu schneiden nie jemand Zeit hat.

Das angrenzende Feld trägt nicht Weizen, sondern Kohlköpfe. Reihe um Reihe blaugrauer Pflanzen, die zu einem zartfarbenen See verschmelzen. Es ist ein kleineres, von einer Hecke umrandetes Feld. Hinter der Hecke steigt der Hügel an, mit einer weiteren Fläche grünem Weizen. Doch dieses Feld ist nicht vom gleichen ununterbrochenen Grün wie das, auf das Paulines Arbeitszimmer hinausgeht. Hier ist es auf halber Höhe von einem Zaun unterbrochen, hinter dem ein weiterer Mißton erklingt: ein Streifen herbstliches Gold. Das Feld scheint eine Wüste aus welkem Gras, jetzt im Mai, wo alles andre üppig grünt. Seine Farbe stört um so mehr, als es nicht das Graubraun winterlicher Verwitterung aufweist, sondern ein unnatürlich grelles Gelb, die Unfarbe eines Grases, das mit Unkrautvertilger behandelt wurde. Und genau das ist der Fall. Das Feld ist aufgegeben. Es ist das Produkt einer Politik, der zufolge die Regierung den Farmern etwas dafür zahlt, daß sie nicht anbauen. Chaundy kriegt mehrere hundert Pfund als Ausgleich, wenn er das Feld in dem Jahr nicht bestellt. Was zufällig dort wächst, ist besprüht worden, damit es anschließend untergepflügt werden kann. Die Landschaft ist verunstaltet von solchen Feldern, aufreizenden Klecksen in der ordentlichen Parade von Weizen, Gerste, Rosenkohl, Lauch, Schafen, Kühen und natürlich Legebatterien von Hühnern, Zeltplätzen und Selbstpflükker-Obstplantagen. Eine nette Ironie, denkt Pauline – dieses Land, an dem sich Generationen von Menschen kaputt gearbeitet haben, ist jetzt zu fruchtbar geworden, um noch von Nutzen zu sein. Es hat das ökonomische Klima hinter sich gelassen und muß mit Unkrautvertilger verwüstet werden.

Manchmal denkt Pauline an diejenigen, die vor ihr auf World's End gelebt haben – die dort wirklich gelebt haben, weil sie mußten. Sie sieht verkümmerte Menschen mit von Schmutz und Wetter gegerbter Haut. Die meisten kippten schon mit fünfundfünzig – Paulines jetzigem Alter – vornüber in ihr Grab, arbeiteten sich buchstäblich in die Erde hinein. Sie hätten den Silberglanz des winterlichen Sonnenscheins auf dem Acker wohl ganz anders gesehen, und das wogende Gold eines Kornfeldes im August. Für uns ist das ja sehr schön, denkt Pauline, die wir hier Marie Antoinette spielen und die beunruhigte Seele durch Betrachten der Natur besänftigen. Es hat einmal eine Zeit gegeben, da war dieser Ort echt.

Luke strebt ins hohe, noch schwer betaute Gras des Obstgartens, wo er bis auf die Haut naß werden wird. Es ist fast so hoch wie er. Pauline, die ihn verfolgt, sieht es sekundenlang mit seinen Augen: ein lockendes Wunderland sinnlicher Möglichkeiten, ein Cyberspace aus Licht und Schatten, aus Raum und Masse, aus Dingen, die wedeln und ruckeln und baumeln. Sie fängt ihn ab und dirigiert ihn wieder dem Haus zu. Sie sieht Maurice aus der Balkontür ihnen entgegenkommen.

Maurice hat einen Becher Kaffee in der Hand. Maurices Treibstoff für den ganzen Tag ist Kaffee. »Na, ihr zwei«, sagt er. »Wo ist denn Teresa?«

»Einkaufen. Ihr habt Wochenendgäste. Erinnerst du dich? Also muß man was einkaufen.«

Maurice lächelt – sein schräges Maurice-Lächeln. Ein Lächeln, das dazu bestimmt scheint, Schwierigkeiten auszuweichen, beispielsweise den Konsequenzen von dem, was Pauline eben geäußert hat. Er schaut auf Luke hinunter, der seine Knie umfaßt hält und bettelt, auf den Arm genommen zu werden. Er tätschelt ihm den Kopf. Maurice hat sich nicht angeboten, auf Luke aufzupassen, während Teresa einkauft, weil er gar nicht auf den Gedanken gekommen wäre. Ja, er scheint auch die vorgeschlagene Einkaufsfahrt nicht erfaßt zu haben. »Wie schreibt man ›Sozietät‹«, will er wissen.

Pauline buchstabiert es ihm. »Ich dachte, das Buch handelt vom britischen Fremdenverkehr?«

»Tut es auch. Aber ich muß doch ein bißchen kulturellen Eklektizismus beweisen, oder?« Er führt den Becher an die Lippen und schaut darüber hinweg Pauline mit dem gewinnenden und aufmerksamen Blick an, der ein wesentlicher Bestandteil seines Charmes ist. Wem er gilt, der fühlt sich geschmeichelt und geehrt.

Pauline aber ist diesen Blick gewöhnt und bleibt ungerührt. Sie sieht, daß Maurice sie in World's End über den Rand eines blauweißen Porzellanbechers hinweg anschaut und daß er sich in einen anderen Maurice verwandelt, der am Kamin ihrer Londoner Wohnung lehnt, ein Weinglas an die Lippen führt und darüber hinweg in den überfüllten Raum schaut. »Das also ist die Tochter«, sagt er. Rotwein, durchleuchtet von Licht, und Maurices aufmerksamer Blick.

Maurice gibt Lukes Gequengel nach und hebt ihn hoch. Er hält ihn ungeschickt. Maurice ist körperlich nicht sehr gewandt, was verwundert bei einem Mann, der bei intellektuellen, schwer faßbaren Vorgängen so rasch reagiert. Er läßt Dinge fallen oder reißt sie um. Er ist ein schlechter Autofahrer. Wenn er einen Stecker ersetzen oder einen Reifen wechseln soll, ist er hoffnungslos verloren. Zum Teil kann man seine Unbeholfenheit auf ein leichtes Hinken zurückführen, eine Unfallfolge aus der Kindheit. In gewissen Situationen geht er unsicher. Doch das ist keine Erklärung für seine Tolpatschigkeit, die eben jetzt deutlich sichtbar wird an der Art, wie er Luke vom einen Arm auf den anderen nimmt. Gewiß, die Vaterschaft kam für Maurice spät, als Vater eines Babys ist er mit seinen vierundvierzig alt. Wenn man erst einmal über vierzig ist, wird es schwerer, sich neue Fertigkeiten anzueignen.

Maurice hat eine Todesangst vor dem Alter. Er will nicht wahrhaben, daß auch ihn das Alter verfolgt, daß der Alterungsprozeß auch für ihn gilt, daß er nicht irgendwie davon ausgenommen ist. Pauline hat solche plötzlichen Panikanfälle erlebt, hat bemerkt, wie er sich vorzugsweise mit jungen Menschen umgibt, daß er ein hektisches Tempo anschlägt, immer in Bewegung bleibt, immer auf der Jagd nach neuen Interessen und Bekanntschaften. Und natürlich wenden sich so geartete Männer häufig Frauen zu, die weit jünger sind als sie selbst.

Pauline kennt Maurice seit sechs Jahren, flüchtig hat sie ihn sogar schon gekannt drei Jahre, bevor er Teresa heiratete. Seine Bücher erschienen bei einer Verlagsgemeinschaft, für die sie arbeitete. Auf einer Vertreterkonferenz traf sie ihn, sah ihn auf einer Party wieder und erfuhr, was für ein hinreißender Unterhalter er ist. Maurice ist im Gespräch betörend, schmeichelnd, anregend. Er hat sie dann wegen des Titels eines von ihr erwähnten Buchs angerufen. Die Bekanntschaft festigte sich. Erspähte Maurice Pauline auf einer Gesellschaft, kam er quer durchs Zimmer, um sich mit ihr zu unterhalten. Ein paarmal trafen sie sich auf einen Drink. Pauline lud Maurice zu ihrer Silvesterparty ein.

Wer in Maurices Bekanntenkreis ihn gut genug kannte, um den normalen Ablauf der Dinge zu bemerken, war erstaunt zu hören, daß er Teresa heiraten würde. Man lebte eine Weile zusammen, das war normal. Wozu aber heiraten?

fragte man sich. Ein reizendes Mädchen, gewiß, aber heiraten? Maurice und heiraten?

In diesem Sinne gehörte auch Pauline zu seinem Bekanntenkreis.

»Warum nur?« fragte sie Teresa zugleich ungläubig und bestürzt. »Warum denn *heiraten*?«

»Ich liebe ihn«, sagte Teresa glückstrahlend.

»Überlege dir das doch noch ein bißchen«, jammerte Pauline.

»Man kann nicht überlegen, wenn man verliebt ist«, sagte Teresa recht vernünftig.

An sich ist es nichts Gefährliches, einen fünfzehn Jahre älteren Mann zu heiraten. Wenn man über alle Maßen verliebt ist und entzückt und erstaunt feststellt, daß diese Liebe offenbar erwidert wird, scheint der Gedanke an eine Heirat ganz natürlich.

Luke zappelt nicht. Vielleicht merkt er, daß ihn Maurice nicht richtig festhält. Maurice setzt ihn ab, und er wackelt zu einem Grasbüschel, um ihn genauer zu untersuchen. Er hebt etwas auf und steckt es in den Mund. Pauline schreitet ein, zieht einen Zweig aus Lukes rosigem Mäulchen. Maurice liebt Luke – auf seine Weise. Doch es muß gesagt werden, daß das, was Maurice für Luke empfindet wenig Ähnlichkeit mit dem hat, was Pauline für Teresa empfindet, oder was Teresa für Luke empfindet. Luke ist etwas, was Maurice ganz nebenbei passiert ist. Maurice ist recht zufrieden, daß Luke passiert ist. Er findet Luke sehr sympathisch. Er würde sich große Sorgen machen, wenn Luke ernsthaft krank würde oder verunglückte. Wenn Luke stürbe, wäre Maurice tief erschüttert. Aber auf der Richterskala elterlicher Bindung schafft Maurice es nur bis ungefähr Stärke drei.

Glücklicher Maurice, möchte man meinen.

»Warst du je auf Bradley Castle?« fragt Maurice.

»Bestimmt nicht«, erwidert Pauline. Bradley Castle ist ein Bauwerk aus dem sechzehnten Jahrhundert, es liegt in ungefähr 15 km Entfernung und ist zu einem Erlebnispark umgestaltet. Man kann sich dort in Robin Hoods Zeiten versetzen, einschließlich Turnierwettkämpfen, Falknerei-Vorführungen und an Samstagabenden mittelalterlichen Festbanketten.

»Ich habe mir gedacht, wir könnten doch dieses Wochenende alle mal hinfahren.«

Pauline zieht die Augenbrauen hoch. »Ich könnte mir etwas Besseres vorstellen, um unsere Besucher zu unterhalten.«

»Ich werde zu abstrakt«, sagt Maurice. »Ich muß mir mal ein paar echte Touristen genauer ansehen.«

»Ach so, ich verstehe. Das Buch.« Pauline begreift, daß der Ausflug weniger mit Maurices Gästen zu tun hat als mit dem, womit sich Maurice gerade beschäftigt.

Maurices Egozentrik ist nicht allzu deutlich sichtbar. Auf den ersten Blick wirkt er nicht sehr von sich eingenommen. Er spricht nicht einmal viel über sich und seine Angelegenheiten. Eher horcht er andere über die ihrigen aus. Mit dem für ihn charakteristischen reserviert-amüsierten Gesichtsausdruck fragt er: »Wieso denken Sie das? Wie kommen Sie darauf?« Maurices Ichbezogenheit ist von subtilerer Art, er ist eisern entschlossen. Nur wer ihn gut kennt, nur wer Gelegenheit hatte, seine Gewohnheiten längere Zeit zu beobachten, sieht, daß er andere schonungslos manipuliert. In Maurices Umkreis tun alle, was er will und was ihm paßt. Es ist ein hervorragendes Verfahren.

»Also ich mache nicht mit«, sagt Pauline.

Maurice überlegt, sieht sie spöttisch an. »Aber wir brauchen dich, Pauline«, sagt er. »Und wer weiß, vielleicht macht es dir sogar Spaß.«

»Wir werden sehen. Wenn es soweit ist.«

Maurice grinst. »Was bist du doch für eine hundertprozentig selbständige Frau. Warst du das schon immer?«

Seine Frage ist nicht zufällig. Es interessiert ihn wirklich. Und Pauline beantwortet sie nicht, weil die Antwort aufschlußreich wäre und sie keine Lust hat, sich Maurice zu eröffnen. Sie wendet sich statt dessen Luke zu. Sie zeigt ihm, wie man den Flaum von einem Löwenzahn pustet. Maurice schaut noch kurz zu, dann trinkt er seinen Kaffee aus und geht zurück ins Haus.

Auf Nachfragen würde Pauline antworten, daß sie – im großen und ganzen – glücklich ist. Aber nur wenige Menschen wären verwegen genug, danach zu fragen. Pauline gilt als unabhängig, voller Selbstvertrauen und im Besitz eines Gleichgewichts zwischen Selbstachtung und Rücksichtnahme auf andere. Sie gehört zu den Frauen, vor denen ein Psychiater sofort die Flucht ergreifen würde. Zumindest sieht es so aus.

Selbständig ist sie in der Tat. Aber diese Selbständigkeit hat sie sich schwer erkämpfen müssen, deshalb zieht sie es vor, Maurices Frage nicht zu beantworten. Sie ist eine Frau, die allein gelebt hat, seit ihre Tochter erwachsen wurde und fortzog. Nun ja, nicht immer ganz allein. Hin und wieder hat es Männer gegeben, von denen einige kurzzeitig fast zur Dauereinrichtung wurden. Doch im Prinzip ist sie allein geblieben und hat das flexible, leicht opportunistische Leben eines Singles geführt. Sie hat die Angewohnheiten derer, die freiwillig oder unfreiwillig einsam sind. Sie ändert Pläne nach ihrer augenblicklichen Laune, trifft Verabredungen und sagt sie wieder ab. Sie ist geübt in gesellschaftlichen Lügen. Oft ist es ein schönes Leben, reich an gut überlegten kleinen Befriedigungen, an Nachsicht gegenüber allem, womit man sich selbst verwöhnen kann, ein unbehindertes Leben, ein Leben ohne die irritierende Anwesenheit allzu Anwesender, ein Leben, in dem alles geschehen könnte und manchmal sogar geschieht. Aber auch ein Leben, in dem ein Tag zur heimtückischen Leere werden kann, in der sich im Morgengrauen Gespenster ums Bett drängen.

Anders als Maurice ist Pauline nicht schockiert von der Tatsache, daß sie altert. Wenn sie über das Thema nachdenkt – wenn ihr einfällt, daß sie fünfundfünfzig ist –, ist sie eher erstaunt als gekränkt. Erstaunt darüber, daß sie so ist, wie sie ist, an diesem Punkt angelangt ist, nachdem sie so vieles überwunden hat. Die lang andauernde Gegenwart der Kindheit, den Wirrwarr der Jugend, dann die einander vorwärtsjagenden Ereignisse. Und nun, jetzt, heute, ist sie hier, und es ist nicht allzu schlimm, wenn auch auf manchen Gebieten nicht besonders gut. Auf ihren Händen sind braune Flecken, ihre Zähne sehen aus, als würden sie sich noch vor ihr zur Ruhe setzen, und ihre Libido ist auch nicht mehr, was sie war, was möglicherweise sein Gutes hat. Aber die Welt hat noch allen Glanz für sie, und ihre Erwartungen sind noch groß.

Luke hat das Interesse am Löwenzahnpusten verloren. Er hat seinen Ball gefunden. Er wirft ihn weg, verfolgt ihn, fällt hin, rappelt sich wieder auf, wirft den Ball noch einmal – ein sich entfaltendes Talent. Pauline, die ihn beobachtet, denkt an ein weiteres Phänomen, die Luke-Zeit, einen beschleunigten Ablauf von Veränderungen, denen zufolge Luke nicht ans normale Kalenderjahr gebunden zu sein scheint, vielmehr auf einen eigenen hektischen Kurs angesetzt ist, der eine schwindelerregende Sequenz von Luke hervorbringt: das dunkeläugige Baby mit den wedelnden Seesternhändchen wurde zum prallen Krabbelkind und ist jetzt das wankende Figürchen, das im Zickzack hinter einer glitschigen Kugel hertrabt. Luke ist auf einer Schnellspur, die mit Paulines Tagen nicht synchron ist, und ebensowenig mit denen seiner Eltern.

Es hat sich bewölkt. Das Wetter treibt mal wieder ein falsches Spiel – launisch wie immer –, der strahlende Morgen weicht drohenden Wolken. Eine graue Dunstglocke ist hinter den Hügel aufgestiegen, verstärkt das Grün der Felder, Bäume und Hecken. Die Landschaft ist leuchtend farbig. Die ersten Regentropfen beginnen zu fallen.

Pauline trägt Luke ins Haus.

Pauline denkt an das erste Mal, als sie Teresa mit Luke gesehen hat. Sie geht den Klinikflur entlang zwischen einer Doppelreihe Beine – Beine, achtlos auf Betten ausgestreckt, unter Nachthemden und Morgenröcken hervorragend. Braune Beine, schwarze Beine, blaßrosa Beine, eine Fläche aus weiblichem Fleisch, salopp entblößt. Beine und Hüften und ganze Brüste, an denen beflaumte Babyköpfe kleben. Hier ist keiner keusch oder prüde, man nimmt offen wahr, was vor sich geht. All das gehört zu Körpern, Frauenkörpern. Und dabei wimmelt es überall von Leuten. Schwestern hasten hin und her, Hilfskräfte und Begleitpersonen um jedes Bett – Partner, Freunde und Eltern, Brüder und Schwestern. Es gibt Blumen und gelegentlich eine Flasche Sekt. Man ißt und trinkt. Dies ist weniger eine Station in einem Krankenhaus als ein Stadtpark an einem Feiertagnachmittag.

Großartig, denkt Pauline, großartig. Sie dringt vor durch die Allee ausgestreckter Beine, vorüber an Familien und durcheinanderkrabbelnden Kleinkindern und Partnern. »Besuchszeit von 3–6« hieß es auf dem Anschlag im Lift. »Partner jederzeit.« Und wohin sind die Ehemänner geraten? denkt Pauline. Überholt. Unmodern, gestorben. Amen.

Jetzt sieht sie Teresa. Teresa ist allein. Sie ist allein mit Luke. Pauline kommt näher und bleibt einen Augenblick lang – von Teresa unbemerkt – stehen. Sie sieht, daß Teresa in jedem Sinn allein ist, fern, in einer Seifenblase der Zufriedenheit. Die Wucht des Erlebnisses. Sie hält Luke vor sich hin, stützt ihn hoch, so daß sie ihm ins Gesicht schauen kann. Jetzt sieht sie nichts außer Luke. Und Luke sieht vermutlich nichts außer ihr, seiner ersten und entscheidenden Offenbarung der Welt.

Jetzt weiß sie es, denkt Pauline. Gestern wußte sie es nicht. Heute weiß sie alles.

Sie tritt ans Bett. »Hallo ...« sagt sie. »Da ist er also.«

Sie bewundern Luke. Sie würdigen ihn Zoll für Zoll – Augen, Nase, Mund, Haar, Finger, Zehen. Sie schwelgen.

»Wie war's?« fragt Pauline.

»Gräßlich«, sagt Teresa. »Entsetzlich. Und großartig. Beides. Du kennst es ja.«

»Jawohl«, sagt Pauline munter. »Ich kenne es.«

Sie kennt es, weiß Gott. Es gehört zu den Dingen, die einem für immer bleiben.

Sie ist in einen Schraubstock aus Schmerz eingespannt, der sie preßt, bis sie schreit und wieder losläßt. Er wird wiederkommen. Und wieder. Sie fragt, wie spät es ist. Drei Uhr. Die frühen Morgenstunden einer Nacht, die nie mehr endet.

Sie ist allein mit der Hebamme in dem engen Schlafzimmer ihrer Wohnung. Harry ist im Nebenzimmer. Von Zeit zu Zeit späht er durch den Türspalt und sieht besorgt aus. Die Hebamme beruhigt ihn und scheucht ihn weg. Die Hebamme ist ein Jahr älter als Pauline – eine Tatsache, die man vor einer Weile festgestellt hat, als diese Art der Unterhaltung noch möglich war. Jetzt ist sie es nicht mehr. Pauline erkennt im Gesicht der Hebamme, daß nicht alles läuft, wie es soll. Die Hebamme hat nach dem Arzt telefoniert. Für Pauline vermischen sich Angst und Schmerz jetzt zu einem einzigen fürchterlichen, brüllend schwarzen Ereignis.

Sie sagt zur Hebamme: »Ich will nicht sterben.«

»Bei Ihnen wird alles prächtig gehen«, sagt die Hebamme, nicht ganz zuversichtlich genug.

Was dann geschieht, ist – sowohl damals wie jetzt – zu einem Gemisch aus Eindrücken und Empfindungen geworden. Männer, die sie auf einer Bahre tragen. Das Jaulen der Krankenwagensirene. Das gilt mir, denkt sie. Das geschieht mir, nicht jemand anderem. Sie starrt hinauf zu einer weißen Decke, von der ein grelles weißes Licht mit grünem Schirm hängt. Gesichter blicken auf sie herab – sachliche, prüfende Gesichter. Leute laufen hin und her. Schritte klicken auf Linoleumbelag.

Sie ist auf diesen hohen Tisch gespült und starrt noch immer an die Decke. Die Leute sind fort. Sie kann den komischen Karren sehen, in den sie das Baby gelegt haben. Sie sieht ein Gesicht und ein Haarschöpfchen. Seines? Ihres? Sie versucht, an dieses Baby zu denken, dieses Kind, ihr Kind, ist aber zu schwach zum Denken. Irgend etwas ist verkehrt. Sie ist so schwach, daß sie schwebt. Sie kann das Zimmer sehen – die weiße Decke, die Lampe mit dem grünen Schirm, das Baby in dem Karren, den Rücken der Schwester, die irgend etwas an einem Spültisch tut, aber sie kann nicht denken und nicht reden. Sie weiß, daß das nicht in Ordnung ist, daß sie der Schwester sagen muß, was da vor sich geht, aber sie kann weder sprechen noch sich bewegen. Sie liegt da, sie schwebt.

Und dann dreht die Schwester sich um und kommt herüber und blickt auf sie hinunter. Und wieder tappen Füße, und es kommen noch mehr Leute, noch mehr Gesichter und schauen auf sie hinunter, und Stimmen dröhnen und kommen von weit her.

Das Kind sei steckengeblieben. Hohe Steißlage. Die

Hausgeburt, damals das Übliche, wäre nicht länger ratsam gewesen. Daher der Krankenwagen, der Arzt, der hastig aus seiner Teepause gerufen werden mußte, die huschenden Schwestern. Die Zange. Und Pauline, die Schattenpauline, verfiel in Schock und mußte eine Bluttransfusion bekommen. An und für sich keine große Sache, und sowohl Mutter wie Kind kamen heil durch. Aber der nackte Bericht und die technischen Erläuterungen scheinen mit dem Menschen, der dabei war, in keinerlei Beziehung zu stehen. Nein, es war anders, sagt der Schatten von Pauline, das Echo von Pauline – der stahlharte Schmerz, die tappenden Schritte, der grüne Lampenschirm.

Und Harry, der kommt und stehenbleibt und auf sie hinunterschaut. »Hallo«, sagt er. Er nimmt ihre Hand. Er schaut sie an. Sie weiß ihm nichts zu sagen. Es ist, als sei sie auf einer ungeheuren Reise gewesen, einer so langen und so weiten Reise, daß sie nicht mehr seine Sprache spricht.

Jetzt, heute, an diesem Maimorgen in World's End, bekommt Pauline einen Brief von Harry. Das kommt manchmal vor. Einmal im Jahr etwa. Sie steht neben dem Postauto auf dem Weg zu den Cottages und nimmt dem Briefträger die Post ab, während er bei laufendem Motor dasitzt und ihr den Wetterbericht mitteilt, eine Spezialität von ihm. Pauline erfährt, daß es heute, Freitag, wechselhaft sein wird, zum Wochenende aber aufklart. Sie sortiert die Briefe – die für Maurice und Teresa – die für sie – und sieht die kalifornische Briefmarke auf einem Luftpostumschlag, das bedeutet Harry. Die an sie gerichteten Briefe schiebt sie in die Tasche und trägt die übrigen ins Nachbarhaus, wo Teresa und Maurice frühstücken. Sie gibt den Wetterbericht weiter.

»Ausgezeichnet«, sagt Maurice. »Dann ist ja alles klar für Bradley Castle, oder?«

»Du mußt nicht mit, Mum«, sagt Teresa.

»Natürlich muß sie mit«, sagt Maurice. »Wir brauchen ihre Begleitung, und sie wird sich amüsieren.«

»Du bist ein Tyrann, Maurice«, sagt Pauline. »Wenn es soweit ist, tue ich, was *ich* für richtig halte.«

»Natürlich«, sagt Maurice und steuert auf die Treppe los. »So soll es sein. Aber komm wenigstens am Sonnabend zum Essen zu uns. Bis dahin haben wir uns alle bereits satt.«

In World's End ist es Brauch, daß die beiden Haushaltungen bis zu einem gewissen Punkt getrennt bleiben. Natürlich herrscht viel Kommen und Gehen zwischen den beiden Cottages, aber ihre Abende verbringt Pauline allein. Es besteht die schweigende Übereinkunft, wonach solche Nähe nur dann funktioniert, wenn einer des anderen Privatsphäre anerkennt. Aber eine lose Verabredung ist entstanden, daß man samstags abends gemeinsam ißt. Manchmal hat Pauline einen Anfall von Kocheifer, manchmal ist sie der Gast.

»Okay«, sagt Pauline. »Herzlichen Dank.«

Maurice ist jetzt schon auf halber Treppe. »Ob du mir wohl in ungefähr einer Stunde einen Kaffee bringen könntest, Teresa?« Teresa nickt. Er verschwindet.

Maurice gebraucht nie Kosenamen. Liebling. Süße. Das, sagt sich Pauline, bedeutet nichts. Überhaupt nichts. Sie denkt an Harry, aus dessen Mund es nur so Kosenamen regnete. Mein Liebstes, meine Süße, mein Schatz.

»Wir sind seit fünf Uhr auf«, erklärt Teresa. »Luke wacht beim Vogelkonzert bei Tagesanbruch auf. Jetzt schläft er natürlich wie ein Sack. Ich hatte vergessen, wie laut es auf dem Lande ist – es ist Ewigkeiten her, daß ich um diese Jahreszeit hier war.«

»Als Chaundys Mutterschafe noch ihre Lämmer auf dem großen Feld warfen, war es schlimmer«, sagt Pauline. »Er hat sie vor einer Weile aufgegeben, wahrscheinlich ist der Marktpreis für Lämmer in den Keller gefallen.«

»Maurice sagt, er wird noch nach Camden heimfahren müssen, wenn er Ruhe und Frieden will. Aber das meint er nicht ernst.«

»Bei seinem gegenwärtigen Vorhaben sollte Maurice sehr genau wissen, daß das köstliche Landleben eine Legende ist«, sagt Pauline.

Insgeheim gibt sie zu, daß Maurice gar nicht so unrecht, vielleicht sogar sehr recht hat. Im Frühjahr weckt sie das knatternde Gewehrfeuer der Schreckschüsse gegen die Vögel im Morgengrauen und hält sie auch beim Arbeiten schön hellwach. Mai und Juni sind relativ geruhsam, bis auf den Radau der Vögel, die sich heftig mit ihrer Fortpflanzung beschäftigen. Doch wenn Hochsommer ist, fängt der Spaß erst richtig an. Das Dröhnen der landwirtschaftlichen Maschinen erfüllt das Terrain, das rhythmische Stampfen der Heuernte, die gigantischen Mähdrescher zermahlen ein Weizenfeld, die begleitenden Traktoren fahren hin und her. Zugegeben, es steht jetzt nicht mehr alles in Flammen – das Verbrennen von Stroh ist inzwischen verboten, so daß man auch im August und September frische Luft schöpfen kann. Doch die Stille des Landlebens haben die Städter erfunden. Selbstverständlich wäre es absurd, Frieden zu erwarten. Agrikultur ist eine Industrie. Industrie macht Lärm und Schmutz. Wohnt man in einem Industriegebiet und auch noch freiwillig – muß man die Folgen tragen.

Teresa gähnt. »Ich glaube, ich leg mich noch mal kurz hin, bis Luke aufwacht.«

»Ja, tu das.« Pauline ist bereits unterwegs zur Tür, sie denkt jetzt an ihre eigenen Pläne für den Tag, an Telefongespräche, die sie führen muß. An das Manuskript.

Wieder in ihrem Arbeitszimmer wirft sie die Briefe auf den Schreibtisch und läßt sie dort liegen, weil sie bereits festgestellt hat, daß nichts Dringendes dabei ist. Sie blickt auf das Feld hinaus und sofort drängt sich Teresas Gesicht über das Grün – wie sie gähnt, eine gesunde, rosige Höhle, eingefaßt von tadellosen weißen Zähnen. Teresa hat gute Zähne, weil Pauline in Sachen Ernährung energisch war – damals. Wenn sie daran denkt, sieht sie eine andere Teresa, mit zotteliger Ponyfrisur und Zahnlücken, und noch weitere Teresas, eine ganze Reihe. Nicht nur eine – eine Folge von Verwandlungen, deren sie sich immer undeutlich bewußt ist. Und wenn sie von Teresa träumt, träumt sie immer von einem Kind. Dann ist Teresa vier oder sechs oder neun, ohne daß es Pauline überrascht. Im Traum akzeptiert sie diese Reinkarnation, ohne sie in Frage zu stellen, wird fortgetragen vom Ablauf des Traumes, von den Ängsten, dem Behütenwollen oder dem Zorn. Am nächsten Tag ist es sekundenlang verwirrend, eine erwachsene, fremde Teresa wiederzufinden, die zugleich zutiefst vertraut und auf hintergründige Art unbekannt ist. Sie ist der Mensch, den Pauline am besten und am wenigsten kennt, und eben weil sie sie so intensiv kennt, ist sie ihr so grundlegend unbekannt.

Allmählich nimmt Pauline die reale Welt draußen vor dem Fenster wieder wahr. Leichter Wind kräuselt das Feld. Schatten jagen über den jungen Weizen. Alles ist in seinem stürmischen Heranwachsen eine Farbstudie. Die Bäume sind grüne Flammen, die Hecken ziehen sich leuchtend durch die Landschaft. Das alte Gebüsch am Ende des Gartens ist eine bunte Palette, sie reicht von cremefarben über zitronengelb und sämtliche Grüntöne bis zu aprikosenfarben, rostrot und einem lebhaften Karmin. Jedes hervorbrechende neue Blatt fügt eine andere zarte Nuance hinzu. Eine Woche lang leuchtet die ganze Welt

In diesem Jahr kam der Frühling spät. Bis April war Winter, und die Kälte hatte die Landschaft fest im Griff. Langsam und widerstrebend breitete sich ein grünlicher Dunst über die Hecken, der Schwarzdorn überzuckerte sich leicht. Dann, Ende des Monats, schnellte die Temperatur plötzlich in die Höhe. Pauline stellt fest, daß sie sich nicht mehr genau erinnert, wie die karge Winterlandschaft ausgesehen hat. Sie kann sie so wenig heraufbeschwören wie die Metamorphosen Teresas. Das ließe darauf schließen, daß die physische Welt unwirklicher ist als der Mensch. Und das stimmt auf keinen Fall, denkt Pauline. Sie denkt an das täuschend zählebige World's End und an seine entschwundenen, zugrundegegangenen Bewohner.

Sie greift nach dem Briefstapel und läßt ihn wieder liegen, weil das Telefon klingelt

»Ich bin's«, sagt Hugh. »Stör ich?«

»Stör ruhig. Ich mag sowieso nicht recht heran.«

»Bist du es da unten noch immer nicht leid?«

»Es ist Frühling«, sagt Pauline. »Kuckucke. Blumen. Alles das.«

»Die haben wir hier auch. Ich bin heute früh mit dem Bus am Green Park vorbeigekommen, und er sah sehr hübsch aus. Wann kommst du nach London?«

»Bald, schätze ich. Ich muß irgendwann mal die Wohnung in Ordnung bringen. Erzähl mir nicht, daß du mich vermißt.«

»Natürlich vermisse ich dich«, sagt Hugh knurrig. »Du hast dich noch nie den ganzen Sommer lang dorthin verdrückt.«

»Ich habe einen Haufen Arbeit. Komm doch für ein paar Tage herunter.«

»Mmm. Mal sehen. Vielleicht.«

»Hugh«, sagt sie. »Du bist durch und durch Städter, ehrlich. Sobald du keinen Asphalt mehr unter den Füßen hast, kriegst du es mit der Panik. Was also ist passiert?«

Hugh Follett ist Antiquar. Er ist ein großer Mensch mit schlurfendem Gang, einem Schopf graumeliertes Haar, einem runden, freundlichen, rosigen Gesicht und einer dikken Brille, die immer gründlich geputzt werden müßte. Pauline hat ihn wahrscheinlich lieber als alle ihre anderen Bekannten.

Hugh hat einen Laden und einen Beruf. Außerdem eine Wohnung in Henley, in der er mit seiner Frau Elaine lebt. Bei Elaine ist etwas schrecklich verkehrt, ein geistiger Defekt, der sie behindert und der ihr Leben zerstört hat. Ihre Krankheit hat keinen Namen. Sie ist unfähig, mit den Forderungen des Alltags fertig zu werden oder Besuch zu empfangen. Sie kann nicht reisen. Sie verläßt selten das Haus, in dem sie lebt, in den Kokon einer Neurose eingesponnen. Wenn jemand zu Hugh kommt, was höchst selten geschieht, verzieht sie sich in ihr Schlafzimmer, bis alle wieder weg sind. Sie geht nicht ans Telefon. Wenn Hugh nicht zu Hause ist, tritt der Anrufbeantworter in Aktion.

Wann und wie das alles entstanden ist, weiß Pauline nicht. Gelegentlich stellt sie Vermutungen an über Elaine und fragt sich, welch fürchterliches Trauma sie in diesen Zustand der Isolation getrieben hat. Doch sicherlich nichts, was Hugh getan hat? Der nette, anständige, tolerante Hugh. Und Hugh schweigt sich aus über das Thema Elaine. Es ist ein eisernes und vielleicht gerade deshalb beredtes Schweigen. Es genügt wohl, daß er bei ihr geblieben ist, daß er sich nie beklagt, daß er bis zum Schluß mitspielt. Meist geht er zur Nacht nach Hause. Wenn er nicht zu Hause ist, meldet er sich, hinterläßt eine Botschaft auf dem roboterhaften Beantworter. Dann und wann ruft Elaine zurück, wie Pauline Gelegenheit hatte festzustellen, dann wechseln sie ein paar kurze Worte über irgendwelchen praktischen Kleinkram: Der Boiler funktioniert nicht, jemand hat versucht, Hugh zu erreichen.

Für eine Weile, es ist lange her, waren Pauline und Hugh ein Liebespaar. Es gab sogar eine angstvolle, heute nebulöse Zeit, da sah es aus, als würde die Situation noch ernsthafter werden, als begänne Hughs beherrschtes und unerschütterliches Ertragen seiner Ehe zu wanken, doch diese Zeit ging vorüber. Beide nahmen Abstand von einem Entschluß, der wahrscheinlich nie sehr vernünftig war, und schließlich gingen sie nicht einmal mehr miteinander ins Bett. Es war immer eine hausbackene, gesellige Art von Sex gewesen – eher wie unter Eheleuten, wie Pauline fand, oder zumindest das, was sie sich unter ehelichem Sex vorstellte. Hugh, das wurde ihr klar, war, was Sex betraf, ziemlich gleichgültig. So beschlossen sie denn wortlos und ohne eine Spur von Gekränktheit, es sein zu lassen, und gewöhnten sich an eine beiderseits befriedigende Freundschaft mit dem Unterton von etwas anderem. Wer sie beide kennt, nimmt sicherlich ein Liebesverhältnis an. In einem Anfall von schlechtem Gewissen hatte Pauline Hugh einmal gefragt, was wohl Elaine dächte, wenn sie von Hughs Besuchen bei Pauline in London und den (selteneren) in World's End wüßte. Hughs Gesicht war ausdruckslos geworden. »Es würde Elaine nicht im geringsten interessieren«, erwidert er. Pauline fand diese Bemerkung unsagbar trostlos.

Doch auch er hat sein Eigenleben, ein Arbeitsleben und eines der Muße. Sein Arbeitsleben konzentriert sich auf ein äußerst spezialisiertes und exklusives Geschäft, ein Antiquariat, das den landläufigen Buchladenstöberer fernhält, weil es nur ein winziges Schaufenster (zwei, drei erlesene Bände) und ein gedämpftes Interieur aufweist (Teppiche, Bücherschränke mit Glastüren). Hughs Berufsleben konzentriert sich auf den Laden (dieser Ausdruck scheint zu prosaisch), obwohl er dort nicht oft anwesend ist und ihn meist Margery übergibt, die seit -zig Jahren seine Mitarbeiterin ist – eine energische Person, die mit dem gleichen Geschick unliebsame Kunden hinausekelt und Hughs langjährige Kunden verwöhnt. Für sie hat sie eine Tasse Kaffee, ein Exemplar des neuesten Katalogs und hinter den Kulissen einen raschen Anruf bei Hugh, falls er daheim oder in seinem Club ist.

Seine Kunden kommen von überall her. Sammler, Händler, Amerikaner, Deutsche, Japaner. Auch Hugh kommt viel herum, verschwindet nach hier und dort auf unbestimmte Zeit in allerlei Geschäften, die mit Büchern zusammenhängen. Über diese Kurzreisen verbreitet er sich nicht. Er verliert sich und taucht wieder auf. Pauline wird zu gegebener Zeit erfahren, daß er in Los Angeles war oder mal für ein paar Tage nach Frankfurt geflitzt ist. Ein-, zweimal hat sie ihn nach Heathrow hinausgebracht – eine Gestalt in schäbigem Regenmantel mit einer großen, abgeschabten Maultasche.

Überhaupt nicht der internationale Geschäftsmann. In der Maultasche sind manchmal Bücher. Aus ihr zieht Hugh eine Erstausgabe von Joyce oder einen unvergleichlichen Shakespeare. Einmal wickelte er aus einem Zeitungsblatt der *Times* ein Bändchen Erotika des achtzehnten Jahrhunderts mit grazilen kleinen Bildern von Paaren in den unwahrscheinlichsten Positionen. Eigentlich sei das nicht sein Gebiet, erläuterte er verlegen, aber er sei zufällig darauf gestoßen und wisse genau, wo man sowas wieder loswürde. Pauline äußerte sich über den schönen Einband und den schönen Kupferstich auf der Titelseite. »Aber ja doch«, sagte Hugh. »Dein Pornohändler hat schon immer ein hübsches Buch zu schätzen gewußt.«

Pauline wäre entschieden gekränkt, wenn sie herausfände, daß Hugh mit jemand anders schläft. Eine unkluge, eifersüchtige Regung, wie sie selbst als erste zugeben würde. Aber das tut er vermutlich nicht. Sie kennt seinen Tagesablauf, die Lunches in seinem Club, die Reisen zu Versteigerungen oder Kunden, nachmittags das Kramen in Katalogen und Korrespondenz im Büro hinter seinem Laden. Natürlich könnte er bei seinen plötzlichen Ausflügen über den Atlantik und den Kanal allerlei aufreißen. Schließlich und endlich hat sie kein Anrecht auf ihn, überhaupt keines. Und er auf sie auch nicht. Man schätzt einander, aber eine garantierte Unabhängigkeit eben doch noch höher.

»Vorige Woche mußte ich schnell mal nach Paris rüber«, sagt Hugh. »Ich hab außergewöhnlich gut gefuttert. Hab ein neues Lokal entdeckt.« Er berichtet Einzelheiten über zwei Lunches und ein Dinner. Pauline hört nachsichtig zu. Sie hat Hughs Versessenheit auf gutes Essen nie teilen können. Sie sieht darin manchmal die Suche nach Trost, den gewaltsamen Ausgleich für das, was in seinem Leben schiefgelaufen ist. Vielleicht aber reagiert Hugh auf gepflegtes Essen wie auf ein liebevoll ausgestattetes Buch. Und wenn er vom Essen erzählt, langweilt er einen nicht. Bei ihm bekommt das Thema die ansteckende Intensität einer fixen Idee. Sie genießt es durchaus, ein erstklassiges Essen mit Hugh zu teilen, erkennt aber, daß das Niveau ihrer Würdigung betrüblich hinter seinem zurückbleibt und daß er das weiß.

»Ich war in der Ausstellung russischer Ikonen«, fährt er fort. »Phantastisch. Sie hätten dir auch gefallen.«

»Sicher. Du Glücklicher. Hier unten haben wir nur Jahrmärkte und Verkäufe aus Kofferräumen. Mir drohte ein Besuch in einem Stately Home. Maurice macht Hausaufgaben für sein Tourismusbuch.«

»Komm doch übers Wochenende in die Stadt. Ich könnte mich um Karten für den Parsifal bemühen.«

»Mmm. Vielleicht etwas später. Im Moment bin ich hier so hübsch eingewöhnt.«

»Tja, meine Liebe«, sagt Hugh, »wenn du bei dieser Selbstaufopferungsmasche bleiben willst, kann ich nichts machen. Ich werde noch gezwungen sein hinunterzufahren, um dich, wenn schon sonst nichts, zu einem anständigen Essen auszuführen.«

Pauline lacht. Sie hört Margerys Stimme aus dem Hintergrund, die diskret etwas fragt. Hugh muß in seinem Büro hinter dem Geschäft sein. »Ich muß weg«, sagt er. Sie schwatzen noch kurz, dann legt sie den Hörer auf.

Hugh wäre ein guter Vater geworden. Aber Hugh und Elaine sind kinderlos. Pauline hat manchmal, wenn von Kindern die Rede war, einen schwer deutbaren Ausdruck auf

Hughs Gesicht bemerkt. Er hat Kinder gern, hat sich auch immer nett für Teresa interessiert.

Für Teresa wäre er bestimmt ein guter Vater geworden.

Noch jahrelang, nachdem Teresa de facto keinen Vater mehr hatte, fragte sie Pauline immer noch von Zeit zu Zeit: »Dad kommt doch bestimmt wieder, nicht?«

»Nein«, pflegte Pauline zu sagen. »Ich fürchte, er kommt nicht wieder.« Und dann verzog sich das erwartungsvolle Gesicht des Kindes enttäuscht und ungläubig.

Inzwischen hat sich Teresa längst mit dem Verschwinden des Vaters abgefunden, ist aber immer noch unheilvoll geneigt, stets das Beste anzunehmen. Da sie selbst ohne Bosheit, Unaufrichtigkeit oder Falschheit ist, erwartet sie auch von anderen, daß sie handeln wie sie, und ist eher verblüfft als belehrt, wenn sie es nicht tun. Nie hat sie sich auf die Niedertracht der Umstände eingestellt. Tun sich Fallgruben vor ihr auf, erkennt sie sie nicht.

Teresa hat immer alles mit sich geschehen lassen. Als Kind ging sie herum wie im Traum. Als Heranwachsende war sie wie eine Nachtwandlerin, driftete von einem Tag in den anderen. Pauline versuchte energisch, sie anzustacheln, etwas draufgängerischer zu werden. Teresas Altersgenossinnen schienen im Gegensatz zu ihr, das Leben beim Kragen zu packen, rangelten um günstige Ausgangspositionen bei den Zulassungsbehörden der Universitäten, belagerten Stellenvermittlungen. Teresa meinte nur, sie würde gern die Kunstakademie besuchen.

»Dann tu was dafür«, mahnte Pauline. »Füll die Aufnahmeformulare aus. Bewirb dich. Die werden keinen Wagen mit Chauffeur zu dir schicken, weißt du.«

Teresa macht ein gequältes Gesicht.

Nicht, daß sie kein Rückgrat hätte. Sie ist auch weder dumm noch faul noch unmotiviert. Das Problem ist ihre unangebrachte Überzeugung, daß immer alles gut ausgeht. Teresa hat ein Talent für Entwürfe und Gestaltung, das sich aus intensiver Beschäftigung mit Farben in der Kindheit entwickelt hat und zu der Gabe geworden ist, Bizarres aus den unwahrscheinlichsten Materialien zu schaffen. In ihrer Kinderzeit war das Haus voll von originellen, aus Haushaltsabfall gestalteten Gegenständen: prächtigen esoterischen Vögeln, Phantasiekonstruktionen. In der Schule verbrachte sie die meiste Zeit im Zeichensaal in zufriedenem Trancezustand. Genau das wollte sie im Leben tun. Was war daran problematisch?

Teresa kam also auf die Kunstakademie und war gezwungen, den eigenen Ehrgeiz mit den Forderungen des Schulsystems in Einklang zu bringen. Wenn man von dem leben will, was man gerne tut und was zu tun einem Freude macht, muß man herausfinden, wie man seine Fähigkeiten an den Mann bringt. Teresa schlug sich mit Aufnahmeformularen und Anhörungen herum, landete in einer Londoner Akademie und verließ sie mit durchaus verkäuflichen, vermarktungsfähigen Kenntnissen. Als sie Maurice begegnete, war sie glücklich etabliert als freiberufliche Designerin, gleichermaßen bereit, die Schaufenster in einem erstklassigen Warenhaus zu dekorieren oder die Bühnenbilder für ein Theater zu liefern.

Teresas Karriere ist gerade jetzt so gut wie unterbrochen, wegen Luke. Es scheint sie nicht übermäßig zu beunruhigen – noch nicht. Und vielleicht, denkt Pauline, kommt noch ein weiteres Kind. Vielleicht.

Als Teresa Pauline mitteilte, daß sie heiraten würde, sagte

sie absolut ehrlich: »Ich wußte ja gar nicht, daß man so glücklich sein kann«, und Pauline war tief bestürzt gewesen. Nicht nur wegen Maurice (So gut kennst du ihn nun auch wieder nicht, sagte sie sich. Er könnte sich ja als ganz anders herausstellen. Und die fünfzehn Jahre Altersunterschied besagen gar nichts), sondern weil Teresa genau das meinte, was sie sagte. Sie tat, als sei ihr ein weiterer Sinn verliehen worden. Und Pauline konnte nur eines erkennen: eine beängstigende Verletzlichkeit. Die glühende Erwartung in Teresas Gesicht ließ sie wieder aussehen wie ein Kind – ein Kind, das den Unbilden des Schicksals nicht gewachsen ist.

Unten schlägt eine Tür. Maurice hat das Cottage verlassen. Pauline sieht ihn zum Wagen gehen, einsteigen, den Motor anlassen, zurückstoßen und auf den Feldweg hinausfahren. Er braust ab, fast etwas zu schnell. Wohin will er? Er kommt offenbar mit seiner Morgenarbeit nicht voran. Und Maurice ist ja immer so unruhig. Plötzlich ist er auf und davon, ohne zu sagen warum und wohin. Ich weiß nie, wo er ist, sagt Teresa behaglich.

Eben jetzt, nimmt Pauline an, will er wahrscheinlich ins Dorf, um sich eine weitere Zeitung zu holen oder was er sonst braucht. Sie vergißt Maurice und wendet sich endlich der Post zu: die Stromrechnung, der Bankauszug, die Überweisung für einen redaktionellen Job, zwei Bitten um karitative Beiträge und das Luftpostkouvert mit der kalifornischen Marke.

Die Wettervorhersage des Briefträgers trifft zu, wie gewöhnlich. Am Sonnabend ist der Himmel wolkenlos. Es ist ein blaugrüner Maimorgen, die Landschaft frisch und glänzend. Pauline, die nach dem Frühstück ins Freie tritt, beschließt endlich einmal etwas für den Vorgarten zu tun – das kleine Stück beidseits des Weges zur Tür. Sie ist eine unsystematische Gärtnerin, läßt sich im Frühling dazu hinreißen, tätig zu werden, und läßt den Rest des Jahres alles laufen, wie es läuft. Infolgedessen sind die beiden Beete ein Chaos überwucherter Pflanzen, zu langstieliger Lavendel, eine Rose, die beschnitten gehörte, von Knöterich halb ersticktes Fingerkraut und überall dazwischen eine Unmasse Quecken. Pauline inspiziert das alles und spürt die gewohnte, jahreszeitlich bedingte Aufwallung von Entschlossenheit. Sie holt die Gartengeräte und macht sich ans Werk, die Sonne auf dem Rücken, den Wind im Haar, eine geschäftige Gestalt in Cordhose und ausgebeultem Pullover.

Pauline ist also eifrig bei der Arbeit, als ein glänzender Wagen den Feldweg entlang auf World's End zukommt. Sie hat vergessen, daß Maurices Wochenendgäste erwartet werden. Natürlich, die, denkt sie. Da kommt auch schon Teresa mit Luke heraus und winkt und grüßt. Maurice hat oben in seinem Arbeitszimmer vermutlich noch nichts gehört oder gesehen.

»Das werden James und Carol sein«, sagt Teresa. »Und du warst fleißig? Ich muß auch was für unseren Garten tun. Falls nicht etwa du …«

Auch Teresa ist beim Gärtnern nachlässig.

»Mal sehen«, sagt Pauline. »Wenn mir nicht die Luft ausgeht. Du hast sowieso kaum etwas, was die Pflege lohnt. Wenn ich ihn dir umgrabe, könntest du allerlei Einjähriges setzen.«

Der Wagen hat gehalten. Die Insassen steigen aus.

»Puh!« sagt James Saltash. »›Etwas abgelegen‹ hat Maurice gesagt. Die halbe Meile Fahrt durch Kornfelder hat er aber nicht erwähnt!«

Er ist Mitte dreißig, lang aufgeschossen und schlaksig, schwarzes Haar rutscht ihm über ein Auge. Seine Gefährtin reicht ihm kaum bis zur Schulter. Sie hat glattes, goldenes Haar und eine kindliche Ponyfrisur. Eine schlanke Figur, die sich in einem schwarzen Top und langem grünen Rock sehr hübsch zur Schau stellt. Riemensandalen, nackte Beine, alles etwas zu sommerlich für den heutigen Tag, der wärmer aussieht, als er ist. Der Fehler aller Städter, denkt Pauline im stillen bei ihrem Anblick. Sie würde gern bei dem weitermachen, woran sie gerade ist, aber es könnte unhöflich aussehen, das sofort zu tun.

»Doch keine halbe Meile«, sagt Teresa und lächelt vorwurfsvoll. »Aber es ist ein bißchen holprig, fürchte ich. Na, jedenfalls haben Sie hergefunden ...«

»Es ist himmlisch hier«, stellt Carol fest. Sie hat die Umgebung begutachtet. Sie strahlt Teresa an und jetzt Maurice, der aus dem Cottage aufgetaucht ist.

»Hallo James, hallo Carol«, sagt Maurice. »Das hier ist Pauline, Teresas Mutter.«

»Hallo«, sagt Carol. Das Strahlen verliert an Intensität. Für die Mutter von irgendwem interessiert sie sich anscheinend nicht.

»Und Luke.«

Carol stupst mit einem Finger in Lukes Bäckchen. So wie es aussieht, interessieren auch Babys sie nicht besonders.

»Habt ihr irgendwo ein Pflaster?« fragt James. »Carol ist bei einer Tankstelle auf ein primitives Klo gegangen und hat sich an einer rostigen Röhre das Bein aufgerissen.«

Carol hebt den Rock und zeigt einen Fleck getrocknetes Blut auf ihrer Wade. »Ich bin unglaublich tapfer«, sagt sie.

»Ich habe Jod und all das in der Küche«, sagt Teresa. »Kommt herein. Mum – könntest du Luke einen Augenblick nehmen?«

Alle gehen ins Haus. Teresa zieht einen Stuhl unter dem Tisch vor und Carol setzt sich. Teresa wühlt im Küchenschubfach. »Da ist es: Pflaster, Jod. Lieber erst waschen.« Sie holte eine Schüssel Wasser und Watte.

Carol ist der Mittelpunkt der allgemeinen Aufmerksamkeit. Selbst Luke wird mit hineingezogen und schaut argwöhnisch auf die eingedrungenen Fremden. Carol legt ihr Bein auf einen anderen Stuhl, und James wäscht, auf den Knien liegend, die Wunde aus. Carol protestiert lachend. »Autsch, James, du bist einfach brutal. Au!«

Maurice tritt vor. Er hockt sich hin. »James, wenn ich das sagen darf, du vermurkst die ganze Sache. Moment mal ...«

Und so ist es denn Maurice, der Carols Wunde badet, das Jod aufträgt und das Pflaster klebt. Er macht das erstaunlich geschickt in Anbetracht seiner sonstigen Unbeholfenheit. James beugt sich über Carol und spricht jetzt besorgt von Tetanusspritzen.

»James, bemutter mich nicht so«, sagt Carol und lacht zu Teresa hinüber.

Maurice beendet sein Werk. Er legt einen Moment lang

seine Hand auf Carols Knie, ohne sie anzusehen, und sagt, als gelte es, ein Kind zu beruhigen: »So, jetzt ist es schon besser.« Er wendet sich an James. »Hast du zufällig daran gedacht, mir ein Exemplar von dem Defoe mitzubringen?«

»Aber ja doch«, sagt James. »Und noch ein, zwei andere Sachen, die du vielleicht brauchen kannst. Ich hol jetzt unsere Sachen aus dem Wagen, ja?«

Die Männer gehen hinaus. Carol fängt an, Teresa von der ungewöhnlichen Prozession von Oldtimern zu erzählen, die sie auf der Autobahn überholt haben, unterbricht sich, um James zuzurufen, er soll ihr die Strickjacke vom Rücksitz mitbringen bitte, und nimmt ihren Bericht über die Wagen wieder auf. Dutzende, ob da irgendwo eine Rallye stattfindet, ob es Spaß machen würde hinzufahren? Teresa hat die leicht erstarrte Miene, die bedeutet, daß ihr nicht ganz behaglich ist. Wie gut kennt sie diese Carol? überlegt Pauline. Luke zappelt und will auf den Boden herunter. Pauline sieht eine Gelegenheit zu entwischen, läßt Luke los, zieht zu Teresa hin eine Augenbraue hoch und strebt zur Haustür.

»Oh ...« sagt Teresa und unterbricht Carols Redeflut. »Ich sehe Sie dann heute abend. Meine Mutter kommt auch zum Abendessen herüber.«

Carol schießt einen langen Blick auf Pauline ab. »Aha, schön.«

Pauline geht wieder an die Gartenarbeit. James Saltash macht Pause im Herauswuchten von Gepäck aus dem Wagen, kommt herüber und sagt, daß sie sich schon mal begegnet seien – wo nur? Bei der Londoner Buchmesse, kann das sein? Und auch Pauline erinnert sich undeutlich, daß er ihr über einem Drink irgendwann mal vorgestellt worden ist. Sie und James schwatzen ein wenig, und Pauline tut einen kurzen Blick auf die Persönlichkeit, die zu diesem linkischen, gebückten Gestell und dem widerborstigen Haar gehört – eine recht entwaffnende Kombination aus Schüchternheit und Begeisterung, wie bei einem Hund, der noch nicht weiß, ob man ihn mag. Ein netter Kerl, denkt Pauline, aber eigentlich nicht ganz Maurices Typ, sollte man meinen. Hat er denn Maurices Format, oder ist er nur ein Anhängsel? Und was ist mit der jungen Person? Mit ihrer Frisur à la Dora Carrington?

James verschwindet im Cottage. Pauline wendet sich der verwilderten Rose zu, die zu einem Dickicht toten Holz geworden ist. Sie vergißt die Besucher, während sie schnippelt und zwickt und nun an Harry denkt, was ungewöhnlich ist. Sie denkt selten direkt an Harry. Aber natürlich war da dieser Brief. Sie hat es noch nicht geschafft, Teresa zu berichten, daß sie einen Brief von ihrem Vater bekommen hat.

Wenn Pauline an Harry denkt, ist es immer der Harry von damals, nicht der von jetzt. Der heutige Harry – unvorstellbar und unerreichbar – ist in einem anderen Lebensraum, und für den interessiert Pauline sich nicht besonders. Irgendwo draußen an der Westküste der Vereinigten Staaten wandert und spricht Harry, begeistert seine Studenten durch seine altmodische britische Art, fährt einen schicken Wagen die Einfahrt eines geräumigen weißen Hauses hinauf, geht abends ins Bett mit seiner Frau Nadi, die neununddreißig ist und ›Kreatives Schreiben‹ lehrt. Pauline kann sich diesen Harry nicht vorstellen, möchte es auch nicht. Er geht sie nichts an. Teresa hat Harry in Kalifornien besucht, ist hinübergewechselt in die andere Lebensebene, hat in dem geräumigen weißen Haus gewohnt und hat später Pauline taktvoll schonende Informationsbruchstücke zukommen lassen:

über die üppigen Blumen, die in kalifornischen Gärten wachsen, über die allgegenwärtigen Swimmingpools, über Harrys geblümte Bermuda-Shorts. Sie geht behutsam vor. Pauline bemerkt Teresas besorgte Blicke, wenn sie versucht, die Wirkung des Erzählten einzuschätzen. Sie will nicht, daß Pauline sich aufregt. Sich an Geschehenes erinnert. Eifersüchtig wird.

Und Pauline ist tiefer gerührt von Teresas Besorgnis als von einem noch so mächtigen Anhauch von Harry. Sie hätte gern gesagt, mach dir keinen Kummer, all das hat nichts mehr mit mir zu tun. Er nicht, so wie er jetzt ist, sie nicht, die, was mich angeht, ganz belanglos ist. Ich bin nicht eifersüchtig. Und man kann mir nichts ins Gedächtnis rufen, was nie aufgehört hat zu geschehen. Was in unerfreulichen Zeiten immer wieder geschieht. Ich kann nun nicht mehr eifersüchtig sein, obwohl ich auf dem Gebiet der Eifersucht einmal Experte war. Alle Feinheiten der Eifersucht kenne ich, alle Nuancen, alle noch so komplizierten Verzerrungen der Eifersucht. Doch so kann sie nicht mit Teresa reden, weil sie das nie getan hat. Statt dessen fragt sie eifrig nach den Stränden, den Einkaufszentren, dem Klima und sieht, wie erleichtert Teresa ist, daß sie das Minenfeld überwunden haben.

Harrys Stimme, seine Handschrift heute auf dem Briefumschlag, die kalifornische Briefmarke hat nur Verstimmung ausgelöst. Er hat jetzt keine Macht mehr, er ist entschärft, entmannt. Dessen ist er sich vermutlich bewußt und entsprechend beleidigt. Ein-, zweimal im Jahr nimmt er auf diese Weise Kontakt auf, versucht die Verbindung zwischen ihnen zu festigen. Pauline weiß sehr wohl, was er möchte. Er möchte eine auf hintergründige Art geheime Beziehung –

einen späten Flirt mit melancholischem Beigeschmack. Sie hat dieses Ansinnen aus seiner Stimme herausgehört, hat es zwischen den Zeilen seiner Briefe gelesen. Und es hat bei ihr nichts anderes ausgelöst als leichte Entrüstung. Oh nein, hat sie gedacht, oh nein, bestimmt nicht. Sie sieht in Harry jetzt so etwas wie ein unvernünftiges Kind, dessen übertriebene Forderungen nur noch ermüden und langweilen. Er ist ein Schatten geworden – der machtvolle Harry existiert nur noch in ihrem Kopf. Dort verbirgt er sich, der emotionsbeladene Harry, für immer und ewig in einer Spalte ihres Erinnerungsvermögens, um sich manchmal aufzurichten und sie abrupt stillstehen zu lassen. Er schaut sie über den Frühstückstisch hinweg an. »Ja«, sagt er, »da staunst du, was?« Er richtet sich über ihr im Bett auf und blickt auf sie herab mit Augen, die sie nicht sehen. Er wendet sich von einem offenen Fenster ab und sagt: »Tut mir leid, Pauline. So etwas passiert eben. Du kannst nichts daran ändern.« Harry ist fort, schon lange, aber er ist für sie immer noch da.

Die Rose ist jetzt getrimmt. Pauline richtet sich auf, überblickt zufrieden ihren Garten und geht ins Haus. Später wird sie bei Teresa umgraben. Teresa hat an diesem Wochenende schon genug am Hals.

Der Tag kippt um in den Nachmittag. Pauline hat zu tun. Einmal wirft sie einen kurzen Blick aus ihrem Schlafzimmerfenster und sieht Teresa im Garten mit Carol. Teresa ist mit Luke beschäftigt, Carol sitzt auf einer Wolldecke, eine Zeitung in der Hand, das Gesicht schräg der Sonne zugewandt. Maurice und James sind vermutlich oben und besprechen Maurices Manuskript.

Am Abend serviert Teresa Lammbraten und hinterher Obstsalat. Sie essen in der Küche. World's End blinzelt und schwirrt um sie her, all seine Haushaltsgeräte sind in Hochform. Draußen ist es still. Nur das Geräusch des Windes in der Hecke und, wenn man genau hinhört, das ferne Gemurmel des Verkehrs auf der Hauptstraße. Als sie beim Käse angelangt sind, hat Maurice schon die dritte Flasche Wein geöffnet.

Teresa hat an, was sie schon den ganzen Tag angehabt hat (die Schulter ihres Hemdes ist voller Essenspuren von Luke). Die Männer auch. Pauline hat einen anderen Pullover angezogen. Carol hat sich umgezogen: cremefarbene Seidenhose mit losem aprikosenfarbenen Oberteil und ein Paar baumelnde Silberscheiben als Ohrringe. Ihr Gesicht ist rosig überhaucht. James, der sie über den Tisch hinweg liebevoll mustert, sagt: »Du warst lange in der Sonne, weißt du.«

»Hatte ich auch vor. Dazu kommt man doch aufs Land, oder?«

»Es ist großartig hier«, sagt James zu Pauline. »Wie lange wohnen Sie schon hier?«

Pauline berichtet, wie sie vor zehn Jahren World's End erworben hat. Bis jetzt drehte sich das Gespräch ausschließlich um Maurices Buch. Maurice hat sehr unterhaltsam über einige der darin aufgeworfenen Fragen gesprochen. Er hat sich spöttisch und provozierend über seine gründliche Überprüfung der zeitgenössischen Museumsstrategie geäußert. Man hat animiert darüber diskutiert, wie denn das Buch heißen soll. *Profit aus der Vergangenheit,* lautet anscheinend derzeit der Arbeitstitel.

»Nach so etwas wie dem hier suche ich auch«, sagt James. »Wenn man das Jahr über in London festsitzt, merkt man nicht, ob Sommer oder Winter ist.«

»Ach«, sagt Maurice. »Interessant.« Er wirft James einen nachdenklichen Blick zu. »Dir ist also auf dem Land wohler?«

»Aber ja, natürlich.«

»Wieso?«

»Frische Luft«, sagt James. »Viel Platz. Alles das.«

»Zurück zur Natur?«

Jetzt wird James vorsichtig. »Wenn du es so ausdrücken willst. Das wollen doch die meisten Menschen irgendwann mal.«

»Natürlich«, sagt Maurice. »Tun wir alle. Programmiert wie wir sind. Nach jahrhundertelangen Anpreisungen von Chaucer bis Wordsworth.«

Carol lacht anerkennend. James sieht ein bißchen verwirrt aus. Er gießt sich noch ein Glas Wein ein und sagt, er freue sich zu hören, daß er nicht der einzige ist, der sich von einer Landschaft hat begeistern lassen, und daß er immer noch auf so etwas wie das hier Lust habe, wenn er es fände.

»Langweiliger Kram, die Natur«, sagt Maurice. »Eine ewige Wiederholung. Gräßlich konservativ.« Er ist leicht beschwipst. Nichts Ungewöhnliches. Maurice trinkt ziemlich oft ziemlich viel.

Carol lacht wieder. »Wie originell.« Auch sie hat möglicherweise einen kleinen Spitz. Sie amüsiert sich jedenfalls, soviel ist klar.

»Nein«, sagt Pauline. »Das ist schon oft gesagt worden. Es ist schlicht Anti-Romantik.«

»Du bist ein hundsgemeiner Zyniker, Maurice«, sagt James freundlich. Er scheint seine gute Laune wiedergefunden zu haben, wenn er sie überhaupt wirklich verloren hatte.

Teresa wendet sich jetzt von der Spüle, in der sie Teller gestapelt hat. »Maurice gibt nur an, müßt ihr wissen. Heute früh hat er mich geweckt, um mir zu sagen, ich soll den Kuckuck hören.« Die Bemerkung und ihr Tun sind von einer Schärfe, die sonst nicht ihre Art ist. Nur Maurice und Pauline bemerken es. Maurice scheint uninteressiert. Pauline nimmt es zur Kenntnis.

»Huh, Maurice, Sie Schwindler«, sagt Carol.

Maurice grinst ungerührt, wie es scheint. Er trinkt etwas Wein und schaut sich am Tisch um. »Sind alle bereit für Bradley Castle morgen?«

»Aber ja«, sagt Carol. »Es klingt lustig. Gehen wir auch zum mittelalterlichen Bankett?«

»Das gibt es leider nur am Sonnabend«, sagt Maurice. »Wir müssen mit dem Robin-Hood-Erlebnis zufrieden sein. Aufbruch um zehn Uhr, Pauline?«

»Nein, danke«, sagt Pauline nachdrücklich. Sie steht auf. »Ich fürchte, ich habe anderes vor. Ihr müßt mich entschuldigen. Und jetzt geh ich ins Bett. Gute Nacht allerseits.«

Draußen bleibt sie einen Augenblick auf dem Feldweg stehen. Es ist eine schöne Nacht, ein Mondviertel hängt über dem Hügel, substanzlos wie ein Fetzen Papier. An mehreren Stellen flammt der Himmel dicht über dem Horizont orangerot und zeigt die nächstgelegenen dichtbevölkerten Städte an. World's End selbst steht inmitten der dunklen Masse der Felder, leuchtend, strahlend, einladend. Kein anderes Licht ist zu sehen, bis auf einen gelegentlichen wandernden Strahl draußen auf der Straße. Pauline geht ins Haus und verschließt die Tür.

Als sie anfing, das Cottage zu bewohnen, an Wochenenden und in den Ferien, war sie ein bißchen ängstlich, weil es so isoliert liegt. Bis jetzt ist nur einmal etwas passiert: Ein Rasenmäher ist in Paulines Abwesenheit aus dem Schuppen gestohlen worden. Vermutlich wurden die Diebe davon abgehalten, sich World's End gründlicher vorzunehmen, weil die Alarmanlage, die die Cottages mit dem nächsten Polizeirevier verbindet, so auffällig angebracht war. Die Polizei tat den Diebstahl als Dummejungenstreich ab, und am Schuppen hängt jetzt ein Vorhängeschloß.

Über die Alarmanlage wundern sich Besucher oft, die frisch aus den Gefahren der Großstädte kommen. »Hier?« sagen sie und sehen sich in der friedlichen Landschaft um. Man nimmt an, daß eine so ruhige Gegend auch eine vergleichbar geringe Kriminalität bedeutet. Vermutlich rechnet man nur mit einem gelegentlichen Äpfeldieb, dem dann ein Bobby auf dem Fahrrad Einhalt gebietet. Für viele Leute ist auf dem Lande die Zeit stillgestanden, dort herrscht ein wohliges Nirwana mit ewigem Sommer, in dem man höchstens einer Gruppe Wanderern in Shorts begegnet, die neben einem Heuhaufen picknicken, unter dem blauen Himmel und den Wattewölkchen einer Shell-Reklame.

Maurice stürzt sich natürlich voller Häme auf solch idyllische Mißverständnisse. Seine Besorgnis gilt der Tatsache, daß derartige Legenden im Interesse kommerzieller Ausbeutung gehegt und gepflegt werden. Pauline empfindet eher die tiefe Kluft zwischen dem Bild des Ländlichen und seiner Wirklichkeit, die vielleicht diejenigen tiefer erschreckt, die aus den falschen Gründen auf dem Lande leben und selbst auf die Wirklichkeit hereingefallen sind. Das Land ist ein Areal mutwilliger Zerstörung und war es schon immer – ein Ort, an dem Vögel und Tiere erwürgt, gejagt oder ausgegraben und zu Brei geschlagen werden. Das Land ist grundlegend traditionsgebunden, wie man sehr wohl weiß, und das gehört zu den stärksten Traditionen. Natürlich muß man dankbar dafür sein, daß heutzutage keine Bettler mehr im Straßengraben sterben oder Findelkinder auf Kirchhöfen ausgesetzt werden. Die Unmenschlichkeit aber gedeiht noch immer, wenn auch auffallendes Elend jetzt von Amts wegen gelindert wird. Sogar die gejagten Füchse und die totgeschlagenen Dachse haben ihre Lobby, so wenig sie auch nützt.

Am Samstagmorgen überfällt die Dorfjugend das freundliche Stadtzentrum von Hadbury (Nummer 14 High Street, jetzt Barclays Bank, aus dem mittleren 18. Jahrhundert mit schönem Säuleneingang, das Ship Inn, spätes 17. Jahrhundert mit Mittelpfostenfenster und Stuckverzierungen). Sie schlagen hauptsächlich Autoscheiben ein und werfen Bierdosen in Schaufenster. Vorigen Monat wurde eine Gruppe Jugendlicher, die die Fassade eines Supermarkts mit dem Hammer zerstören wollte, durch einen sechzigjährigen Alten gestört, der so unklug war, ihnen Vorhaltungen zu machen. Beleidigt griffen die Burschen statt dessen ihn mit dem Hammer an. Er wurde bewußtlos geschlagen und liegt noch immer mit einem Schädelbruch und diversen Verletzungen im Krankenhaus.

Solche Sachen liest Pauline in der Lokalzeitung, neben Berichten über Schulfeste und Debatten über Baugenehmigungen. Ein Foto von lachenden Kleinkindern in einem von den Rotariern gestifteten Planschbecken steht neben einem von formlosen Blechklumpen, der neuesten Massenkarambolage auf der Straße, die durch das Tal führt. Das Tal von World's End, das Tal mit dem Weizen und dem von Bäumen gekrönten Hügel. Die Straße ist alt, einspurig, zu schmal für den jetzigen Verkehr, den Lastwagenverkehr nach Norden zu Orten wie Birmingham und Coventry, und die Wagen der Hiesigen, wie Chaundy, der von einem seiner Industrieunternehmen zum anderen unterwegs ist, oder Pauline, die zum

Einkaufen nach Hadbury will. Touristenbusse benutzen diese Straße, wollen nach Stratford. Die Reihen der Köpfe wackeln, wenn der Bus das Tal passiert, die Fahrgäste sitzen hoch über der Landschaft, die sie aus ihrer klimatisierten Kapsel durch getönte Scheiben an sich vorüberziehen sehen. Und was sehen sie eigentlich? Eine Landschaft, die schön ist? Oder bemerkenswert? Oder nur fremdartig? Wird ihre Aufmerksamkeit durch Gebäude gefesselt oder durch die Kornfelder oder die Namen auf den Wegweisern oder das Logo des »Zufriedenen Essers« auf dem Plakat im Verkehrskreisel?

Pauline hat schon an vielerlei Orten gewohnt. Sie fühlt sich an keinem besonders beheimatet. Sie ist nicht durch ihre Sprechweise festgelegt, wie manche Menschen dieser Gegend. Sie ist an der Südküste aufgewachsen, in Worthing, wo ihr Vater eine Arztpraxis hatte. Später hat sie gelebt, wohin der Zufall sie verschlug. An einer Universität im Norden. In einer Stellung in Manchester. Während der Jahre mit Harry war sie wieder im Süden, lebte in einer Domstadt, in der sich eine der neuen Universitäten etabliert hatte und an der dann Harry der aufgehende Star wurde. Harry hatte den rechten Job zur rechten Zeit. Alles Akademische war plötzlich Mode. Ein Akademiker war nicht länger eine abgerissene Gestalt, ehrwürdig und höchst langweilig, sondern ein heller Hitzkopf, beliebt bei den Medien als Teilnehmer an Fernsehdiskussionen und als Verfasser von ätzenden Artikeln in Sonntagsbeilagen. Harry war der richtige Mann zur richtigen Zeit. Er war überall sehr gefragt. Sein Spezialfach, populäre Geschichte, traf den Zeitgeist. Die Amerikaner hörten von ihm – es gab einen einjährigen Studienurlaub in Harvard, Spritztouren nach Kalifornien. Er machte sich das System zunutze, jonglierte mit den Jobs und erklomm die Beförderungsleiter: Dozent, Assistenzprofessor, Ordinarius.

Pauline hat dadurch gelernt, sich anzupassen,in einem belaubten Villenvorort oder einer städtischen Straße zu leben, ihr Lager abzubrechen und weiterzuziehen, wenn es erforderlich wird. Manches Heim hatte sie lieber als andere, doch Mörtel und Ziegelstein können sie nicht festhalten. Jetzt teilt sie ihre Zeit zwischen ihrer Londoner Wohnung und World's End, je nach Neigung und Bequemlichkeit. Sie kann an beiden Orten gleich gut arbeiten.

An all das denkt sie jetzt, wie sie so im Bett liegt und auf den Schlaf wartet – etwas zu aufgekratzt durch Wein und Gespräche. Sie denkt an das anachronistische Gehäuse um sie herum, an den Stein, der sich unerschütterlich von Jahrhundert zu Jahrhundert gleichbleibt. Sie denkt an all die anderen, die in diesem Zimmer Schlaf gesucht haben oder aber höchstwahrscheinlich, erschlagen von der schweren Plackerei, sofort eingeschlafen sind. Es ist Mitternacht, und sie ist unruhig. Sie denkt nicht länger an den Ort oder die Menschen, sondern ist aufgewühlt von etwas Unnennbarem, einer Befürchtung, die sie unmöglich einordnen kann. Sie knipst die Nachttischlampe an, und der Raum füllt und erwärmt sich mit dämmrigem Schein. Sie dreht das Radio an: Der Nachrichtensprecher erzählt von Ereignissen in Indien, in den Vereinigten Staaten, auf den Philippinen. Die Welt ist zum Greifen nahe hier am Ende der Welt, in World's End. Sie kann sie fühlen, wie sie draußen weit hinausreicht, in Dunkelheit und Licht, leere Räume und wimmelnde Städte, und alles redet und redet.

Einst, in einer anderen Zeit, ist sie mit Harry durch die Vereinigten Staaten gereist. Die Fahrt schien wochenlang immer weiterzugehen. Heute ist sie in ihrem Kopf zu einander widersprechenden Eindrücken von Raum und Intimität verdichtet. Die unermeßlichen Horizonte und die endlose Straße verschwanden unter der Motorhaube des Wagens und glitten noch einmal den Rückspiegel hinauf. Der Wagen selbst, wulstig und mit Flossen, ein exotisches Ungeheuer. Das baumbedeckte Neu-England, die Weizenfelder von der Größe einer englischen Grafschaft. Canyons, Berge. Gesichter und Stimmen in Hotels und Tankstellen. Das Autoradio war ihre Rettungsleine, ihr Zugang zu diesem verblüffenden und rätselhaften Land, durch das sie krochen. Die Stimmen darin sangen und schwatzten Stunde um Stunde, dünkten sie unverschämt, raffiniert, unsinnig, unerreichbar. Ihnen war zumute, als seien sie auf einem fremden Planeten. Pauline war zweiundzwanzig. Harry war ein Jahr älter, arbeitete an seiner Promotion, berauscht von Erfolg und Ehrgeiz. Jeden Abend fielen sie in einem schäbigen Motelzimmer aufs Bett und liebten sich ungestüm. Pauline erwachte in stickiger Morgendämmerung auf zerwühlten Leintüchern, die nach Sex rochen, und hörte draußen vor dem Fenster seltsame Vogellaute. Irgendwo in Colorado sagte Harry um drei Uhr früh: »Wir heiraten im Herbst, ja?« Er lag da, rauchte nach dem Orgasmus seine übliche Zigarette, seine Hand ruhte freundschaftlich auf ihrem Schritt. »Ich bin ganz hingerissen von diesem Land«, sagte er. »Eines Tages werde ich hier für immer landen.«

Pauline stellt die Nachrichten auf Channel Four ab und löscht die Welt aus. Wieder ist sie allein mit den Nachtgeräuschen – dem fernen Brummen eines Flugzeugs, dem Wind in den Apfelbäumen. Sie schickt Harry wieder zurück in eine andere Nacht in Colorado vor mehr als dreißig Jahren. Sie hört, wie im Nebenhaus ein Fenster geöffnet wird. Noch jemand findet keine Ruhe im Schlaf.

Das Robin-Hood-Erlebnis war echt blöd«, sagt Teresa. »Man mußte da durch so einen Wald, und überall hopsten Leuten in Kostümen herum und beschossen sich gegenseitig mit Pfeilen.«

»Haben sie denn getroffen?«

»Oh nein. Es waren überhaupt keine richtigen Pfeile. James hat einen aufgehoben, er hatte eine Gummispitze. Pferde gab es auch. Daran hatte Luke Spaß. Maurice fand es natürlich himmlisch.«

»Vermutlich vom wissenschaftlichen Standpunkt aus, oder?«

»Ja, er will einen ganzen Abschnitt über die hochgejubelten Touristenattraktionen schreiben.«

Pauline und Teresa sind auf der Fahrt nach Hadbury. Teresa braucht ein Sonnenhütchen für Luke und ein paar Haushaltsdinge. Pauline muß ihren Vorrat an Faxpapier und Farbbändern für den Drucker auffüllen. Außerdem möchte sie ein zerbrochenes Glasfach in ihrem Badezimmerschränkchen ersetzen und einen neuen Toaster kaufen. Hadbury kann all diese Bedürfnisse befriedigen. Luke ist erfreulicherweise in seinem Kindersitz eingeschlafen, während sie aus dem Feldweg von World's End auf die Hauptstraße einbiegen und dann an den Kornfeldern und Kohlfeldern und Rapsfeldern und den ockerfarbenen Brachflächen, den Dörfern, Tankstellen und dem »Zufriedenen Esser«-Plakat vorbeifahren, bis sie endlich das Gewirr aus Straßen und Schildern erreichen, das anzeigt, daß sie nun beim Marktflecken angekommen sind.

Hadbury ist in einen Schraubstock aus Ringstraßen, Umgehungsstraßen und Gewerbegebieten eingespannt. Inmitten dieser weitreichenden Planung – Verkehrskreisel, Doppelfahrbahnen und geteerte Flächen – hockt die Stadt selbst mit ihrem Marktkreuz, ihren beiden Kirchen und ihrer Hauptstraße mit gediegenen Häusern des 18. Jahrhunderts, von denen die meisten jetzt als Banken oder Bausparkassen dienen. Dieser Stadtkern wird in den Schatten gestellt von seinem Satellitenimperium, das bei jedem nach draußen führenden Verkehrskreisel säuberlich angezeigt ist: Willow Way Industriesiedlung, Oxpens Supermarkt, Meadowlands Gewerbegebiet. Dort draußen ist viel Platz: eine glitzernde Savanne aus Parkplätzen, umgeben von landwirtschaftlichen Baumärkten. Tesco, Allied Carpets, Comet, Homecare. Es ist, als wäre die ursprüngliche Stadt jetzt schützend in diesen *cordon sanitaire* eingeschweißt, als Kuriosität bewahrt, deutlich über ihr Verfallsdatum hinaus.

In dieses in Mißkredit geratene Zentrum strebt Pauline, wobei sie die Verlockungen der betonierten Savannen ignoriert. Sie schafft es, einen Parkplatz zu finden. Luke wird aus dem Auto in sein Sportwägelchen umgefüllt, und sie machen sich auf zu HAUSHALTSWAREN und FÜR UNSERE KLEINEN, die beide am ehemaligen Buttermarkt untergebracht sind. Hadbury ist, selbst an diesem Montagmorgen, sehr geschäftig. Die Fußgängerzone im Stadtzentrum wimmelt von Menschen, hauptsächlich Frauen, die meisten jung, viele schieben ein Sportwägelchen. Pauline und Teresa passen gut dort hinein: Ringsumher sind lauter ähnliche Gruppen, Mutter und Tochter und Kind beim Einkaufen. Babys und Krabbelkinder auf allen Seiten, unter Sonnenbaldachinen nickend, königlich von spitzenbesetzten Kissen aufblickend, auf den Gehsteigen torkelnd oder im Wickeltuch getragen.

»Und ich dachte, es gäbe derzeit ein Problem mit der Fruchtbarkeit«, sagt Pauline.

Teresa meint auch, daß das sichtlich nicht auf Hadbury zutrifft. »Vielleicht ist es auf dem flachen Land anders?«

»Ah«, sagt Pauline. »Wieder mal der verderbliche Einfluß der Stadt.«

Mit der Fortpflanzung scheint etwas passiert zu sein. Die Spermienanzahl des europäischen Mannes ist merklich vermindert. Junge Frauen werden nicht mehr als Folge eines einzigen freundlichen Blickes schwanger. Zumindestens nicht alle. Teresas Freundinnen segeln kinderlos durch ihre Zwanzigerjahre, und wenn sie dreißig werden, kriegen sie es mit der Angst; ihre gebärfähigen Jahre verebben, und jetzt, wo sie bereit und willens wären, geschieht nichts. Sie werden Monat für Monat wieder nicht schwanger. Offenbar ist die Pille an allem schuld. Die großartige, die wundervolle Pille, die jetzt plötzlich böse wird und den Frauen die Zähne zeigt, nachdem sie sie einst gerettet hat.

»Nun hört mal«, sagt Pauline zu Teresa und ihren Freundinnen, »glaubt ihr vielleicht, nur ihr hättet Probleme? Wie, meint ihr denn, war es für uns? Immer in Ängsten, nicht schwanger zu werden. Alle halbe Stunde in der Hose nachschauen, wenn die Periode sich mal um einen Tag verspätet. Und dann kommt die Pille, und sofort wird geunkt, daß man davon Embolien kriegt und mit vierzig stirbt. Also muß man wählen zwischen Babys und einem frühen Tod. Einige von uns haben die Pille überhaupt nie genommen.«

Und dann schauen sie sie verständnislos an. Das Klima der Angst, merkt sie, ist so unbeständig wie die Mode. Sie können nicht wissen, wie schwer belastet das Wort einmal war: schwanger. Angsterfüllt einer Freundin zugeraunt. Den Eltern gebeichtet. Bekannt in Ambulanzen und Arztpraxen. Wenn diese jungen Frauen schwanger sind, sagen sie es laut und deutlich. Es ist ein körperlicher, kein Gemütszustand.

Sie sagt zu Harry: »Ich bin schwanger.«

Er schaut sie an. An seinem Ausdruck kann sie nicht erkennen, was er denkt oder fühlt. Sie hätte ebensogut ankündigen können, daß sie eben mal in den Eckladen geht.

»Du bist schwanger?« sagt er. »Soso. Wie ist denn das passiert?«

Sie sind seit elf Monaten verheiratet.

»Was um Gotteswillen meinst du mit: ›Wie ist denn das passiert?‹«

»Du hast doch ein Pessar benutzt, oder?«

Sie starrt ihn an. Sie begreift, daß er von etwas anderem spricht als sie.

»Die funktionieren manchmal nicht, weißt du. Sie sind nur zu achtzig Prozent zuverlässig, heißt es.«

»Aha, eine Überraschung.« Er greift nach der Kaffeekanne, gießt sich ein, schwenkt die Kanne fragend über ihrer Tasse.

Sekunden später sagt sie: »Ich bekomme ein Baby, Harry. Ein Kind.«

Teresa manövriert den Kinderwagen durch die offene Eingangstür des Kindermodengeschäfts. Sie durchqueren einen Wald von kleinen Sachen: Strampelhosen, gestreift wie Rugbyhemden, Miniatur-Overalls, puppenkleine Anoraks und Parkas. Heutzutage ist das Kindesalter eine seriöse Sache. Dahinter beginnt das Dickicht der Gerätschaften: Bettchen, Wagen, Kinderstühlchen und Ställchen.

»Und noch etwas«, sagt Pauline. »Was ist aus den Abtreibern geworden? Da ist wohl eine ganze Berufssparte ausgelöscht? Damals gab es die überall.«

Teresa ist stehengeblieben, um eine Vitrine mit Kinderhütchen zu inspizieren. Sie wirft Pauline einen vorwurfsvollen Blick zu. Eine Oma aus Hadbury beobachtet sie durch eine Stellage mit kleinen Laufschuhen.

Pauline senkt die Stimme um ein Phon. »Es gab zweierlei Arten. Die billigen, die in den Reihenhäusern südlich vom Fluß oder in einer Doppelhaushälfte in Enfield oder Hackney hausten – billig und dreckig. Bei denen riskierte man sein Leben. Wer nur irgendwie konnte, wer hundert Pfund oder mehr zusammenkratzen konnte, ging zu einem der gewissenlosen niedergelassenen Ärzte. Messingtürschild und eine Adresse im West End. Hundert Pfund waren damals verdammt viel Geld. Es wimmelte von Leuten, die herumliefen und verzweifelt versuchten, hundert Piepen aufzutreiben. Bar, sofort, in Pfundnoten und in einem neutralen Kouvert. Bei der Anmeldung abzugeben.«

Teresa blickt von dem kleinen Stapel Jeans auf, den sie gerade durchsieht. »Mein Gott ...« Dann: »Woher weißt du das alles, Mum?«

»Ach, das wußte jeder«, sagt Pauline. »Und das Ding da kannst du Luke nicht anziehen. Das paßt eher zu einem Baseballspieler als zu einem Baby.«

Sie finden einen geeigneten Sonnenhut. Und ein paar T-Shirts, die weder von Teddybären noch vom Logo einer Sportfirma entstellt sind. Sie zahlen und gehen wieder hinaus auf den Buttermarkt.

Sie gehen zu BÜROBEDARF hinein, wo Pauline sich mit Faxpapier und Schreibwaren eindeckt. Luke nörgelt jetzt und wird mit einer Saftflasche zugestöpselt, während sie sich für eine Weile auf einer Bank im Einkaufsviertel niederlassen.

»Ich habe vergessen, dir was zu erzählen«, sagt Pauline. »Ich hatte einen Brief von Harry.«

Seit vielen Jahren nennen sie ihn so. »Dein Vater«, klingt entweder anklagend oder unangemessen konventionell. Und Teresa hat »Dad« schon vor langer Zeit abgelegt.

Teresa macht sich an Luke zu schaffen, dem man die Nase putzen muß. Ihr Ausdruck ist zurückhaltend. »Oh?«

»Er kommt im Sommer herüber«, sagt Pauline. »Er wird ein paar Wochen in London bleiben. Er hofft dich zu sehen. Er ruft dich an, wenn seine Termine feststehen, sagt er.«

Teresa runzelt die Stirn. »Aber wir werden doch dann hier sein und nicht in London.«

Pauline erwähnt nicht, daß Harry auch in ihre Richtung einen Fühler ausgestreckt hat. Einen zarten und vorsichtigen Fühler. Könntest du es vielleicht einrichten, daß wir mal zusammen zu Mittag essen oder zu Abend, solange ich bei euch drüben bin? Diesen Fühler wird sie selbstverständlich ignorieren, wird ihn verdorren lassen, wie sie ähnliche Annäherungen hat verdorren lassen. Er lernt es doch nie, dieser Harry. Vielleicht glaubt er auch an seine unfehlbare Überredungskunst.

»Dieser Sommer ist für Maurice entscheidend«, sagt Teresa zu ihrer Mutter. »Wenn er das Ganze nochmal schreiben und seine Quellenangaben überprüfen kann und dann an der Einleitung und der Bibliographie arbeitet, könnte das Buch im Herbst in Druck gehen. Der Sommer ist also lebenswichtig, wirklich.«

»Hmm …«, sagt Pauline. »Es ist schließlich nur ein Buch.«

Teresa schaut schockiert. »Aber…«, beginnt sie, »ich hätte gedacht, daß gerade du…«

»Im Gegenteil«, sagt Pauline, »ich habe überhaupt keinen Respekt vor Gedrucktem. Ich weiß, wie so etwas entsteht.«

Teresa schaut skeptisch, und Pauline lacht. »Mach dir keine Sorgen, Liebling, ich werde meine ketzerischen Ansichten für mich behalten. Kommen die zwei an diesem Wochenende wieder her?«

»Das weiß ich nicht genau. Ich glaube, erst am nächsten.«

»Auch gut«, sagt Pauline. »Du wirst sie nicht andauernd um die Füße haben wollen.«

Teresa wehrt ab. »Das macht mir nichts aus. Ich hab sie gern. Außerdem müßte Maurice sonst dauernd nach London. So ist es zeitmäßig kostengünstiger.«

»Du gewöhnst dir eine gräßliche Sprache an«, tadelt Pauline.

Die Redeweise von James, argwöhnt sie, dem charmanten James. So tief würde Maurice nicht sinken. Dazu ist er viel zu heikel. Maurice meidet alles, was modisch ist, und erreicht dadurch eine für ihn charakteristische individuelle Eleganz, die irgendwie außerhalb des erwarteten Zeitgemäßen liegt.

»Du läßt es Maurice besser nicht hören, wenn du so redest«, ergänzt sie.

Doch Teresa hat genug von diesem Gespräch. Sie schnallt Luke wieder in seinem Wägelchen fest und schlägt vor, mit den Einkäufen wie geplant weiterzumachen.

Teresa spricht mit Pauline nie über Maurice, es sei denn ganz sachlich, um Beschlüsse, Meinungen und Maßnahmen zu melden. Das ist auch richtig so, denkt Pauline – wer liebt schon die althergebrachten Verschwörungen von Frauen untereinander. Bestimmt beklagen sich eben jetzt überall in

Hadbury junge Frauen bei den älteren über ihre Männer und hören sich im Austausch ebensolche Anklagen an. Sekundenlang denkt sie an ihre eigene Mutter, mit der sie nie über Harry gesprochen hat. Bis auf ein Mal, ein einziges Mal.

Außerdem ist Teresa verliebt. Wenn Pauline das einfällt, schaudert sie jedes Mal. Es ist, als stünde sie an einem sicheren Ufer und sähe Teresa mit der Brandung kämpfen. Sie beobachtet Teresas Zustand mit schrecklichem Wiedererkennen. Sie weiß, was Teresa fühlt, und auch, daß Teresa keinen Augenblick anders würde fühlen wollen. Teresa ist glücklich, wunderbar glücklich. Natürlich kann sie nicht über Maurice sprechen. Maurice ist keine Person, sondern eine Atmosphäre. Er ist jenseits jeder Kritik und Erläuterung.

»... Joghurteis?« fragt Teresa.

»Wie bitte?«

Sie sind bei *Marks und Spencer* und begutachten einen Glaskasten mit Delikatessen.

»Ich sagte, hast du schon mal Joghurteis versucht?«

Sie sprechen kurz über gefrorenes Joghurt. Luke protestiert jetzt unaufhörlich. Er hat genug von der ganzen Expedition. Er windet sich und brüllt und weint. Man könnte meinen, eine Seele im Fegefeuer, nicht jemand, der nur gelangweilt und müde ist. Und Pauline denkt verwundert zurück an diesen längst vergessenen Gefühlsaufruhr. Da ist nun dieser Luke, teilt ihre Tage, lebt aber anderswo, an einem Ort flackernder Empfindlichkeiten, in dem von einer Minute zur anderen Entzücken in Qual umschlagen kann. Wie erträgt man das, wie überdauert man diese Achterbahn der Gefühle? Oder ist sie vielleicht nur hartes Training für das, was noch kommt? Eine brutale Lehrzeit, eine hektisch beschleunigte Version dessen, was noch vor einem liegt?

Pauline fällt ein, daß sie seit Jahren nicht mehr geweint hat. Höchstens gelegentlich einmal eine sentimentale Träne. Aber nicht die echten, wunden, blutigen Tränen des Schmerzes. Sie hat nie mehr geschluchzt bis zur totalen Erschöpfung, hat ihr Gesicht nie mehr rot und verschwollen gesehen, das Salz des Jammers nicht mehr geschmeckt. Bedeutet das, daß sie pausenlos zufrieden war? Daß sie im Zustand emotioneller Neutralität dahingesegelt ist? Selbstverständlich nicht. Es bedeutet auch nicht, daß die Feuer unter der Asche erstickt sind. Es bedeutet ganz einfach, daß man beim Älterwerden weniger häufig weint.

Und jetzt ist Luke plötzlich eingeschlafen. Er ist von der Wut ins Vergessen geglitten und in seinem Wägelchen zusammengesackt. Pauline und Teresa können ihre restlichen Besorgungen in relativer Gemütsruhe erledigen und sich auf den Heimweg machen.

Maurice steht, als sie ankommen, vor dem Cottage. Sie sehen ihn schon von weitem und daß er sein schnurloses Telefon in der Hand hat. Jetzt ist das Gras auf dem Feldweg schon hoch und bürstet die Unterseite des Wagens mit dem Geräusch von fließendem Wasser. Der Wagen schwankt zwischen den Seen aus jungem Weizen und kommt zu dieser Insel, diesem Hafen, über dem eine Lerche hängt, unsichtbar in den blauen Morgen trillernd. Pauline stellt den Motor ab, und man hört nur noch die Lerche.

Und Maurice, der sagt: »Na, ihr Mädels, war's schön?«

Er ist bester Laune, wie sie bemerken, und sagt das, um sie zu necken. Weder Teresa noch Pauline lassen sich ködern. Teresa schaut auf das Telefon. »Hat jemand angerufen?«

»Irgendwer ruft immer an«, sagt Maurice. »Wer läßt das schon mal bleiben?« Da steht er, strahlt Wohlbefinden aus, bis Teresa vorschlägt, er soll helfen, die Sachen ins Haus zu tragen. Er macht sich sofort daran, ist ganz Bereitwilligkeit. Er legt das Telefon auf die Gartenmauer und schenkt Teresa ein Lächeln voller Gewissensbisse, Entschuldigungen und Zuneigung – ein Lächeln, das entwaffnen soll und es auch tut. Pauline sieht, wie sich Teresas Körper entspannt. Teresa kehrt ihr den Rücken, daher kann sie ihren Gesichtsausdruck nicht erkennen, aber sie weiß, wie Teresa jetzt aussieht, daß ihr Gesicht sanft geworden ist, ihre Augen größer scheinen, während sie Maurices Lächeln in sich aufnimmt, sich darin sonnt.

Pauline sammelt ihre Einkäufe aus dem Wagen zusammen, geht in ihr Cottage und schließt die Tür hinter sich. Sie stellt ihre Taschen und Tüten auf dem Küchentisch ab und bleibt zerstreut davor stehen, als horche sie auf etwas. Sie scheint gar nicht mehr in World's End zu sein. Ein langer Arm hat nach ihr gegriffen und sie anderswohin gezogen, und was sie sieht und hört, macht ihr Gesicht angespannt und verkniffen.

So steht sie in der Küche, inmitten der friedlichen Küchengeräusche, dann vergeht dieser Augenblick, und sie ist wieder da, packt den neuen Toaster aus, verstaut Lebensmittel im Kühlschrank. Die grünen Zahlen auf der Uhr am Herd haben nur ein paar Sekunden mehr verzeichnet, das ist alles. So ist nichts geschehen, außer daß Zeit vergangen ist, und für Pauline kam ein Echo von anderswo.

Die Bauarbeiter, die World's End ausräumten, haben verschiedene Gegenstände aus dem Schutt gezogen, die sie ihr zur Inspektion vorlegten. Den Kopf einer Tonpfeife, Porzellanscherben aus der Zeit der Königin Viktoria, Metallknöpfe. Diese Bruchstücke liegen jetzt in einer Schale auf dem Küchenbüffet, verstaubt und seltsam zählebig. Es wäre undenkbar, sie wegzuwerfen, und doch hat seinerzeit jemand sie weggeworfen. Ausrangiert, verloren, mitten aus geschäftigem Leben. Und jetzt überdauern sie eigensinnig in dem italienischen Majolikaschälchen im Mittelfach von Paulines Anrichte aus Tannenholz.

Die Anrichte ist bei einem Händler gekauft, der sich darauf spezialisiert hat, in Irland herumzureisen und von der Landbevölkerung unmodern gewordene Möbel zu Spottpreisen aufzukaufen. Sie werden dann zerlegt, in ätzende Flüssigkeit gelegt, wieder zusammengesetzt und mit neuen Messinggriffen versehen. Es ist ein Zweckmöbel und ganz hübsch anzuschauen, löst aber bei Pauline keine anderen Erinnerungen aus als an den Preis, den sie dafür bezahlt, und an die Mühe, die es gekostet hat, es in die Küche zu bugsieren. Das Majolikaschälchen jedoch ist mit Erinnerungen befrachtet. Sie besitzt es seit fast vierzig Jahren.

Mit achtzehn reiste Pauline mit einer Freundin nach Italien, in dem Sommer, bevor sie mit dem Studium anfing. Weder sie noch die Freundin waren je ohne die Eltern im Ausland gewesen. Pauline war ein Einzelkind. Ihr Heranwachsen wurde ängstlich überwacht von einer Mutter, die wenig anderes zu tun hatte. Von ihrem Vater, einem sehr beschäftigten Arzt, sah Pauline nicht viel, und sie hatte eine schwierige und oft gereizte Beziehung zu einer Mutter, die dem Leben tief mißtrauisch und argwöhnisch gegenüberstand. Alle Energie der Mutter richtete sich darauf, den Schlägen des übelwollenden Schicksals auszuweichen. Unnötiges Autofahren hatte zu unterbleiben, aus Angst vor

Verkehrsunfällen. Unaufhörlich mußten prophylaktische Mittelchen eingenommen werden. Man hatte sich in acht zu nehmen vor anderen Menschen, um nicht etwa jemandem zu begegnen, der Forderungen stellte oder sich als unerfreulich entpuppte. Diese Haltung brachte Pauline schon mit acht zur Verzweiflung und ebenso mit achtzehn. Warum darf ich das nicht? rief sie. Warum kann ich das nicht? rief sie ihre ganze Kindheit hindurch. Alle ihre Anstrengungen waren darauf gerichtet, die Mutter zu überlisten, Mittel und Wege zu finden, die auferlegten Beschränkungen zu umgehen, zu leben, statt das Leben von sich abzuhalten.

Die Reise nach Italien kam nach endlosen Diskussionen und Verhandlungen zustande. Schließlich kapitulierte Paulines Mutter, nachdem sie verschiedene Versprechungen erpreßt hatte. Kein Autostopp, Bargeld und Ausweis immer am Leibe tragen, sich nie voneinander trennen.

Als sie nach Süden fuhren, fühlten die Mädchen sich gereift und losgelassen.

Als sie Neapel erreichten, waren sie sonnengebräunt und übermütig, frei, berauscht von Sonne, Essen und billigem Wein, von ihren eigenen tanzenden Hormonen und den bewundernden Blicken junger Männer. Paulines Freundin, die man in der Schule für reichlich flott gehalten hatte, äußerte: »Ich kann anscheinend nur noch an eines denken: an Sex.« Pauline nickte. Danach war es ausgemacht, wenn auch nicht ausgesprochen, sie ließen sich ansprechen, anfangs mit Vorsicht, dann zunehmend hemmungslos. Sie schäkerten mit ein paar deutschen Studenten in Pompeji, fanden sie schließlich doch nicht so fabelhaft und ließen sie fallen. Am Strand ließen sie sich dann mit zwei Italienern ein, charmanten, aufmerksamen und letzten Endes unwiderstehlichen Burschen.

Zwei Tage lang flirteten die vier miteinander, in und außerhalb des Meeres, in den örtlichen Cafés, auf den Stufen zu dem billigen Hotel der Mädchen. Am dritten Abend teilten sie sich nach schweigender Übereinkunft in zwei Paare.

Pauline war noch Jungfrau. Ihre Schulkameradin dachte es sich fast, hatte aber noch gewisse Zweifel. Später tauschten sie zwar keine Tagebucheintragungen aus, warteten aber für den Rest ihres Urlaubs in fürchterlicher Angst auf ihre Tage. Als die Freundin als erste erlöst wurde, aus dem WC im *rapido* nach Milano gesprungen kam und sagte: »Bei mir alles okay. Alles okay«, hätte Pauline sie beinahe gehaßt. Sie hatte dieses erste sexuelle Erlebnis so unbehaglich gefunden, wie die Tradition es vorschrieb, aber sehr wohl erkannt, daß der Vorgang Entwicklungsmöglichkeiten bot. Sie war hin- und hergerissen zwischen dieser aufregenden Erkenntnis und dem panischen Warten auf ihre Periode. Die setzte schließlich an ihrem ersten Tag zu Hause ein, unmittelbar nachdem sie das Majolikaschälchen auf den Toilettentisch gestellt hatte, das Geschenk des italienischen Jünglings, an dessen Gesicht sie sich nicht mehr erinnerte.

Soviel über die Majolikaschale, die ihr irgendwie ein Leben lang verblieben ist, als Behälter für Büroklammern und Paketgummis und jetzt für diese ›archäologischen‹ Kleinigkeiten. Sie würde nicht so sehr mit dem temperamentvollen jungen Italiener verknüpft sein als vielmehr mit der Woge der Erleichterung, als sie merkte, daß sie noch einmal davongekommen, nicht schwanger war, den Preis nicht zahlen mußte. Zu Hause eingetroffen war sie zappelig, kaum fähig, mit ihrer Mutter zu sprechen, die luchsartig um sie herumstrich und witterte, daß irgend etwas los war. Und einen Tag später hatte sie vor Erleichterung gestrahlt, ein neuer

Mensch, dem das Leben lächelte. Ob ihre Mutter sich wohl gewundert und etwas erraten hatte?

Heute versteht Pauline die Gefühle ihrer Mutter. Sie hat sie schon vor langer Zeit verstanden, in dem Augenblick staunender Einsicht, als sie das eigene Kind im Arm hielt und erfuhr, daß Liebe noch eine weitere Dimension hat. Diese Erkenntnis brachte sie ihrer Mutter zwar nicht näher, deren Voraussetzungen und Erwartungen so weit von den ihren entfernt waren, daß sich zwischen ihnen ein unüberbrückbarer Abgrund aufgetan hatte, aber sie war in der Lage zu sehen, warum die Mutter sich so verhalten hatte, warum sie in einem Zustand ständiger Angst lebte. Dieser Italienurlaub mußte sie viel gekostet haben. Und natürlich hatten sich ihre schlimmsten Befürchtungen erfüllt, wie sie wahrscheinlich geahnt hatte. Nun, vielleicht nicht die allerschlimmsten. Es gibt größere Katastrophen als eine verlorene Jungfernschaft.

Heute in World's End ist die Majolikaschale weniger ein Echo, das Pauline stillstehen läßt, als vielmehr ein ständiges leises Gemurmel. Sie hat das beharrliche, unterschwellige Summen eines Gegenstandes, das vom Einst zum Jetzt überdauert hat und immer noch nachklingt. Pauline spürt dieses Nachklingen, als sie die Schale zur Seite schiebt, um nach dem Schlüssel zum Fensterschloß zu suchen, der ebenfalls hier auf dem Mittelfach liegen sollte. Und da ist er ja. Er hält sich versteckt hinter einer Postkarte aus San Francisco von Hugh, der Anfang des Jahres auf einer Reise in Sachen Bücher dort war. Sie öffnet das kleine Fenster an der Seite des Zimmers, das in diesem Sommer noch nie offen war, und der Gesang der Lerche von vorhin flutet herein. Zusammen mit dem gespenstischen Jaulen eines Polizeiautos auf der

Hauptstraße und dem Tuckern eines unsichtbaren Traktors irgendwo jenseits der Hügelkuppe. Paulines Küche tönt innen wie außen, während sie herumgeht und sich etwas zum Essen macht, Salat im Ausguß wäscht, eine Tomate zerschneidet und weder an die Majolikaschale noch an den Traktor denkt, sondern an das Manuskript auf ihrem Schreibtisch, an dem sie heute nachmittag arbeiten muß.

Ulkig, Maurice als *père de famille*«, sagt James.
»Wenn Sie so wollen«, sagt Pauline.

Sie fahren nach Worsham. Die Gesellschaft hat sich getrennt, weil nicht elf in einem Wagen Platz haben. Pauline ist dabei – ohne Begeisterung. Sie kennt Worsham – ein Touristenmagnet, und deswegen will natürlich Maurice einen Blick darauf werfen. Aber sie ist den Großteil der Woche nicht aus World's End herausgekommen, und es ist schönes Wetter, und Maurice hat ihr listenreich zugeredet. Er hat dieses komische Bedürfnis nach einem Gefolge, hat gern Gesellschaft, je mehr desto lieber. Und als sie um ihre Wagen herumquirlten, Luke im Kindersitz installierten, vereinbarten, wer fahren sollte, entschied Maurice, daß Pauline bei James einsteigen sollte, weil sie den Weg kennt.

»Stimmt. Ein Baby ist noch nicht *famille.*«

Das hat Pauline nicht gemeint, aber sie übergeht es.

»Ich denke allmählich auch an Kinder«, sagt James. »Wenn auch vielleicht nicht gleich, aber zu gegebener Zeit.«

Ach herrjeh, denkt Pauline. In diesem Fall solltest du an einen Partnerwechsel denken. Zu gegebener Zeit.

Sie beginnt, sich für James zu erwärmen, und befürchtet, daß er ein Naivling ist und vielleicht noch gewaltige Prügel beziehen wird, gerade in seinem Beruf, der von Jahr zu Jahr rauhbeiniger wird.

»Hat keine Eile«, ergänzt James behaglich. »Bei Maurice war es natürlich etwas anderes. Immerhin ist er vierundvierzig.«

»Soviel ich weiß, ist beim Menschen der Mann bis hoch in die Siebzig zeugungsfähig.«

James wirft ihr einen Seitenblick zu. Er weiß nicht recht, wie er das auffassen soll. »Trotzdem würden die meisten von uns es ungern so lange aufschieben.«

Auf den Straßen ist an diesem Hochsommertag viel Verkehr, und sie haben Maurices Wagen aus den Augen verloren, der irgendwo vor ihnen ist. Viele Leute scheinen auf der Suche nach Zerstreuung durch die Lande zu kreuzen. Und überall sind Transparente und Reklametafeln, die anpreisen, was geboten wird: ländliche Märkte, Taubenschießen, Erdbeeren zum Selbstpflücken. Anscheinend verdient sich die eine Hälfte der Bevölkerung ihren Lebensunterhalt damit, die andere Hälfte mit etwas zu versorgen, womit sie sich beschäftigen kann. Pauline macht James darauf aufmerksam, der begeistert auf dieses Thema einsteigt.

»Genau! Maurices Buch kommt im rechten Moment. Es wird einer unserer Spitzentitel für den Herbst. Vorausgesetzt, es geht rechtzeitig in Druck. Wenn das mit der Fernsehsache klappt, könnte es zu einem sehr wichtigen Buch werden. Das ist ja der Grund, warum ich in diesem Sommer Maurice so sehr auf die Hacken trete. Um sicher zu sein, daß er dranbleibt. Maurice neigt ein bißchen dazu, sich ablenken zu lassen – einem neuen Interesse nachzujagen.«

»Ist mir auch schon aufgefallen«, sagt Pauline.

»Es gehört natürlich zu seinem Charme. Diese Fähigkeit, eine besondere Spürnase für Ausgefallenes zu entwickeln und dann ein kluges Buch darüber zu schreiben. Wir haben so eine Ahnung, als ob Maurice es noch weit bringen wird.«

Pauline fragt James, wie lange er Maurice schon kennt. Sie merkt, daß er von ihm fasziniert ist.

»Er ist vor drei Jahren zu uns gekommen und hat von dem Buch gesprochen, als er gerade seine Ideen neu ordnete, und wir haben natürlich sofort zugegriffen. Die Arbeit mit Maurice ist das Beste, was mir bisher passiert ist.«

»Jetzt rechts ...«, unterbricht Pauline. »Wir sind gleich da.«

James fädelt sich in einen anderen Weg und eine andere Autoschlange ein. »In den Staaten bringt es HarperCollins. Die sind echt scharf darauf. Der Teil über Amerika ist starker Tobak, er hat darin allerlei Bissiges über historische Erlebnisparks. Sehr wichtig, ganz und gar Maurice. Es wird ein starkes Buch. Ich bin ehrlich gespannt darauf.«

Ach, Bücher, Bücher ... denkt Pauline. Etwas so Schädliches.

»Ich habe mal angefangen, ein Buch zu verbrennen, ein getipptes Manuskript.«

James wirft ihr einen erschrockenen Seitenblick zu.

»Kein Wort zu irgend jemand, sonst bin ich erledigt, beruflich, meine ich.«

»Ich schwöre. Und warum haben Sie nur angefangen mit dem Verbrennen?«

»Tiefsitzende Benimmregeln haben mich überwältigt.«

»Wessen Buch war es denn?«

»Eins von meinem Mann. Von meinem ehemaligen Mann.«

»Ach so.« James klingt enttäuscht. »Ich dachte, von einem Ihrer Autoren.«

»Jetzt lieber links abbiegen«, sagt Pauline. »Ich glaube, da ist ein Parkplatz.« Denn mittlerweile sind sie in Worsham eingetroffen und sehen sich dem Problem gegenüber, wie sie den Wagen loswerden und Menschen statt Verkehrsteilnehmer werden sollen. James wird nun nichts mehr über die Buchverbrennung hören. »Da sind die anderen«, sagt er. »Sie gehen auch dort hinüber.«

Es ist gar nicht so leicht, ein Buch zu verbrennen. Sie nimmt die oberste Seite, Seite eins von Kapitel eins und zerknüllt sie. Sie legt sie auf den winzigen viktorianischen Kaminrost, der in diesem restaurierten und zentralgeheizten Reihenhaus in einer kleinen Domstadt nur noch Dekoration ist. Sie reißt ein Zündholz an und hält es ans Papierknäuel. Es flammt auf, einige Fetzchen verkohltes Papier schweben auf den Teppich. Sie geht zum Tisch und nimmt die Seite zwei vom Stoß der Manuskriptseiten, zerknüllt sie, legt sie auf den Kaminrost, reißt ein weiteres Zündholz an.

Jedes Mal wenn sie sich in die Szene zurückversetzt, wird die zu einem holländischen Interieur. Sie sieht mit interessierter Objektivität das stille Zimmer, den Sonnenlichtkeil, er fällt durch die offene Tür, durch die man im Garten den Kinderwagen mit dem schlafenden Baby sieht, eine junge Frau, die sich am Kamin mit Papier und Zündhölzern zu schaffen macht.

Genau diese Szene sah Harry, als er ins Zimmer trat. Nur daß sie mittlerweile am Tisch saß.

Er bleibt stehen, weil er wittert, daß etwas verkehrt ist. »Was hast du denn gemacht?«

»Ich hab dein Buch verbrannt«, sagt sie.

Und er wird blaß. Sie hat das noch nie bei jemand gesehen. Sein Gesicht wechselt vor ihren Augen die Farbe, wird blutlos, wird leer. Er kann nicht sprechen. Er steht einfach da, starrt entgeistert in den Kamin, auf das schwarze Häufchen darin, auf die verkohlten Fetzen auf dem Teppich. Und dann schwenkt sein Blick zum Tisch. Er sieht den Stoß getippter Seiten, der unter der Zeitung herausragt. Er streckt die Hand danach aus.

»Keine Angst«, sagt Pauline. »Ich hab es nicht zu Ende bringen können. Ich bin zu gut erzogen.«

Er kontrolliert fieberhaft die Seiten. Er sieht, daß nur die ersten beiden fehlen. Das Blut kehrt in sein Gesicht zurück.

»Aber es war immerhin ein Anfang«, sagt Pauline. »Der Geist war willig, das Fleisch hat mich im Stich gelassen.«

Jetzt schaut er sie an statt der Seiten.

»Warum? Warum um Gotteswillen?«

Sie gibt ihm den Blick zurück. »Du weißt es«, sagt sie.

Worsham ist genau das, was Maurice sich davon erhofft hat – und total überlaufen. Die Gehsteige der breiten Hauptstraße wimmeln von Menschen, die Massen schieben sich langsam an den Antiquitätenläden und Bildergalerien und blumenverzierten Pubs vorüber. Maurice ist rasch zum Auskunftspavillon gestürzt, um sich Broschüren zu holen, von denen er eine ganze Sammlung besitzt, die allmählich zu staatstragender Bedeutung aufgelaufen ist. Carol ist hinter ihm hergeschlendert. Teresa verabreicht Luke Saft.

»Worum ging es bei dem Buch Ihres Mannes?« sagt James. Vielleicht meint er, es sei taktvoller, das zu fragen, als danach, warum sie es hat verbrennen wollen, oder vielleicht ist sein Interesse auch beruflich. Sie stehen vor einem Kunstgewerbegeschäft und betrachten zerstreut teure Keramik und Kinderspielsachen aus poliertem Eibenholz.

»Demographische Geschichte. Eine Analyse der Bevölkerungstendenz im siebzehnten Jahrhundert.«

»Aha«, sagt James.

»Genau. Im Grunde ein interessantes Buch. Er gehörte in der damaligen akademischen Mode zur Avantgarde.«

Maurice ist jetzt zu ihnen getreten und blättert in einer Handvoll Prospekte. »Nach rechts. Erste Station: das Modelldorf.«

»Modell von welchem Dorf?« erkundigt sich James.

»Ein beliebiges Dorf. Ein apokryphisches Musterdorf. Alles maßstabgetreu, heißt es hier, aber hüfthoch, und man kann durch die Fenster hineinschauen auf die hervorragend nachgebaute Innenausstattung.«

»Müssen wir das?« fragt Teresa. »Es steht eine ganze Schlange davor, ich hab es gesehen, als wir vorbeikamen.«

»Ich glaube, du und Luke, ihr seid dispensiert.« Maurice legt eine beschwichtigende Hand auf ihre Schulter. »Geht, kauft euch ein Eis.«

»Ich bin auch nicht mit von der Partie«, sagt Pauline.

James und Carol ziehen es vor, Maurice zu begleiten. Sie verschwinden alle drei auf der Suche nach der Warteschlange für das Dorfmodell, während Teresa und Pauline die Hauptstraße hinaufpilgern.

»Kein Eis«, sagt Pauline, »aber eine schöne Tasse Tee. In einem ordentlichen Lokal mit Tischtüchern und Teesieben.«

Worsham macht gute Geschäfte. Es kassiert. Vermutlich wird jeder Besucher etwas ausgeben, wenn auch nur für Erfrischungen und eine Postkarte. Eine ganze Menge Menschen werden hereinfallen auf ein Töpfchen angeblich selbstgemachtes Chutney oder einen bedruckten Topflappen, einen Rahmen mit gepreßten Blumen oder ein Patchwork-Kissen. Schließlich ist es doch der Zweck eines solchen Ausflugs, etwas zu erwerben, die neuen Eindrücke durch etwas Handfestes zu untermauern. Und Worsham hat jahrhundertalte Erfahrungen in Marktstrategie, es war ein Leben lang Handelsknotenpunkt, wenn auch meist für wichtigere Objekte als gepreßte Blumen. Macht nichts! Es hat zumindest ökonomische Anpassungsfähigkeiten bewiesen und ein beispielhaftes Talent, seine Aktivposten zu Geld zu machen. Die Ziegelhäuser an der Hauptstraße sind in sehr gutem Zustand, und ungehörige moderne Bausünden haben sich nicht dazwischengedrängt. Worsham weiß sehr wohl, was es verkauft.

»Ein gräßlicher Ort«, sagt Teresa, während sie Luke in dem eleganten, von der Teediele zur Verfügung gestellten Kinderstühlchen zurechtsetzt. »Lieber würde ich in Brixton wohnen.«

»Psst«, sagt Pauline. »Sei still, oder man schmeißt uns hinaus. Sollen wir aufs Ganze gehen und Anchovis-Toast und hausgemachten Dundee-Kuchen bestellen? Eigentlich«, fährt sie fort, »paßt du recht gut in diese Umgebung, fürchte ich.«

Teresa trägt ein wadenlanges grünes Kleid mit Ärmeln und miederförmigem Oberteil, das sie sich aus ein paar bei »Alles für unsere Senioren« gekauften Vorhängen gemacht hat. Das gibt ihr, zusammen mit dem in den Nacken gebundenen Haar etwas undefinierbar Viktorianisches. Sie bildet einen auffallenden Gegensatz zu den meisten anderen jungen Frauen ringsum, die Hosen, T-Shirts, Baumwollröcke und Tops tragen. Carol trägt beigefarbene Leinenshorts mit scharfer Bügelfalte und eine dazu passende Weste über einem weißen Hemd. Teresa hat die Mode umgangen, sie hat gern Kleider, die sie selbst entworfen hat oder auf die sie zufällig gestoßen ist – sie ist Stammkundin bei Verkaufsständen und Wohltätigkeitsbasaren. Es ist weniger Sparsamkeit als Ablehnung der Norm; sie zieht es vor, wählerisch zu sein, sich bei der Auswahl Zeit zu lassen und eine Wirkung zu erzielen, die *sui generis* ist. Außerdem hat sie eine Vorliebe für esoterische Strukturen und Muster. Die grünen Vorhänge sind aus genoppter Rohseide, das war ihr ursprünglicher Reiz.

Paulines Bemerkung hat sie verwirrt. Sie betrachtet erst sich im spiegelnden Schaufenster des Teesalons und dann die Straße dahinter: Ein Kate-Greenaway-Mädchen schwebt über einer Ladenfront à la Beatrix Potter. Sie zieht eine Grimasse.

»Aber nur oberflächlich. Ich hätte es nicht sagen sollen. Jetzt wirst du das Kleid nicht mehr anziehen, das ich zufällig sehr gern an dir sehe.«

Der Tee wird gebracht. Luke findet Geschmack an Anchovis-Toast. Er wird still, ganz in Anspruch genommen von dieser neuen Wahrnehmung, und die beiden Frauen können sich unterhalten, ohne unterbrochen zu werden. Pauline meint, ob Teresa sich nicht unter die örtlichen Kunstgewerblerinnen mischen sollte. Auf keinen Fall, erwidert Teresa indigniert. Pauline weist darauf hin, daß, soweit man sieht, so ziemlich alles in Frage kommt. »Offenbar kaufen die Leute alles, was sie sehen. Warum sollen sie sich mit so etwas Mickriges wie Topf und handgetöpferten Bechern beschränken? Sie wollen doch nur etwas, was sie im Grunde nicht brauchen. Du hast früher sehr originellen Kram produziert. Was ist mit den Vögeln aus Pappmaché, die damals im Schaufenster von Selfridges ausgestellt waren?«

»Für die habe ich stundenlang gebraucht«, sagt Teresa. »Jetzt mit Luke habe ich keine Stunde am Tag mehr für mich.«

Pauline gibt zu, daß das stimmt.

»Und überhaupt sind wir zum Herbst wieder in London.«

»Es ist mir nur so durch den Kopf gegangen«, sagt Pauline. »Vergiß es. Dieses ganze Einkaufen und Ausgehen hat mich angesteckt, ich fand, wir müßten dabei mitmischen.«

»Ich habe übrigens schon daran gedacht, wieder Aufträge anzunehmen, wenn Luke groß genug für den Kindergarten ist. Ich könnte wenigstens halbtags arbeiten. Es sei denn ich kriege noch ein Kind.«

Pauline mustert sie. »Es sei denn«, bestätigt sie unverbindlich.

»Zwei wären eigentlich besser als eines.«

Pauline sagt, ein zweites wäre keine schlechte Idee.

Jetzt sieht Teresa ihre Mutter argwöhnisch an. Es schwebt etwas Unausgesprochenes zwischen ihnen, das möglicherweise schon früher einmal in der Luft lag. »Hast du je ...«, beginnt sie.

»Hoppla!« ruft Pauline. Luke hat das letzte Stück Anchovis-Toast fallen lassen. Er jault. Aufgeregt wird getröstet und ersetzt. Der Augenblick ist vorübergegangen.

Außerdem ist es an der Zeit, sich wieder mit der übrigen Gesellschaft zu treffen. Luke wird in sein Wägelchen gepackt – er protestiert, hat anscheinend andere Pläne, und es gibt einen Kampf, als Teresa ihn festschnallt. Sie gehen die Dorfstraße hinauf zum verabredeten Treffpunkt vor dem Laden mit den Holzschnitzereien und stehen dort ein paar Minuten, bis Maurice, James und Carol erscheinen, über das ganze Gesicht strahlend und offensichtlich sehr befriedigt.

»Es war totaler Kitsch«, sagt Carol. »Und ich fand es himmlisch. Wie Puppenhäuser. Am liebsten wollte man hinein und drin wohnen. Winzige Petroleumlampen auf den

Tischen und eine kleine Wäschemangel mit einem Leintuch darin und ein Miniaturwaschbottich. Süß!«

»Genau so sollten Sie es finden«, sagt Maurice. »Ich bin ganz Ihrer Meinung. Es war durchweg befriedigend. Ein vollkommenes Beispiel für das touristische Ausschlachten einer verkleinerten Vergangenheit. In diesem Fall sogar ganz wörtlich.«

Carol kichert. »Mich hat es tatsächlich befriedigt. Es gab ein Cricket Match«, erzählt sie Teresa und Pauline. »Mit Miniaturliegestühlen für die Zuschauer und Figürchen in weißen Flanellhosen.«

»Vergiß nicht die zwei Zoll langen Cricketschläger«, sagt James. »Und den Ball. Und das echte Gras.«

»Wo ist Luke«, sagt Pauline plötzlich.

Der Kinderwagen ist leer. Sie haben während der Unterhaltung einen Kreis gebildet, Teresa mit dem Rücken zum Kinderwagen. Eine Herde französischer Schulkinder hat sich gerade vorbeigedrängt. Der Gehsteig ist nach rechts und links voller Menschen.

Teresa erstarrt. Dann schießt sie hektisch davon. Pauline folgt ihr. Sie hört Maurice rufen: »Wir suchen in der anderen Richtung.«

Pauline wirft noch einen Blick in den leeren Wagen. Sie sieht die Riemen lose baumeln und erinnert sich an den kleinen Zweikampf vorhin. Vermutlich hat Teresa dabei den Verschluß nicht einschnappen lassen, er ist aufgegangen und Luke konnte herausklettern.

Es vergeht eine volle Minute, ehe sie ihn sehen. Eine sehr lange Minute. Er befindet sich zwischen zwei geparkten Wagen und hält sich an einer Stoßstange fest. In dem Augenblick, als sie ihn erblicken, rutscht er von der Stoßstange ab, fällt auf die Knie, rappelt sich auf und torkelt auf die Straße, in den lückenlosen Verkehrsstrom hinaus.

Er ist keine zehn Meter weit entfernt. Aber nicht Pauline oder Teresa sind als erste bei ihm, sondern ein Mann, der plötzlich vom Gehsteig aus zuspringt, ein Fremder mittleren Alters, der Luke in dem Moment am Arm greift, als ein Wagen ihm ausweicht und vorbeifährt. Als sie bei ihm ankommen, heult Luke, der Mann hat ihn hochgehoben und hält ihn ungeschickt. Als erstes sagt er: »... 'tschuldigung...« vermutlich, weil Luke so brüllt.

Teresa nimmt ihm Luke ab. Sie zittert so sehr, daß sie nicht sprechen kann. Pauline sagt all das, was diesem Mann gesagt werden muß. Er zuckt unwillig die Achseln, möchte nicht, daß viel Wesens um die Sache gemacht wird. »Ende gut, alles gut«, sagt er. Und verschwindet.

Sie laufen eilig zurück. Pauline sieht Maurice von hinten. Sie ruft. Er wendet sich um. Er kommt auf sie zu. James und Carol tauchen auch von irgendwo auf. »Oh mein Gott, Sie haben ihn gefunden«, schreit Carol.

Maurice ist ganz durcheinander. Noch mehr, er ist aufgerüttelt, regelrecht aufgerüttelt. Aber jetzt sieht er, daß alles wieder in Ordnung ist, und erholt sich sofort. »Wie ist das denn passiert?« fragt er Teresa. »Und erzähl mir nicht, daß er den Verschluß schon aufkriegt!«

Teresa antwortet nicht. Sie steht nur da, hat Luke auf dem Arm, und alle sehen plötzlich, daß sie weint. Ihre Augen glitzern, ihr Mund ist verzerrt.

Maurice klopft ihr auf die Schulter. »Jetzt komm«, sagt er. »Ist ja alles okay. Es ist ja nichts passiert.«

Tränen laufen über Teresas Gesicht.

James und Carol stehen da und beobachten Teresa. Es ist

ihnen peinlich. Wenigstens James ist es peinlich. Er schaut weg. Er streicht sich das Haar aus der Stirn und klimpert mit seinen Autoschlüsseln und tut, als sähe er Teresas Tränen nicht. Carol schaut einfach nur zu. Sie ist weniger verlegen als vielmehr erstaunt. Sie fragt sich, warum Teresa so ein Theater macht. Keine Spur von Einfühlungsvermögen. Carol hat keine blasse Ahnung, was Teresa empfindet oder während der vergangenen vier Minuten empfunden hat. Sie sieht einen Menschen, der unsinnig über etwas weint, das gar nicht passiert ist.

»Ich glaube, jetzt haben wir alle genug von Worsham«, sagt Pauline energisch. »Ich schlage vor, wir fahren nach Hause.«

Niemand widerspricht. Sie machen sich auf zum Parkplatz. Teresa schiebt schweigend das Sportwägelchen, erst allmählich geht sie auf James' gezieltes Geplauder ein. Pauline geht neben ihnen her, ermuntert James und beobachtet Teresa, die, wie sie erkennt, aus dem schwarzen Abgrund flüchtig erblickten Entsetzens auftaucht. Maurice und Carol gehen ein paar Schritte voraus. Gesprächsfetzen von ihnen kommen herangeweht, beruhigend, nichts Besonderes.

Am Eingang zum Parkplatz gruppiert man sich neu. Carol setzt sich auf eine Mauer, um ihre Sandale zu richten. James erzählt Pauline und Teresa noch immer eine Anekdote, freundlich improvisiert, um abzulenken und zu unterhalten. Teresa hörte nun schon mit einem schwachen Lächeln zu, die Augen auf Luke gerichtet.

Maurice steht in der Nähe, offenbar wartend. Pauline schaut jetzt von James fort und sieht, daß Maurices Blick auf Carol ruht, die noch immer mit ihrer Sandale beschäftigt ist. In seinem Blick liegt eine Konzentration, eine Intensität, die sie schon einmal gesehen hat. In Maurices Augen – über einem Glas Rotwein. In den Augen eines anderen bei einer anderen Gelegenheit. Sie sieht diesen Blick nicht nur, sie spürt ihn auch wie einen kühlen Schatten.

Sie sagt: »Maurice, fahr du Teresa heim. Ich steige bei James und Carol ein.« Sie spricht laut, damit alle sie hören.

»Auch gut«, sagt Maurice, von ihrem Ton aufgeschreckt. Er grinst erst sie, dann Teresa an.

Carol steht auf. »Eigentlich«, sagt sie, »wollte ich ... Na, also gut.«

So kehren sie denn nach World's End zurück, zusammen und getrennt. Pauline stellt plötzlich fest, daß sie ebenso erschöpft ist wie Teresa von dem, was nicht passiert ist. Sie sitzt im Wagen, hört kaum, was geredet wird, sieht nur immer Luke, der auf die blitzende Fahrbahn hinauswackelt, und das Gesicht des zufallsgläubigen Fremden, der nur sagt: Ende gut, alles gut. James und Carol reden weiter, weil es nicht höflich ist, auf einer Autofahrt mit Bekannten zu schweigen, und Pauline steuert von Zeit zu Zeit wahllos etwas bei. Carol erzählt von der Wohnung, die sie und James sich gemeinsam kaufen wollen. Ihre Beziehung ist erst etwa ein Jahr alt, bewegt sich aber, wie es scheint, in Richtung auf eine festere Bindung. Er erzählt auch von ihrem Job. Auch sie arbeitet im Verlagswesen, in einer etwas untergeordneten Stellung und ohne großes Engagement, wie Pauline feststellt. Sie erkennt Carol. Nicht Carol selbst, sondern Carol als Typ. Sie ist ein literarischer Groupie – eine von denen, die sich wie Blutsauger an die Schriftsteller heften, die unter Dichtern von Hand zu Hand weitergereicht werden, für die Gedrucktwerden und eine gewisse Prominenz sexuell anziehend wirken. Pauline hat schon mit vielen Carols gearbeitet. Sie sind nicht von langer Dauer, weil ihnen Leistungsfähigkeit und Ehrgeiz fehlen – sie sind nur zur Nachlese da. Sie wollen nicht mit einem Buch ins Bett gehen, sondern mit jedem, der eins geschrieben hat.

»Was redigieren Sie denn gerade, Pauline?« erkundigt sich Carol. Ihr Verhalten gegenüber Pauline hat sich verändert. Aus gleichgültigem Abtun (jemandes Mutter mittleren Alters) ist eine mit Vorsicht gemischte leichte Abneigung geworden. Carol hat erkannt, daß Pauline möglicherweise eine Macht ist, mit der man rechnen muß.

Pauline schildert kurz das Manuskript, das derzeit auf ihrem Schreibtisch liegt – ein Roman mit phantastischen Elementen, der im Mittelalter spielt, eine kuriose Mischung aus Mythos und Realismus.

»Ist es denn gut?« fragt Carol mit munterer Berufsroutine.

»Ich weiß nicht recht«, erwidert Pauline. Und das ist die Wahrheit.

»Gefällt es Ihnen?« fragt James.

Pauline überlegt. »Die Idee gefällt mir. Gegen die Sprache kommen mir manchmal Bedenken. Der Autor ist noch sehr jung. Er lebt in Mittelwales.«

Carol hat das Interesse verloren. Sie versucht es jetzt mal anders. Sie zeigt sich besorgt um Teresa. »Gott sei Dank, daß dem Baby nichts passiert ist. Ich hatte keine Ahnung, daß die so fix sein können«, sagt sie. »Der war ja schon die halbe Straße hinauf, was?« Sie spricht von Luke mit interessierter Distanz, als sei er ein fremdartiges Tier. »Meine Schwester hat auch einen, sagt sie, ein bißchen älter, glaube ich, der ist auch so. Ich meine, jemand muß ständig hinterhersein. Das würde ich nicht schaffen«, sagt sie. »Ich weiß, daß ich das nicht könnte.«

»Ich glaube, im Notfall geht alles«, sagt Pauline.

»Wie? Oh, ich verstehe. Na ja, vielleicht. Jedenfalls, ich weiß einfach, daß ich hoffnungslos wäre bei sowas. Übrigens war ich ...« Carol wird zutraulich, schmeichelhaft zutraulich. »... vor ein paar Jahren mal schwanger. James kennt die Geschichte, es war, bevor wir uns kennenlernten und ich noch mit jemand anders ging ... aber es wurde nichts daraus. Ich hatte ... so etwas wie eine Fehlgeburt.«

»Pech«, sagt Pauline.

»Na ja, eigentlich war ich furchtbar erleichtert, obwohl es ja immer ein bißchen traumatisch ist. Aber ich war einfach noch nicht bereit, damals noch nicht. Irgendwann mal vielleicht. Jedenfalls, so war das.«

So war das, denkt Pauline. Kaum gewonnen, so zerronnen. Eine bewundernswerte Elastizität. Sehr gesund. Ein großer Fehler, über so etwas lange nachzudenken.

Ein großer Fehler.

Sie geht eine belaubte Straße im Norden Londons entlang, und ihr ist schlecht. Um sie herum überall strotzender Frühling, unaufhaltsam, unauslöschlich. Amseln kreischen in den Gärten, Blüten schäumen an den Bäumen. Und sie geht zu dieser Adresse, die auf einem Zettel in ihrer Handtasche steht. Sie sieht immer wieder nach, ob auch der Umschlag noch da ist, der Umschlag voller Fünfpfundnoten. Denn sie hat getan, was sie besser nicht getan hätte, und jetzt muß sie den Preis dafür zahlen. Der Preis beträgt einhundert Pfund. Als Anfang, als erste Rate.

Weitere Forderungen werden folgen. In unregelmäßigen Abständen. In den dunklen, ganz frühen Morgenstunden wird das Gespensterkind sich erheben, schweigend am Bett stehen, für immer da und für immer schrecklich nicht da.

Das Nicht-Kind, das aufwächst, wie normale Kinder aufwachsen, aber als ewige Abwesenheit. Das Teresa in all den Jahren überschattet hat, von Teresa unbemerkt, das sich in allen Kindern spiegelt, die Pauline sieht. Das jetzt so aussähe ... oder vielleicht so ...

Und das heute sekundenlang aufgetaucht ist, aber als gespenstisches Spiegelbild von Luke. Einem Luke, der nie existieren kann. Pauline schaudert. Das wohlbekannte Zusammenkrampfen der Eingeweide, geheim, nicht mitteilbar, durchdringend. Und dann geht der Augenblick vorüber, und das Gespenst ist fort. Pauline faßt sich und erwidert auf James' Frage: »Ja. Hier rechts und dann die nächste links.«

Chris Rogers!«

»Pauline Channing. Ihre Lektorin.«

»Oh. Aha. Könnten Sie mal einen Moment am Apparat bleiben?«

Im Hintergrund hört man Kinderlärm, einen laufenden Wasserhahn, ein Radio. Einiges davon wird abgestellt, und Chris Rogers kommt wieder ans Telefon. Pauline weiß nichts über ihn, außer daß dies sein erstes Buch ist und daß er in Mittelwales lebt. Sie erklärt ihm, daß sie bei seinem Manuskript ungefähr in der Mitte ist und daß es vielleicht gut wäre, in diesem Stadium ein paar Fragen zu klären. Sie fragt, ob er ein Fax hat.

»Hab ich nicht«, sagt Chris Rogers in so verächtlich abwertendem Ton, daß man meinen könnte, sie hätte ihn gefragt, ob er eine Kalaschnikow besitzt.

»Macht nichts, ich schicke es per Eilboten.«

»Dann wird es wahrscheinlich ankommen.«

»Sie wohnen in einer schönen Gegend«, sagt Pauline ermutigend. Sie hat auf der Autokarte nachgesehen – ein Nadelstich in Powys.

»Vor allem ist sie billig«, entgegnet Chris Rogers. Er erklärt, daß er und seine Frau zur Miete in einem Cottage wohnen, das sonst niemand will, am Ende eines holprigen Feldwegs in einem unbewohnten Tal. »Ich meine, viel billiger kann man auf dem Land nicht wohnen.« Er scheint stolz darauf zu sein.

»Und dazu noch landschaftlich schön«, meint Pauline.

»Die landschaftliche Schönheit können Sie behalten«, sagt Chris. »Im Zentrum von Manchester, da möchte ich wohnen. Aber bis wir das geschafft haben, dauert's noch lang. Im Moment streben wir nach Swansea. Ich nehme nicht an, daß das Buch mich reich machen wird, oder?«

Pauline weiß, daß es das nicht tun wird. Sie zögert. »Also das ist sehr schwierig, weil nämlich ...«

»Keine Sorge, ich hab sowieso eben fünfzig Mäuse für eine Ladung Brennholz für nächsten Winter ausgegeben. Aber jetzt zur Sache. Wie sind Sie damit zurecht gekommen? Macht es Sinn? Sind viele Orthografiefehler drin?«

Pauline erwähnt ein paar Fragen, die sie mit ihm besprechen will. »Aber das steht alles in den Anmerkungen, die ich mitschicke. Mit den Namen der handelnden Personen hatte ich Schwierigkeiten. Talusa zum Beispiel.«

»Die habe ich mir alle ausgedacht.«

»Ja, das habe ich gemerkt. Aber manchmal schreiben Sie nur einen und manchmal noch einen zweiten.«

»Welcher gefällt Ihnen besser?« fragt er.

Die Hintergrundgeräusche sind angeschwollen zu einem schrillen Getöse. »Entschuldigen Sie mich, ich muß eben mal ein Kind abschlachten«, sagt Chris.

»Bemühen Sie sich nicht«, sagt Pauline. »Ich schicke alles heute noch an Sie ab, und Ende der Woche können wir darüber reden.«

Sie legt auf. Das Cottage in Powys verschwindet, erlischt, als sie einhängt. Sie steckt ihre Notizen in ein großes Kouvert. Der Briefträger war schon da, sie wird es also zur zweiten Leerung ins Dorf hinunter bringen müssen. Sie schreibt mit Filzstift POWYS in großen Buchstaben auf den Umschlag und schaut dann aus dem Fenster auf ihren Ausschnitt der

Landschaft, betroffen von der seltsamen Natur des Raumes: Das Cottage mit dem Kindergewimmel und der unbekannte junge Mann sind gleichzeitig in Reichweite und Hunderte von Meilen entfernt. Während sie mit ihm sprach, übertönte das Rumpeln eines Traktors auf dem Feldweg vor World's End den Lärm seiner spielenden Kinder. Und doch, während sie zuhörte, schoß ihr ein Bild von Teresa als kleines Kind durch den Kopf, wie sie auf einem mit Spielsachen bedeckten Fußboden kauert und zu Harry aufschaut, der am Fenster steht, den Kopf über den schwarzen Hörer eines Telefonapparats geneigt, Zeit und Raum waren für einen Moment miteinander verschmolzen.

Der Traktor ist etwas weiter unten auf dem Feldweg stehengeblieben, der Fahrer diskutiert jetzt mit Chaundy, der in seinem verbeulten Peugeot die Runde macht. Der Peugeot ist das Flaggschiff von Chaundys Flotte, ein glänzendes rotes Ungetüm von Wagen, in dem der Fahrer hoch oben im Fahrerhaus aus getöntem Glas sitzt, vollkommen abgeschirmt gegen seine Umgebung. Er kann in völliger Losgelöstheit über seine Felder kreuzen, wie ein Astronaut in seiner Kapsel. Es geht das Gerücht, daß einige dieser Fahrzeuge mit Fernsehschirmen ausgestattet sind, aber Pauline hat das nie bestätigt gefunden. Sie beobachtet, wie Chaundy seine Befehle beendet und wieder einsteigt. Der Traktorfahrer steigt wieder in seine Kapsel und braust davon – zur Hauptstraße. Chaundy fährt langsam an World's End vorbei, vermutlich ist er unterwegs zu seiner Legehennenfarm jenseits der Hügelkuppe. Niemand in dieser Gegend geht je zu Fuß. Die einzigen Fußgänger, die an World's End vorbeikommen, sind von weit her, Wanderer, gegen die Chaundy Krieg führt, ihnen die Wegerechte streitig macht und Stacheldrahtverhaue errichtet.

Und jetzt steigt Pauline in ihren Wagen, um ins Dorf zu fahren, das keine zwei Kilometer entfernt liegt. Manchmal ist sie auch zu Fuß gegangen, aber das braucht kostbare Zeit, und außerdem muß man die Hauptstraße entlang, einen bequemen Fußweg gibt es nicht. Darum fährt sie und parkt den Wagen vor der Filiale von Mace Stores, dem Gemischtwarenhändler mit Poststation. Das Dorf wird allmählich arm an Möglichkeiten. Die Schule ist schon seit mehreren Jahren geschlossen. Mace hat zu kämpfen, wie man hört, um mit der Anziehungskraft der Supermärkte in Hadbury zu konkurrieren. Nur das Pub hat überdauert, weil es sich von einer unscheinbaren Dorfkneipe bis zum Restaurant hochgearbeitet hat. Es steht im *Good Food Guide* und im *Egon Ronay*. Man bekommt dort Graved-Lachs, Kuskus und Gazpacho. Seine Fassade ist ein wahrer Wasserfall aus Petunien, Lobelien und Fuchsien, die man durch Kunstdünger zu ungeheurer Größe aufgepäppelt hat.

Pauline bleibt eine Weile bei Mace, läßt ihr Päckchen wiegen, kauft Briefmarken und versieht sich mit ein paar Dingen, die ihr eine Fahrt nach Hadbury ersparen. Als sie wieder ins Freie tritt, bleibt sie stehen und sieht Maurice aus der Telefonzelle gegenüber treten.

Sekundenlang ist sie verblüfft. Sie hat seinen Wagen nicht bemerkt, er muß eben erst eingetroffen sein, während sie im Geschäft war. Wieso benutzt er das Dorftelefon? Wenn der Apparat bei den beiden gestört ist, hätte er doch ihren nehmen können.

»Hallo!« sagt Maurice. »Da hätten wir uns doch gegenseitig mitnehmen können.«

»Ist was mit deinem Telefon?«

»Nein, nein. Ich wollte mir nur ein paar Briefmarken holen, und dann ist mir eingefallen, daß ich jemand anrufen muß ... Komm, wir trinken einen Kaffee zusammen.« Er macht eine Bewegung in Richtung auf das Lokal.

Sie sitzen im Freien. Es ist ein schöner Morgen, er läßt vermuten, daß es später richtig heiß werden wird.

»Weißt du was ...«, sagt Maurice. »Wir scheinen einen richtigen Sommer zu kriegen, ich meine, wettermäßig.«

»Sieht so aus.«

»Das wird dem British Tourist Board mehrere Millionen einbringen. Mit dem zusätzlichen Effekt, daß eine falsche Einschätzung unseres Klimas im kommenden Jahr eine weitere Flut von ausländischen Touristen bringen wird.«

»Ja, vermutlich.«

Maurice läßt das Thema fallen, weil er bemerkt, daß Pauline zerstreut oder uninteressiert ist. Er reagiert empfindlich auf die Stimmungen anderer, obwohl es nicht immer Empfindlichkeit ist, die ihn einen anderen Kurs einschlagen läßt. Jetzt aber dirigiert er Pauline auf ein Gebiet, das sie zur Aufmerksamkeit zwingt.

»Wo hast du gewohnt, als Teresa so alt war wie Luke jetzt?«

Jetzt wird sie tatsächlich aufmerksam, weil die Frage unheimlich genau in das vorstößt, womit sie sich innerlich beschäftigt. Sie nennt die Domstadt, in der sie mit Harry gelebt hat, als Harry sich über die akademischen Hürden vorwärtskämpfte. Die Stadt, in der sie versucht hat, ein Buch zu verbrennen. Aber davon erzählt sie Maurice nichts, denn das würde ihn zu sehr interessieren. »Warum fragst du?«

»Ich dachte nur, ob es Stadt oder Land war. Teresa hat heute früh behauptet, noch nie auf dem Land gelebt zu haben.«

»Hat sie auch nicht – außer gelegentlich in den Ferien. Und ich ebensowenig. Dauernd leben tut keiner von uns beiden hier. Wir lassen uns nur vorübergehend hier nieder.«

»Genau!« Es soll anscheinend kein Streitgespräch *rus versus urbe* werden. Maurice will auf etwas anderes hinaus. »Glaubst du, daß die Mutterschaft dich verändert hat?«

Pauline faßt ihn schärfer ins Auge. Er scheint es wirklich wissen zu wollen. »Kann ich dir nicht sagen.«

»Teresa ist anders geworden.«

»Wie anders?«

»Entschlossener«, sagt Maurice. »Konzentrierter. Weniger diffus.«

»Das klingt, als sei sie ein chemischer Versuch.«

Maurice grinst. »Du weißt bestimmt, was ich meine. Ein interessanter Vorgang, jemand zu beobachten, den man gut kennt, und zuzusehen, wie er sich verändert. Kannst du dich erinnern, daß es bei dir mal so war? Innerhalb des Domschattens? Hast du je im Schatten des Doms gewohnt?«

»Nein«, sagt Pauline. Es ist nicht klar, auf welche der beiden Fragen sie antwortet. Oder ob sie keine von beiden beantwortet und nur das Gesprächsthema blockieren will.

Maurice merkt, daß er sich auf steinigem Boden befindet. Er wirft ihr einen Blick zu, einen gutgelaunten, verschlagenen Blick, der besagt: Ich weiß, es ist zwecklos, dort weiterzubohren. Er gesteht ihr zu, es sei ihr gutes Recht, nichts weiter zu sagen, wenn sie keine Lust hat, daß er jedoch ihr Widerstreben wahrgenommen und interessant gefunden habe. Pauline ist verärgert und kommt sich gleichzeitig auf unbestimmte Weise überlistet vor. Jetzt erzählt Maurice von einer neuen Touristenattraktion, die er vorige Woche entdeckt hat, ein wiedererrichtetes Fabrikgebäude in Black

Country. Er erzählt witzig und amüsant. Unwillkürlich läßt sie sich amüsieren; Maurice bemüht sich, ihr zu gefallen, und er gefällt, ebenfalls gegen ihren Willen. Sie sitzen in der Sonne, trinken ihren Kaffee vor dem Pub, neben einem alten hölzernen Schubkarren voller Topfpflanzen und einem Wagenrad, aus dem sich Lobelien und Usambaraveilchen ergießen.

»Alsdann«, sagt Maurice, »jetzt hol ich mir wohl besser meine Briefmarken, ehe ich vergesse, weswegen ich gekommen bin.«

Sie trennen sich. Pauline steigt in ihren Wagen. Sie sieht Maurice das Geschäft von Mace betreten. Wieder blickt sie auf die dörfliche Telefonzelle. Dann fährt sie zurück nach World's End.

Pauline denkt nicht oft an die gewisse Domstadt. Und wenn, sieht sie sie als zwei verschiedene Orte. Da gibt es friedliche Straßen, in denen Frauen wie sie Kinderwagen schieben, da gibt es die majestätische Gegenwart der Kathedrale, die an unerschütterlichen Fortbestand mahnt. Da gibt es Harrys Universität, einen Campus am Stadtrand – moderne Ziegel- und Betonbauten von derzeit gefragten Architekten, sämtlich ausgerüstet mit hellen Schwedenmöbeln, grob gewirkten Vorhängen und flotten, schwarzgekleideten Studentinnen, neben denen sich Pauline mit ihren siebenundzwanzig vorkommt wie eine Matrone. Da gibt es das Haus, ein viktorianisches Reihenhaus mit kleinem Gärtchen dahinter und ruhigen Zimmern, in denen sie Teresa versorgt und auf Harrys Heimkehr wartet.

Kein außergewöhnlicher Ort. Sogar unschuldig. Einmal, vor ein paar Jahren, war sie zufällig in der Gegend, machte einen Umweg und fuhr durch die Stadt. Es war alles noch da, die Straße mit ihren Läden, der selbstgefällige Klotz des Doms. Und da war auch der andere Ort, den sie immer im Kopf mit sich trägt, der Ort, den sie längst hinter sich gelassen hat und der auch immer noch vorhanden ist. Der Ort, an dem sie ein Streichholz an ein zerknülltes Blatt maschinenbeschriebenes Papier hält und in dem Harry am Fenster steht, den Telefonhörer am Ohr, sich zu ihr umwendet und gleichzeitig den Hörer auflegt.

»Wer war es denn?« fragt sie.

»Falsch verbunden.«

»Aber du hast doch gesprochen.«

»Natürlich«, sagt Harry. »Ich mußte denen doch sagen, daß sie sich verwählt haben, oder?«

Sie starren sich an. Besser gesagt, Pauline starrt. Harry schaut bloß, kühl und ein klein wenig erstaunt. »Was ist denn, Liebes?« erkundigt er sich.

»Nichts«, erwidert sie schließlich. Sie bückt sich, nimmt Teresa auf, geht hinüber in die Küche, um Teresa zu füttern. Ihr ist übel, aber sie glaubt nicht, schwanger zu sein.

Harry ist nicht oft dort in dem Reihenhaus. Er ist hier und dort und überall, aber selten zu Hause. Er ist in der Universität, eingesponnen in einen schwindelerregenden Zeitplan von Seminaren und Vorlesungen und Tagungen. Er ist mal eben nach London zu einer Sendung bei der BBC oder zu einem mühsam herausgeschlagenen Tag in der Bibliothek des Britischen Museums oder im Public Record Office, denn er muß weiter Bücher und Artikel schreiben, die ihn beruflich an die Spitze bringen. Er reist zu Konferenzen. Wenn er heimkommt, bringt er oft Leute mit, Kollegen, die mit ihm spritzig-gescheite Gespräche führen, oder eine Meute Studenten, die im Schneidersitz auf dem Fußboden sitzen und für die Pauline Bottiche voller Spaghetti kochen muß. Manchmal rauchen sie Hasch, wogegen Harry keine Bedenken hat. Ja, er macht so etwas manchmal mit. Die Studenten lieben ihn abgöttisch. Sie finden ihn klug und unerhört und bewundernswert. Die meisten von ihnen wollen so wie Harry werden, wenn sie erwachsen sind. Das ist wahrhaftig ein Zeichen der Zeit. Vor zehn Jahren wollten Studenten keine Akademiker werden, sie wollten Journalisten werden oder Produktionsleiter bei der BBC oder Werbeleiter (als was die meisten von ihnen schließlich sowieso enden werden).

Pauline lebt am Rande all dessen. Manchmal, wenn sie einen Babysitter findet, geht sie mit Harry auf Partys, auf denen Studenten und Mitglieder der Fakultät sich demokratisch untereinander mischen und bei denen sie sich mutterseelenallein vorkommt, weil sie weder jung noch alt genug ist. Die meisten der Ehefrauen von Harrys Kollegen sind in der gleichen Lage, und so findet sie sich oft in einer Gruppe mit ihnen zusammen, und man spricht über die Kinder. Alle haben sie den *Bowlby* über Kindererziehung gelesen und glauben fest, daß ihre Kinder irreparablen Schaden nähmen, wenn man sie nur fünf Minuten allein ließe. Auch ihren *Spock* haben sie gelesen, der ihnen einredet, ihre Kinder hätten immer recht, daher sind sie sowohl ängstlich als auch unsicher. Sie sind jung, und Jugend steht im Moment hoch im Kurs, aber keine von ihnen fühlt sich besonders jung. Anders als ihre Ehemänner und die Studenten, die andauernd zu feiern scheinen, sorglos und frei, Herren der Schöpfung. Wenn Pauline in der Domstadt unterwegs ist und Teresa in ihrem Kinderwagen durch die Hauptstraße schiebt, erkennt sie, daß sie und ihresgleichen an den Rand des Lebens gedrängt sind, genau wie die Rentner, die auch nur noch zwischen dem Fleischer und dem Gemüsemann hin- und herschlurfen.

Sie ist nicht unzufrieden, obwohl der Tag kommen wird, an dem sie es ist. Der Zeitgeist hat ihr noch nicht beigebracht, daß sie unzufrieden sein sollte, glücklich ist sie jedenfalls nicht. Sie hat einen Ehemann, in den sie verliebt ist, und ein Kind, das sie sich sehr gewünscht hat. Manchmal langweilt sie sich. Sie täte gern allerlei, was im Moment unmöglich ist – ungestört ein Buch lesen, ins Kino gehen, reisen, irgendetwas ungeplant tun –, aber das ist nicht gleichbedeutend mit ernsthafter Unzufriedenheit. Es gibt ja Teresa, den ganzen Tag und alle Tage. Und es gibt Harry – manchmal.

Eine der Studentinnen hat einmal zu Pauline gesagt – nach Ansicht Paulines eine Unverschämtheit: »Mein Gott, haben Sie ein Glück, mit Harry verheiratet zu sein.« Die darin versteckte Andeutung gefiel ihr nicht, daß Harry sich aus der Reihe zur Verfügung stehender Frauen aus unerklärlichen Gründen ausgerechnet Pauline ausgesucht hatte. Zufällig hatte es Pauline nicht an Verehrern gefehlt. Ehe sie Harry kennenlernte, hatte sie eine intensive Beziehung zu einem jungen amerikanischen Wissenschaftler, deren Konsequenzen sie nie mehr los werden wird. Und es hat noch andere gegeben. Als sie Harry kennenlernte, war sie Feuer und Flamme für einen gemeinsamen Bekannten, der sie miteinander bekannt machte. Sie hatte Harry frech gefunden. Und später hatte Harry sich hartnäckig um sie bemüht. Seine Frechheit wirkte allmählich originell und anregend, der gemeinsame Bekannte dagegen immer farbloser. Harry verkündete, er habe vor, den ganzen Sommer durch die Vereinigten Staaten zu reisen. »Kommen Sie doch mit«, sagte er. Oder besser: befahl er. Sie kam mit.

Soviel also über die Domstadt, die für immer in ihre ganz eigene Zeit eingeschweißt bleiben wird, so daß Pauline bestürzt feststellte, daß die vertraute Hauptstraße jetzt Filialen von Waterstones und Rymans aufwies. Etwas an dieser Mutation der Domstadt war irgendwie heimtückisch. Sie hätte bleiben sollen, wie sie war, damit sie sie der Vergangenheit überlassen konnte, wie die Jahre mit Harry. Denn heute sieht Pauline die Jahre mit Harry als eine Zeit seelischer Erkrankung, eine Periode der Bedrückung, eine ausgedehnte Ära, während der sie an einer ihr jetzt rätselhaften Krankheit litt: der Liebe zu Harry. Liebe? Nein, denkt sie und wägt das Gefühl gegen das ab, was sie für Teresa, für Luke empfindet. Nicht Liebe. Ein fürchterliches, verzehrendes, irrationales Bedürfnis, Versklavung.

Als Pauline wieder in World's End eintrifft, findet sie Teresa auf dem Feldweg vor den Cottages. Dort ist eine große, lehmige Pfütze, die Luke sehr liebt. Er hebt Stöckchen auf und läßt sie in den Puddel fallen.

Teresa behält ihn im Auge und schaut dabei den Feldweg entlang. Sie tritt ans Wagenfenster. »Maurice ist schon endlos lang weg. Er wollte nur ins Dorf, um Briefmarken zu holen.«

»Wir haben uns dort getroffen und eine Tasse Kaffee getrunken. Wahrscheinlich ist er mittlerweile auf dem Heimweg.«

Teresas Gesicht entspannt sich. Sie hat sich schon einen Autounfall ausgemalt. Pauline kennt das, weil sie es auch selbst durchgemacht hat, viele Male, oh, viele, viele Male. Jetzt blüht Teresas Gesicht sofort wieder auf. Die Welt ist wieder in Ordnung, und sie wendet sich mit zufriedener Miene Pauline zu und spricht von anderen Dingen. Sie erzählt ihr, daß Chaundys Traktorfahrer Luke ins Führerhaus seines Traktors gehoben hat, anscheinend ein sehr aufregendes Erlebnis. Sie sprechen über eine wilde Blume, die am Wegrand blüht, deren Namen sie beide nicht wissen. Wicke, sagt Pauline – meist sind es Wicken. Nein, Leinkraut, schlägt Teresa vor.

Und Pauline, die Teresa ansieht, fällt Maurices Bemerkung ein, und sie sieht tatsächlich eine Veränderung an ihr. Pauline hat sich an diese Veränderung gewöhnt und sie daher kaum wahrgenommen. In Teresa ist eine neue Tiefe, etwas Stilles, Gefestigtes. Sie kommt einem nicht so sehr älter vor, als vielmehr reifer. Sie hat einen Flaum dazugewonnen, wie ihn Früchte haben. Pauline erschrickt jetzt über diese weitere Metamorphose, die sie kaum bemerkt hat.

Sie stehen im Sonnenschein vor World's End und unterhalten sich, wie Frauen auch wohl früher schon, gönnen sich eine Atempause von den Forderungen des Tages. Und neben ihnen, eingeschlossen in seine eigene, separate Zeitkapsel, ist Luke, beschäftigt mit seinem lehmigen Puddel, lernt Nässe kennen, Weichheit und Zärte, Auftrieb, Schwerkraft, Spiegelung und Durchlässigkeit. Und schließlich auch den Schmerz, weil er stolpert und sich das Knie an einem Stein aufschlägt. Er brüllt. Erschrockene Vögel brechen aus der Hecke. Teresa tröstet ihn. Sie hebt ihn auf. »Schau«, sagt sie. »Schau mal, wer da kommt.« Und da ist auch schon Maurices Wagen, glänzt wieder zwischen den grünen Wogen des Weizens. Luke hört auf zu heulen und bringt ein verwässertes Lächeln zustande. Teresa strahlt.

Es ist der fünfzehnte Juni. Mitte des Jahres, Mitte der Woche, mitten am Morgen. World's End steht in einer Landschaft des Überschwangs. Der hoch aufgeschossene Rand des Feldwegs strotzt von roten Lichtnelken, Flockenblumen und schäumenden Flecken wilder Möhre. Die Hecken sind gesprenkelt von den rahmweißen Dolden des Holunders. Es herrscht das Gefühl der Vollendung. Der immer mehr ansteigende Maiwuchs hat nun seinen Höhepunkt erreicht, er hält seinen Überfluß jetzt in der Schwebe. Nur der Weizen wächst weiter. Die grünen Pelzdecken sind zu tiefen Meeren geworden, die im Wind wogen. Alles sieht jeden Tag wieder anders aus, verwandelt durch das Wetter und sein ureigenes, unabänderliches Programm. Pauline schätzt besonders den Himmel, der manchmal mit Säulen leuchtender Wolken bestückt ist, manchmal durchsteppt von milchweißen Zirruswölkchen, manchmal ein blaßgelbes, von der untergehenden Sonne durchstrahltes Gewölbe. Das Wetter ist wie ein Theaterstück, und sie verfolgt es voller Anteilnahme, während sie die Seiten eines Manuskripts umblättert, ein Buch aufschlägt oder nach dem Telefon greift.

Es kommt ihr in den Sinn, daß sie vermutlich der erste hier lebende Mensch ist, für den das Wetter eine ästhetische Zerstreuung darstellt. Für die vor ihr bedingte es die Pläne für den Tag, entschied, ob man naß wurde, geröstet wurde oder erfror. Es mag manche gegeben haben, denen es trotzdem gelang, die Leuchtkraft einer Wolke, das heitere Windgekräusel auf dem Weizen wahrzunehmen, aber größtenteils war das Wetter wohl ein grimmiger, launischer Diktator. Für Pauline entscheiden Regen oder Sonnenschein nur darüber, ob sie zu Fuß den Feldweg oder den Saumpfad entlang zur Hügelkuppe geht, ob sie nach dem Lunch ein Weilchen im Garten sitzen kann oder den ganzen Tag am Schreibtisch zubringen wird.

In den letzten paar Wochen hat das Wetter sie durch seine Unbeständigkeit und seine großartigen Schauspiele überrascht. In der Stadt ist das Wetter nebensächlich. Auch die Zeit hat sie überrascht. In World's End wird die Zeit zu etwas Zwiespältigem. Es gibt die kontrollierte, bemessene Zeit der flackernden grünen Zahlen auf den Haushaltsgeräten, auf dem Display von ihrem Fax und der Zahlen in ihrem Tagebuch. Und es gibt jenseits der Fenster die Zeit, die sich in Kategorien von Blättern und Blüten und grünen Weizenähren entrollt, in Kategorien ansteigender Temperatur, eine primitive, elementare Art von Zeit, ungezähmt von Greenwich und dem Julianischen Kalender.

Und so ist es plötzlich Mitte Juni, und Pauline ist fast sechs Wochen nicht mehr in London gewesen. Sie müßte in ihrer Wohnung nach dem Rechten sehen. Sie müßte ein paar geschäftliche Telefonate führen. Sie müßte sich die Haare schneiden lassen und würde gern ein paar Bekannte wiedersehen. Besonders Hugh. Sie hebt den Hörer ab und trifft verschiedene Verabredungen.

Als sie später Teresa erzählt, daß sie nächste Woche für ein paar Tage in London sein wird, sagte Teresa: »Ach, das paßt ja, dann ist Maurice schon wieder da, ehe du losfährst.«

»Maurice verreist?«

»Er muß auch nach London. Er braucht irgendwelche Bücher und will jemand vom Fremdenverkehrsamt interviewen.«

»Warum fährst du nicht mit?« fragt Pauline einen Augenblick später.

»Es lohnt sich wirklich nicht. Er wäre ja doch die ganze Zeit weg. Ich kann also ebensogut hier bleiben.« Anscheinend ist Teresa damit völlig zufrieden. Sie hebt Luke auf die andere Hüfte hinüber und fährt fort: »Und jetzt, bei dem schönen Wetter, ist es hier schöner.«

»Das schon«, bestätigt Pauline. Wirklich brennt die Sonne weiter Tag für Tag, an manchen Tagen leicht verschleiert, an anderen strahlend.

Sie scheint auch am nächsten Morgen, als Pauline Maurice aufbrechen sieht. Er hat kein Gepäck außer der abgeschabten Tasche, die er als Aktenmappe benützt. Sie ist vermutlich in einem Trödelladen gekauft und typisch für Maurice. Sie beweist ein verächtliches Verweigern des üblichen Konsumdenkens – keine schicke Aktenmappe oder ein sauberes, praktisches Köfferchen für Maurice! Im Grunde ist sie schwer wie Blei und muß sehr unbequem sein. Pauline erinnert sich, daß sie ihr schon aufgefallen ist, als sie Maurice kennenlernte, als Maurice noch eine nette Zufallsbekanntschaft war. Er war drauf und dran gewesen, sie in einer Weinstube stehenzulassen, und sie hatte sie angehoben, um sie ihm zu reichen, und gesagt: »Großer Gott, was haben Sie denn da drin?« »Ein Buch«, hatte Maurice erwidert, »und möglicherweise eine Zeitung.« Und hatte gegrinst und mit diesem Grinsen zugegeben, daß die Tasche unpraktisch war, und trotzdem damit geprotzt.

Diese Reisetasche kommt hinten in den Wagen. Der Wagen ist ein dunkelblauer Vauxhall Astra. Pauline weiß das so genau, weil sie kürzlich entdeckt hat, daß Maurice nicht wußte, welchen Typ Wagen er fuhr, und erst Teresa fragen mußte, um irgendein Formular auszufüllen. Das Abtun von etwas, was sonst jedermann beschäftigt, ist ebenfalls typisch für Maurice. Weil die meisten Menschen ein besitzfreudiges Interesse an ihrem Vehikel haben, hat Maurice es nicht.

Maurice küßt Teresa. Er küßt Luke, der ihn mit dem Ausdruck blanken Erstaunens anschaut, als habe er ihn noch nie gesehen. Luke befindet sich vermutlich auf einer geheimnisvollen, unvorstellbaren Wahrnehmungsebene. Maurice läßt den Motor an, winkt, und der Wagen bewegt sich langsam den Feldweg hinunter und wird schließlich vom Meer des grünen Weizens verschluckt. Teresa bleibt stehen und sieht ihm nach. Pauline schaut aus dem Fenster zu. Sie denkt über Maurice nach und kommt darauf, daß der Maurice, den sie mittlerweile kennt, ein unwiderruflich anderer ist als der, den sie damals kennengelernt hat und der rückblickend eines unwichtige Gestalt scheint, einfach irgendwer, auf den man trifft und den man nett findet, nicht mehr und nicht weniger. Der jetzige Maurice ist befrachtet mit Assoziationen, und nichts, was er sagt oder tut, kann auf die frühere Weise gesehen werden.

Bei der Hochzeit wurde ihr das klar. Teresa und Maurice haben auf einem Standesamt geheiratet. Anwesend waren zwei Freunde als Trauzeugen und Pauline. Maurices Mutter, eine Witwe Ende siebzig, lebte in Carlisle und fand, die Reise wäre zuviel für sie. Die kleine Gruppe machte eine traurige Figur im Warteraum des Rathauses von Finsbury, als andere Hochzeitsgesellschaften kamen und gingen, in voller Kriegsbemalung, begleitet von ganzen Schwärmen von Brautjungfern in Kleidern aus Spitzenschaum.

Maurice war bezaubert. Er saß da und sprach von der soziologischen Bedeutung des Anlasses. Er wies darauf hin, daß die bombastischsten und zahlenmäßig größten Gruppen die afro-karibischen oder asiatischen waren und daß, je bürgerlicher die Hochzeit, desto spärlicher und schlichter angezogen die Teilnehmer waren, als sei ihnen die ganze Prozedur peinlich. Maurice trug, was er an jedem Werktag tragen würde. Teresa trug ein Abendkleid der zwanziger Jahre, das sie auf einer Versteigerung erstanden hatte, und sah aus wie aus einem Stück von Noel Coward entsprungen.

Der Empfang war ein einziges Gewimmel. Menschenmengen füllten die drei Stockwerke des großen Hauses am Onslow Square, das gutbetuchte Freunde Maurice zur Verfügung gestellt hatten. Sie ergossen sich bis hinaus in den Garten und lachten, weil es zwischendurch regnete. Sie saßen auf den Treppen und tranken Champagner. Pauline drängte sich ganz erschrocken hindurch auf der Suche nach irgend einem bekannten Gesicht. Es war, als würde Maurices ganzes vorheriges, unbekanntes Leben in Form dieser Fremden ausgebreitet, und sie empfand eine seltsame Bestürzung. Die kleine Schar Freundinnen von Teresa klebte in einer Ecke zusammen und sah sehr jung aus. Irgendwann befand sich Pauline in einer Gruppe mit der Herrin des Hauses, die an ihrem Marmorkamin lehnte und die Menge nachsichtig musterte. »Ist es nicht erstaunlich«, sagte sie. »Ausgerechnet Maurice. Wer hätte das gedacht?« Jemand stellte ihr Pauline vor, und die Dame wandte sich ihr sichtlich amüsiert zu. »Ihre Tochter? Gratuliere! Sie ist süß.« Später sagte der Ehemann der Dame, schon ziemlich betrunken: »Na klar, Maurice ist eine alte Flamme von Shirley, schon von Urzeiten her, ehe sie mich geheiratet hat.« Er lachte nachsichtig. Pauline blickte sich im Raum um und sah Maurice, wie sie ihn noch nie gesehen hatte – einen Mann, den sie kaum kannte und mit dem sie jetzt unauflöslich verbunden war. Teresa stand neben ihm, zugleich glücklich und betäubt. Das hab ich getan, dachte Pauline. Ich hatte es nicht vor, aber ich habe es getan.

Teresa und Luke gehen wieder ins Haus. Dabei schaut Teresa kurz nach oben und sieht Pauline. Sie winkt und gestikuliert. »Kaffee?« fragt sie. Pauline nickt.

Auf Teresas Küchentisch ist ein Brief mit kalifornischer Marke. »Du hattest recht«, sagt sie. »Harry will sich mit mir treffen, sobald er hier ist. Ich nehme an, daß er dann auch nach London muß. Aber das ist erst im August.« Sie wirft ihrer Mutter einen Blick zu. Teresa ist das Feingefühl in Person, wenn es sich um Harry handelt. Das Feingefühl grenzt fast an schlechtes Gewissen, so als sei sie indirekt für Harry verantwortlich oder doch für das, was Harry bedeutet.

»Das mußt du selbstverständlich tun«, sagt Pauline streng. »Er muß unbedingt Luke kennenlernen.«

In Wahrheit ist Harry von seiner Großvaterschaft etwas unangenehm berührt. Das ist ein Etikett, das er offenbar besorgniserregend findet. Er hat wohl bisher nicht gemerkt, wie weit im Leben er schon fortgeschritten ist, und seine Freude über Lukes Existenz ist nicht ohne eine gewisse Bestürzung. Eben deshalb liegt Pauline so unheimlich viel daran, diese Verwandschaft zu betonen.

Harry hatte den Wunsch geäußert, bei Teresas Hochzeit dabeizusein. Es war Teresa, die sich dagegen aussprach, und Pauline war ihr dafür dankbar. Schließlich waren sich Harry und Maurice nur bei einem Lunch begegnet, das Teresa als ungemütlich bezeichnete. Als Pauline weiter in sie drang, versuchte sie auszuweichen. Nein, nicht daß sie einander nicht gefallen hätten, das schon, aber eigentlich hätten sie das gar nicht gewollt. »Ich kann es nicht erklären«, sagte sie, das Thema abschließend. »Aber ich würde es nicht gern nochmal tun, und ich glaube, Maurice auch nicht.« Und Pauline hatte verstanden. Sie hatte alles vor sich gesehen wie von einem Scheinwerfer angestrahlt – die drei an einem Tisch, Teresa zwischen den beiden Männern, die sich anschauen und jeweils ein ungutes Spiegelbild sehen. Harry ist zwölf Jahre älter als Maurice, hat sich aber nach allem, was man hört, gut gehalten. Maurice hatte wohl in ihm eine unwillkommene Mahnung daran gesehen, daß er, Maurice, nicht länger zu den Jungen gehört, daß er die Wasserscheide überschritten hat, daß er eher zu Harrys Generation gehört als zu Teresas. Einer seiner Panikzustände wird ihn befallen haben. Er hätte sich gern von Harry distanziert, diese unangenehme, brutale Tatsache beiseite geschoben. Pauline wirkt nicht so auf ihn, weil sie zwar zu Teresa in der gleichen Beziehung steht, aber eine Frau ist und er sie von früher her kennt. Paulines Alter ist irgendwie weniger relevant. Um seine Beklemmung zu kaschieren, wird er wohl ununterbrochen geredet haben.

Und Harry, der über den Tisch Maurice anschaut, hat sicherlich ein Spiegelbild dessen, was er hinter sich läßt, gesehen, den Harry, der eben noch fest in der Jugend verankert war, der noch – eben noch – etwas von einem *enfant terrible* an sich hatte, von einem Dorn im Fleisch seiner Vorgesetzten, einem umstürzlerischen Element, er wäre daran erinnert worden, daß er um Gotteswillen binnen kurzem Großvater werden könnte, und zweifellos hatte auch er ohne Punkt und Komma geredet, und dabei waren die beiden zu einer Art Übereinstimmung gekommen, weil sie beide kluge und aufgeschlossene Menschen waren. Sie hätten aufeinander reagiert, eine mögliche Wesensverwandschaft erkannt und wären davor zurückgeschreckt.

»Es sind ja noch zwei Monate bis dahin«, sagt Teresa heiter. »August! Ich kann doch nicht jetzt schon an etwas denken, was erst im August passiert. Dazwischen liegt noch der ganze Sommer.«

Zwei Tage später beobachtet Pauline Maurices Rückkehr: das lächelnde Aussteigen aus dem Wagen, den Kuß für Teresa, die herausgekommen ist, um ihn zu begrüßen, das Ins-Cottage-Schleppen der Reisetasche, die diesmal offenbar noch schwerer geworden ist. Und zwei Tage später steigt auch Pauline in ihren Wagen und steuert den Feldweg hinauf.

Die Fahrt von World's End zum Stadtzentrum von London dauert ungefähr zwei Stunden. Pauline ist schon so oft gefahren, daß sie diesen abrupten Übergang nicht mehr sonderbar findet. Ja, wie jeder andere Reisende des ausgehenden zwanzigsten Jahrhunderts ist sie ungehalten über Verzögerungen – lästige Straßenbauarbeiten, das ärgerliche Kriechen in einem Stau. Der Feldweg von World's End führt sie auf die Hauptstraße, die Hadbury umgeht und sie auf einem Gürtel aus Umwegen und Verkehrskreiseln schließlich auf den Autobahnzubringer katapultiert. Auf der Autobahn fliegt sie dahin, bis sich die Landschaft wieder mit Wegen und Gebäuden füllt, der Verkehr sich wieder verlangsamt und die wuchernde Stadt sie einsaugt.

Einmal ist sie beim Schmökern in Hughs Büro auf eine Ausgabe von Ogilby gestoßen und hat die gleiche Fahrt gesehen, übersetzt in die emotionsbeladene Zeichenkunst eines Zeitungsillustrators des 17. Jahrhunderts: wie da der Weg sich Stück für Stück vorwärtsschlängelt, gesäumt von den reinlichen Insignien der Kirchtürme, die als Orientierungspunkte dienten, von Bäumen und Hügeln, um Wald oder Höhen zu markieren, Flüsse und Brückchen. Hier wurde noch auf Zeit und Raum hingewiesen. Hinter den stilisierten Darstellungen von Dörfern und Hügelketten lauerten Schlaglöcher, kahle, gefährliche Moore, Staub, Schlamm und Regen.

Regnen tut es heute nicht, die Sonne heizt den Wagen sofort unangenehm auf. Pauline stellt an der Luftzufuhr herum und öffnet das Sonnendach. Sie dreht die Radioskala einmal ganz durch, stellt dann ab und legt eine Kassette ein. Der Wagen ist erfüllt von Mozart. Auf diese Weise in einen Kokon eingesponnen, gleitet sie am Dorf vorüber, um Hadbury herum, an den Weizenfeldern und Wiesen entlang, vorüber an fernen Kühen und Schafen, die wie Kinderspielzeug wirken, an mit Plastikgirlanden dekorierten Tankstellen, an den Dikkichten der Hinweisschilder. Bald ist sie auf der Autobahn und durch Wagenkolonnen zu beiden Seiten ganz von der Landschaft abgetrennt. Nun ist sie Teil eines anderen Elements, des unaufhörlichen Verkehrsstroms, in den sie jetzt eingefädelt ist, konzentriert auf das Überwinden eines Wagens hier, eines Lasters dort. Sie überholt, verlangsamt, gibt wieder Gas. Die grünen und blauen Fernen vor und hinter ihr sind bedeutungslos – sie hat nur noch mit Straße und deren Benutzern zu tun.

So gelangt sie unbemerkt vom Lande in die Stadt, nur dirigiert durch das Verhalten der anderen Verkehrsteilnehmer und den Wechsel von Mozarts Oboenkonzert zu einem Quartett von Ravel. Sie gräbt sich in London hinein und steigt vor dem viktorianischen Reihenhaus aus dem Wagen, dessen obere Etage ihre Wohnung ist. Hier ist die City, hier tut man manche Dinge anders, obwohl es nicht immer so scheint.

Vor zehn Jahren, als die Renovierung von World's End abgeschlossen war, mietete sich Pauline einen Möbelwagen mit Fahrer und Beifahrer, um diverse bereitgestellte Möbel dorthin zu schaffen. Der Chauffeur verfuhr sich und hielt im Dorf, um nach dem Weg zu fragen. Als der Möbelwagen schließlich eintraf, schüttelte es die Männer immer noch vor Lachen. Sie saßen in der Küche auf den Packkisten, tranken becherweise Tee und prusteten vor Vergnügen, weil man ihren Cockney-Dialekt im Dorfladen offenbar nicht verstanden hatte und sie ihre Frage mehrmals hatten wiederholen müssen. Pauline fand die Geschichte reichlich unglaubhaft, doch schien es unfreundlich, ihnen den Spaß an etwas zu verderben, was sie offenbar für ländliche Rückständigkeit hielten. Da saßen sie in ihren schmuddeligen Unterhemden, strotzten vor Überheblichkeit und Behagen und lachten gutmütig. Und draußen fuhr Chaundys Traktorfahrer, der ihnen so ähnlich sah, donnernd auf und ab, sichtlich Welten von ihnen getrennt.

Pauline schließt die Haustür auf, steigt die Treppe hinauf und rückt sich dabei innerlich zurecht. Sie zieht die Großstadt an, wie man Kleider wechselt. Die Wohnung begrüßt sie mit einer Flut aufdringlicher Reklamezettel auf dem Fußabstreifer, sie werben schreiend für Pizza-ins-Haus und Indische Delikatessen zum Mitnehmen. Es ist heiß, Staubsäulen brodeln im Sonnenlicht. Sie öffnet Fenster, kehrt tote Insekten vom Küchentisch, wirft die Reklamezettel in den Abfalleimer, geht rasch von einem Raum zum anderen, vergleicht ihre Uhr. Sie hat auf einen anderen Modus umgeschaltet, mühelos und fast ohne es zu bemerken. Sie steuert einen neuen Kurs, angetrieben von Listen und Terminkalendern, World's End ist abgehängt, irgendwo am Ende der Autobahn. Aus den Augen, aus dem Sinn.

In dem Restaurant waren sie schon, aber nicht oft genug, als daß es ihnen schon langweilig geworden wäre. Hugh wechselt gern ab zwischen seinen Lieblingslokalen. Pauline sieht ihn über den Tisch hinweg liebevoll an. Das Zusammensein mit ihm ist, als zöge man ein geliebtes, vertrautes Kleidungsstück an, in dem man sich sofort wohl und behaglich fühlt. Es prickelt nicht das geringste Sexuelle in diesem Gefühl, hängt aber auf geisterhafte Weise doch damit zusammen, daß Hugh ein Mann ist. An Sex mit Hugh kann sie sich heute kaum noch erinnern – geblieben ist eher das Gefühl wohliger Vertrautheit als etwas Erotisches. Das Erlebnis ähnelte nicht entfernt dem Sex mit Harry, weswegen sie vermutlich heute mit Hugh hier sitzen kann, in völligem Einvernehmen. Was zwischen ihnen besteht, ist nicht durch sexuelle Spannung verschärft worden und kann daher nicht untergraben werden.

»Was hältst du von der Idee der romantischen Liebe, der unersättlichen, unstillbaren Liebe?«

Hugh ist mit der Speisekarte beschäftigt. Er wirft ihr über deren oberen Rand einen Blick zu. »Kleinen Moment noch, bitte.« Er beendet seine Prüfung, nimmt die Brille ab und legt die Speisekarte neben seinen Teller. »Wie bei Heloise und Abälard? Romeo und Julia? Dido? Etwas in der Art?«

»Hoffentlich leidest du nicht an sowas«, sagt Hugh. »Es ist anscheinend sehr entnervend. Du doch nicht etwa?«

»Ich lektoriere gerade einen Roman darüber.«

»Na, Gott sei Dank. Ich hätte mich sonst gezwungen gesehen, Fachmannsrat für dich heranzuziehen. Geht man heutzutage bei sowas nicht einfach zum Therapeuten?«

»Sei nicht so schnoddrig«, sagt Pauline. »Es ist eine ernste Sache und war es immer schon. Es passiert eben. Deshalb schreiben ja die Leute immer wieder darüber, so wie jetzt mein Autor.«

Hugh seufzt. »Du hast sicher recht. Man hat mir schon früher manchmal gesagt, ich hätte eine zu niedrige Gefühlstemperatur. Deswegen eß ich wohl auch so gern. A propos: sollten wir nicht bestellen? Der Lachs klingt interessant. Und diese Taubenbrustgeschichte – der bin ich noch nie begegnet. Ich glaube, die probiere ich mal.«

Sie bestellen. Hugh befindet sich jetzt im Zustand warmer Zufriedenheit. Er setzt die Brille wieder auf und mustert Pauline prüfend. »Ich muß sagen, du siehst außergewöhnlich gut aus. Du hat eine Art blasser Milchkaffeefarbe gekriegt, wie ein vergilbtes Buch. Steht dir großartig.«

»Vielen Dank. Du lehnst die Vorstellung romantischer Liebe also ab?«

»Das habe ich nie behauptet. Ich bekenne mich auch zu keinem Glaubensdogma, aber das bedeutet nicht, daß ich die Religion als Begriff verwerfe. Dazu hat sie eine zu altbewährte Vorgeschichte. Ist es denn ein guter Roman?«

»Ich bin mir nicht sicher. Zum Glück bezahlt man mich nicht dafür, daß ich mich darüber äußere. Ich korrigiere nur die Orthografie. Der Rahmen ist mittelalterlich, die Zeit unspezifisch. Es gibt da eine Dame und einen Ritter, aber er betrügt sie, verläßt sie, und sie sucht nach ihm, und am Schluß bringt sie sich um. Und es gibt Drachen und Einhörner und Werwölfe.«

»Ich glaube, das ist kein Buch für mich«, sagt Hugh.

»Für mich auch ganz und gar nicht. Aber es wächst einem ans Herz. Es ist sehr traurig. Ich hab wirklich geweint. Und man weint ja nicht oft über ein Manuskript.«

Hugh prüft die Frage. Es ist eine von Hughs sympathischen Eigenschaften, daß er im Grunde ein ernsthafter Mensch ist, der zuhört, wenn andere etwas sagen, besonders wenn Pauline etwas sagt. Er prüft die Frage, während er auch den Salat aus Meeresfrüchten prüft, den er gerade ißt. Schließlich äußert er, daß er dazu nicht Stellung nehmen kann, weil getippte Manuskripte ihm nie unterkommen, man dürfte jedoch annehmen, daß Worte die hierbei stichhaltig sind, es auch bei beliebigen anderen Medien sein dürften. Es besteht kein Grund, warum Getipptes nicht die gleiche Wirkung haben soll wie Gedrucktes. Er fragt, ob Paulines Krabbenterrine in Ordnung ist.

»Köstlich! Aber Gedrucktes wirkt überzeugender. Es hat Autorität. Weil man weiß, an Getipptem kann man noch herumbessern. Das ist mein Job, das Herumbessern.«

»Ja wahrscheinlich. Kann ich ein bißchen probieren? Von der Terrine, meine ich.«

Pauline hält ihm den Teller hin. Hugh nimmt sich eine Gabel voll. »Mmm. Sehr gut. Das hätte ich auch bestellen sollen, die Meeresfrüchte sind ein bißchen fade. Ja. – Und wie geht's Teresa?«

»Teresa geht es gut«, sagt Pauline.

Hugh sieht sie schärfer an, als sei ihre Antwort nicht ganz zufriedenstellend. »Ist irgendwas?«

»Nein, gar nichts. Das Wetter ist phantastisch. An den Wochenenden fahren wir Touristenattraktionen anschauen, im Interesse der Wissenschaft. Maurices Wissenschaft.«

»Du liebe Zeit«, sagt Hugh. »Ich glaube wirklich, du solltest wieder nach London ziehen.«

Pauline schüttelt den Kopf. Nein – sie wird sich nicht wegrühren. Aus verschiedenen Gründen. Und außerdem scheint dies einer der seltenen berühmt schönen Sommer zu sein.

»Bei dir ist ganz entschieden etwas verkehrt«, sagt Hugh. »Ich habe dich noch nie übers Wetter reden hören.«

Pauline lacht. »Dann wollen wir eine höhere Ebene erklimmen, und du erzählst mir, was du so erlebt hast.«

Hugh war jenseits des Atlantiks auf Kundenbesuch. Er erzählt Pauline von zwei Reisen nach Yale und nach Toronto, wo er wegen des Verkaufs seltener Bücher aus Bibliotheken verhandelt, und nach New York, wo er als Einkäufer gewisser Leckerbissen fungiert, für einen Mann, der moderne Erstausgaben sammelt. »Ich habe eben die schlimmste Lücke in seinem Regal füllen können«, sagt Hugh. »Den *Ulysses* in urtümlichem Zustand.«

»Liest er die Bücher denn?«

»Natürlich nicht, dazu sind sie nicht da.«

»Bibliophile werde ich nie richtig begreifen«, sagt Pauline.

»Die begreift kein Mensch. Zum Glück gibt es recht viele davon, sonst wäre ich aus dem Geschäft. Man verhandelt mit Leuten, die einen Tick haben, aber sonst völlig normal sind. Der Bursche in New York ist Börsenmakler. Stinkreich und todlangweilig. Er lädt mich zu einem umwerfend guten Essen ein, aber die Unterhaltung ist immer etwas mühsam.«

Pauline stellt sich Hugh auf diesen Reisen vor, wie er in seinem schäbigen Anzug in den amerikanischen Städten herumtrottet, den Regenmantel über dem Arm und geheime Schätze in der Aktenmappe. Sie malt sich aus, wie er in klimatisierten Büros verhandelt, mit Genuß und Verständnis in sorgsam ausgewählten Restaurants ißt. Wie er in Hotelzimmern zu Bett geht.

»Wo wohnst du eigentlich? Zum Beispiel in New York?«

Hugh erschrickt und wird dann leicht verlegen. »Um die Wahrheit zu sagen, es gibt in New York eine Dame, bei der wohne ich. Ich kenne sie seit – ach, mindestens seit zehn Jahren, glaube ich. Eine uralte Übereinkunft.«

Pauline starrt ihn an.

»Die Sache ist so«, fährt er fort. »Sie macht unerhörte Frühstücke. Es ist eine Italienerin mit einem Delikatessengeschäft an der Upper West, und außerdem führt sie ein inoffizielles Bed & Breakfast für ein paar Stammkunden. Ihre Waffeln sind traumhaft.«

»Hugh, weißt du was? Ich liebe dich«, sagt Pauline.

»Ich hab dich auch riesig gern. Ist der Lachs auch wirklich eins a? Dieses Taubendingsbums ist sehr interessant.«

Pauline macht Höflichkeitsbesuche bei verschiedenen Verlagshäusern, für die sie lektoriert. Sie sitzt und schwatzt ein Weilchen mit früheren Kolleginnen in einem Bürohaus, in dem sie früher täglich die Stechuhr betätigt hat, prüft sich, ob sie Heimweh nach der Firma hat, und stellt fest, daß dies nicht der Fall ist.

»Wie geht es unserem Maurice?« erkundigt sich die Kollegin.

»Maurice ist gesund, soweit ich weiß.«

»Und was macht das große Werk?«

»Ich glaube, es kommt sehr gut voran.«

»James Saltash verbreitet überall, daß es Furore machen wird, dieses Tourismusbuch. Polemisch. Nimmt kein Blatt vor den Mund.«

»Daran zweifle ich nicht«, sagt Pauline.

»Interessanter Kerl, Maurice«, sagt die Kollegin nach kurzer Pause. Sie beäugt Pauline und schwenkt dann in eine andere Richtung. »Du wirst dich also für den Rest des Sommers in der finsteren Provinz vergraben?«

»Stimmt. Ich sehe ein Weizenfeld heranreifen.«

»Das muß ja eine Idylle sein. Ganz anders als wir hier ...« Die Kollegin beginnt genüßlich über die Glanzlichter der Branche zu berichten. Vielleicht will sie damit andeuten, wie viel Pauline versäumt. »Und arbeitsmäßig, was hast du da vor?« erkundigt sie sich freundschaftlich.

»Ich streue Kommata in einen Roman über Einhörner«, sagt Pauline und verabschiedet sich.

Nein, denkt sie beim Abwärtsfahren im Lift – nein, ihr könnt es behalten. Das Hasten und Jagen, das Strampeln und Schuften. Der Klatsch tat gut, den vermisse ich. Der Gehaltsscheck war schön verläßlich und fetter als eine Reihe kleiner Aufträge. Aber ihr könnt ihn trotzdem behalten.

Sie verläßt das Gebäude – eine freie Frau. Sie hat eine Menge Arbeit an Land gezogen. Die Einhörner werden abgelöst von einem gigantischen Bericht über Ölbohrungen in der Nordsee und einem Reisebuch über den Kaukasus.

Vor fast zwanzig Jahren hat sie dieses Gebäude betreten oder besser gesagt, seinen Vorläufer, und wurde zum ersten Mal eine bezahlte Angestellte. Ihre Rolle war bescheiden und das Gebäude lag anderswo, das schlichte Reihenhaus in einer Straße Westlondons beherbergte damals die Druckerei, die heute dem Zugriff eines Wirtschaftskonzerns zum Opfer gefallen ist. Das Reihenhaus ist nun ersetzt durch eine grüne Glassäule mit hochflorig belegter Eingangshalle, einige ihrer früheren Kolleginnen sind noch da. Damals aber war sie mit einem zitternden Freiheitsgefühl zur Arbeit gegangen. Sie wußte kaum, was sie zu erwarten hatte, und bezweifelte, ob sie es schaffen würde, wußte aber, daß dieser Tag entscheidend war. Das Ende der Abhängigkeit in jedem Sinne. Sie trat von Harry fort und in ein neues Land.

Harry reiste nach Kalifornien, und Pauline ging arbeiten. Mit der Zeit fand sie heraus, daß sie es nicht nur sehr gut schaffte, sondern eher besser als die meisten anderen. Ihre Stellung blieb nicht lange untergeordnet. Sie entwuchs ihr, bewegte sich weiter und weiter fort. Die Harry-Jahre fielen zurück, entfernten sich in eine andere Dimension, wo sie immer noch existieren wie eine Erzählung, von der viele Details verlorengegangen und nur ein paar zwingende Augenblicke übriggeblieben sind, an denen nichts mehr zu ändern ist.

Als Pauline in dieser Nacht in ihrer Londoner Wohnung aufwacht, findet sie sich nicht zurecht. Draußen ist ein Lärm, der nicht sein sollte. Dann wird ihr bewußt, daß sie nicht in World's End ist, sondern in der Großstadt, und die Großstadt spricht Tag und Nacht. Leute rufen auf der Straße – unverständliche, schrille Schimpfkanonaden. Sie tritt ans Fenster. Die Urheber sind ein paar junge Mädchen, Halbwüchsige, die auf dem Gehsteig vor- und zurückwogen, sich gegenseitig anschreien, zusammenprallen und sich wieder trennen, wie ein Vogelschwarm. Es ist ein Uhr morgens. Sie beobachtet sie entsetzt, hört Unanständiges, hört hysterische Anschuldigungen. Ob sie betrunken sind? Oder *high* von irgendwelchen Drogen? Endlich verschwinden sie um die Ecke und sind außer Sicht, ihr Gekreisch verebbt, und sie geht wieder ins Bett, hellwach und verunsichert. Die irren Kinder haben eine obskure Angst bei ihr ausgelöst, und am Morgen ruft sie wie unter Zwang Teresa an, obwohl sie schon am nächsten Tag nach World's End heimkommen wird.

»Hallo«, sagt sie. »Könntest du mir einen Gefallen tun? Schau doch eben mal nach, ob mein Anrufbeantworter eingeschaltet ist, ja?« Und dann: »Ist alles in Ordnung?«

»Bestens«, erwidert Teresa etwas erstaunt. Sie hat einen Hauch von dieser Angst mitbekommen. »Und dir geht's gut?«

»Alles okay«, sagt Pauline. »Also dann bis morgen.«

Pauline schaut aus dem Fenster, einem Fenster in World's End. Sie hat Luke auf dem Arm, der zeigt – mit einer majestätischen Geste der ganzen Hand. »Da«, bemerkt er. Er sagt damit: Dort ist mein Vater. Tatsächlich steht dort Maurice in der Sonne auf dem Feldweg und unterhält sich mit Carol. Maurice schuffelt mit dem Fuß im Gras und gestikuliert beim Sprechen. Wahrscheinlich hält er gerade einen seiner typischen langen, oft bezwingenden Vorträge. Carol enthülst spielerisch einen Maiskolben, einen noch grünen Kolben von Chaundys Mais, der jetzt weiche, milchige Körner hat. Die Sonne strahlt auf den Helm ihrer goldenen Haare. Sie wirft den Kopf zurück und lacht.

Keine außergewöhnliche Szene, sollte man meinen. Jetzt kommt auch James und eine Minute später Teresa, und alle vier stehen im Abendsonnenschein und gehen dann zu den Wagen. Sie fahren in eine Kneipe, um etwas zu trinken. Pauline hat sich angeboten, Luke zu baden und ins Bett zu stecken, weil ihr das Spaß machen würde und sie keine Lust hat, sich ihnen anzuschließen.

Sie blickt den vieren nach, wie sie in den Wagen steigen. Teresa fährt. Maurice und Carol setzen sich in den Fond. Der Wagen rollt den Feldweg hinunter. Maurice redet noch immer, wie Pauline sieht. Er hat sich Carol zugewandt, und sein Arm liegt auf der Sitzlehne hinter ihr.

Pauline bringt Luke ins Badezimmer und beginnt mit dem Badevorgang. Sie tut und sagt, was getan und gesagt werden muß – Wasser einlassen, Luke ausziehen, den ständigen Begleittext, der nötig ist, damit Luke guter Dinge bleibt und mitmacht. Luke sitzt in der Wanne und drischt mit kleinen Plastikgefäßen herum. Pauline kniet auf dem Badevorleger, den Arm über dem Wannenrand, und demonstriert Luke die physikalischen Gesetze des Wassers – die Eigenschaft von Zisch und Patsch und Klatsch und Gieß –, ohne an diese oder auch nur an Luke zu denken. Sie denkt an ein anderes Kind in einer anderen Zeit.

Die Badewanne im Reihenhaus der Domstadt war aus Gußeisen und hatte Klauenfüße. Löwenpranken. ›Löwe‹ war eines von Teresas ersten Wörtern. Löwe bedeutete Bad. Der Teil wurde zum Ganzen. Ein vorsintflutliches Bad. Pauline ist aufgefallen, daß neuerdings solche Badewannen wieder hergestellt und in Geschäften für Badezubehör zu sehr hohen Preisen ausgestellt werden. Damals war der Besitz eines solchen Bades ein Stigma. Ein aufstrebendes junges Paar wünschte sich eine hellgrüne Badegarnitur.

Pauline strebte nicht nach einer grünen Badegarnitur. Sie hatte damals in dem viktorianischen Haus mit der löwenfüßigen Badewanne an andere Dinge zu denken.

Sie beugt sich über die hohe, unbequeme Seitenwand der Wanne und seift Teresa den Rücken. Sie fühlt die zarten Flügelchen der Schulterblätter und dann den zackigen Rippenkorb. Sie kennt jeden Zoll von Teresas Körper, jede Fläche, jede Grube, jede Spalte. Wenn etwas nicht stimmt – ein Kratzer, eine Beule, ein Ausschlag –, fühlt sie momentane Unruhe. Teresas Körper ist irgendwie weit persönlicher als ihr eigener. Er gleicht einer verletzlichen Erweiterung ihrer selbst, die man beschützen muß gegen die Attacken, die Paulines eigener Haut, ihrem eigenen Fleisch zugestoßen sind.

Sie untersucht den Kratzer an Teresas Arm – ein rosa Faden. Sie sieht und registriert den Kratzer und auch, daß er unbedeutend ist, aber gedankenlos und unaufmerksam. Sie kann nicht denken und sich nicht darum kümmern wegen etwas, das sie fühlt, wegen der kalten Leere in ihrem Magen, wegen der Worte, die ihr durch den Kopf laufen, wieder und immer wieder.

»Da ist was, was du wissen solltest, Pauline«, sagt Louise Bennett, die mit Harrys Kollegen Ted Bennett verheiratet ist. »Etwas über Harry. Die Sache ist die – Ted sagt, alle in der Abteilung haben es anscheinend schon gemerkt –, also jedenfalls, er ist dauernd mit Myra zusammen. Du weißt doch, Myra Sams von den Internationalen Verbindungen. Sie ist ständig in seinem Büro, sagt Ted. Oder sie sind gemeinsam in der Kantine. Ich meine, vielleicht weißt du das ja schon ...« Louises Stimme verliert sich.

Pauline mag Louise gern. Wenigstens bis zu diesem Moment hat sie sie gern gemocht. Jetzt – binnen drei Sekunden – mag sie sie nicht mehr. Ebensowenig Ted Bennett. Niemanden mehr in der ganzen Abteilung. Nur das kann sie in diesem Augenblick denken, wie wenig sie Louise noch mag. Der Rest wird später kommen. Oh, er wird kommen.

»Ja«, sagt sie. Ganz ruhig, ganz natürlich. »Ja, das glaube ich. Sie hilft ihm bei seinem Buch. Er hat es mir erzählt – erst neulich. Sie weiß sehr viel über die Bevölkerungsstudien im Frankreich des 19. Jahrhunderts, darum ist sie für ihn sehr nützlich.«

»Ach so, ich verstehe«, sagt Louise. »Na, dann ...« Sie fängt eifrig von etwas anderem an. Und Pauline hört kein Wort von dem, was sie sagt. Kein einziges Wort. Sie kann nur an die beiden denken. An ihn und sie. An sie und ihn.

Wie sie über das Buch sprechen. Wie sie sich anlächeln. Lachen. Tun, was immer sie tun.

Myra Sams. Die erste. Das heißt, die erste, soweit es Pauline betrifft – die Vorläuferin, der Prototyp, die einzige Urheberin. Sie, mit der alles anfing, deren Name der erste von denen war, die das eisige Rieseln im Inneren, die schleichende Übelkeit auslösten.

Und wo ist Myra Sams heute? Verschwunden, ausgelöscht, total abgetan. Sie besagt nichts – sie existiert nur noch in Paulines Kopf, als Reizwort. Myra Sams. Und es ist nicht einmal der Name, der jetzt ein Echo an jene Zeit auslöst, als sich Pauline über die Wanne im Badezimmer von World's End beugt und Luke auf die Füße stellt. Ein Echo, ein Stich, wie das Gespenst von Zahnweh, wenn das wirkliche Zahnweh schon aufgehört hat.

»Und jetzt auf...«, sagt sie zu Luke. »Und raus! Ja. Ja. Auf und raus.« Sie schwingt ihn in die Höhe. Sie wickelt ihn ins Badetuch. Sie schwatzt, sie singt. Nein, sie denkt. Nein, nein, nein. Nicht wieder. Nicht das noch einmal.

Sie schaut über den Tisch Harry an. »Ich habe dein Buch verbrannt«, sagt sie.

»Warum? Warum denn?«

»Du weißt warum«, sagt sie.

Oh, Bücher, Bücher... erzählt sie Luke. Schreckliche Dinger, Bücher. Machen immer nur Ärger. Bleib ja weg vom Büchergeschäft, mein Kleiner. Grundstücksmakler, das ist das Richtige für dich. Oder Herzchirurg. Oder Konstrukteur von Ölbohrinseln.

Sie legt Luke in sein Bettchen. Luke protestiert. Sie holt

seine Flasche, und er fällt ins Säuglingsalter zurück. Er liegt da und lutscht, die Lider sinken ihm und werden sofort aufgerissen, als sie verstohlen zur Tür strebt. Er läßt die Flasche sinken und heult. Pauline geht wieder zu ihm, bringt die Flasche neu in Stellung, murmelt Beruhigendes, schleicht sich aus dem Zimmer, erreicht die Küche rechtzeitig, um Luke erneut heulen zu hören.

Dieser Vorgang wiederholt sich mehrmals. Schließlich ist Luke still. Pauline stöpselt den Baby-Alarm ein und läßt sich im Wohnzimmer nieder. Sie blättert einen Stapel Bücher auf dem Tisch durch und verwirft sie alle zugunsten einer Zeitung. Sie liest eine Weile. Ihre Aufmerksamkeit schweift ab, und sie sieht sich im Raum um, der noch die kürzliche Anwesenheit der Bewohner wiederspiegelt. Teresas Stohhut hängt am Knauf einer Sessellehne. Lukes Ball ist unter den Tisch gerollt. Auf dem Kaminsims liegt eine fremde Sonnenbrille, spiegelnd, mit Goldfassung, die Carol gehören muß. Der cremefarbene Zopfmusterpullover, der über der Sofaarmlehne hängt, gehört vermutlich James, für Maurice ist es ein viel zu gepflegtes Kleidungsstück. Aber das etwas schmuddelige Baumwolljackett, mit dem Riß im Ärmel gehört wirklich Maurice.

Pauline wartet darauf, daß sie wiederkommen. Sie kennt dieses Zimmer genau. Und heute abend ist es nicht in Ordnung. Ein Hauch von etwas Barbarischem und Beunruhigendem liegt darin, das zugleich ein Nachhall des ständigen gedanklichen Anderswo ist. Das Damals und das Jetzt sind beklemmend durcheinandergeraten. Gleichzeitig wartet eine andere Pauline in einem anderen Zimmer, wartet darauf, daß Harry zurückkehrt, von wo auch immer er ist und was auch immer er tut – von dem Seminar, das er abhält, oder der

Beratung eines Studenten oder dem Drink mit einem Kollegen in einer Bar. Oder von einer anderen Tätigkeit, an die sie nicht denken möchte, aber denken muß, die sie gezwungen ist, sich in den quälendsten Einzelheiten auszumalen, jedes Bild eine Folter.

Sie sieht sie einander gegenüber an einem Tisch, seine Hand auf der ihren. Sie sieht sie sich lieben, Körper an Körper. Aber am meisten von allem sieht sie sie so, wie sie sie tatsächlich gesehen hat, vorige Woche, auf einer Party, am anderen Ende eines Zimmers, nur redend. Harrys Rücken ist ihr zugekehrt, so daß sie sein Gesicht nicht sieht, außer durch die Augen von Myra Sams. Sie weiß haargenau, was Myra Sams sieht. Sie kennt den Ausdruck, den Myra Sams sieht, die Art, wie Harrys Mund sich seitwärts verzieht, den spöttischen Blick aus leicht zusammengekniffenen Augen, den Kopf etwas schiefgelegt. Es ist der Blick, den er für die reserviert, die er besonderer Aufmerksamkeit für würdig hält. Es ist der Blick, den er früher auf sie gerichtet hat, über einem Tisch im Restaurant, im Wagen, in dem sie durch Amerika gefahren sind, im Bett. Diesen Blick sieht sie, und ihr Blut gefriert.

Pauline, Teresa, Maurice, James und Carol befinden sich auf dem begrasten Parkplatz des Herrensitzes aus dem 18. Jahrhundert. Pauline hilft Teresa, Luke im Wägelchen zu verstauen.

»Was meinst du denn nun dazu, Pauline?« fragt Maurice. »Komm und mach den Schiedsrichter. Warum besichtigen die Leute die Stately Homes? Wir können uns nicht einigen. James behauptet, es sei einfach hundsordinärer Snobismus.«

»Nicht ganz«, sagt James. »Ich hab nur gesagt, es nährt

gewisse Wunschvorstellungen. Sie wissen schon – so hätt' ich leben wollen – etwas in der Art. Ich persönlich nehme es übel, ich weiß verdammt genau, wo ich damals gelebt habe – in irgendeiner Bruchbude. Mein Urgroßvater war Pflüger.«

Carol setzt ihre goldgerahmte Sonnenbrille auf, die ihr kleines Gesicht verschlingt. »Ach ja? Das hast du mir nie gesagt. Ich glaube, ihr beide seid viel zu esoterisch. Die Leute sehen eben gern etwas Hübsches. Die vielen Plüschmöbel und die Wände voller Bilder. Da latschen sie gern durch und sagen, stell dir bloß mal vor, in so einem Bett zu schlafen, und schau mal diese dolle Treppe, und fragen, spukt's hier? Es ist kein Neid, einfach bloß Neugier.«

»Bis zu einem gewissen Grade«, sagt Maurice. »Aber ein Fünkchen Voyeurismus ist bestimmt dabei und mit Sicherheit die Anregung, soziale Vergleiche zu ziehen und sich dazu zu äußern. Dann wird es ein sehr komplexes Erlebnis. Man ist mit der Vergangenheit konfrontiert, mit ungewohnten Gegenständen und mit Hinweisen auf einen eindeutig fremden Lebensstil. Das ist doch eine Herausforderung, nicht wahr? Die Leute fühlen sich tatsächlich herausgefordert. Sie können nicht bloß schauen, sie müssen auch reagieren, das wissen sie im voraus, weil man ihnen das Konzept des Stately Home bereits schmackhaft gemacht hat. Also ...« Er schaut Pauline auffordernd an. »Warum also sind all diese Menschen hier? Warum sind wir hier?«

»Weil Sonnabend ist«, sagt Pauline. »Und man das Wochenende mit irgendwas füllen muß.«

James lacht. »Da hast du's, Maurice. Es ist ganz einfach.« Maurice grinst.

»Können wir bitte weitergehen«, sagt Teresa. »Ich brauche als erstes mal ein Klo, ich muß Luke trockenlegen.«

Über gekieste Wege nähern sie sich dem Haus, das selbstsicher inmitten sorgfältig arrangierter Baumgruppen steht. Sie ersteigen die schwungvolle Eingangstreppe, lösen ihre Eintrittskarten, drücken sich am Verkaufsstand der Dame vom National Trust vorbei. Maurice hat seine eigenen Ansichten über den National Trust und wird ihnen in seinem Buch Ausdruck verleihen. »Es ist genug, daß ein jeglicher Tag seine eigene Plage habe ...«, murmelt er vergnügt und wirft der Standinhaberin ein respektvolles Lächeln zu, die jetzt Teresa zu den Toiletten dirigiert und bittet, das Sportwägelchen beim Schirmständer stehen zu lassen.

Sie machen die Runde, rücken langsam von einem Raum zum anderen vor, betrachten Tapisserien und Vitrinen mit Porzellan und kunstvoll geschnitzte Möbel. Jeder Raum beherbergt vorübergehend eine Menge Bewohner, die selbst zu Exponaten werden, so daß Pauline mit der gleichen Aufmerksamkeit ein japanisches Ehepaar und ein Kaminsims mit Obst und Blattwerk aus poliertem Eichenholz betrachtet. Das japanische Ehepaar betätigt abwechselnd die Videokamera. Auf dem Kaminsims reihen sich Ananas und Eicheln aneinander. Pauline überlegt, ob sie auf diesem Video erscheinen wird, nolens-volens entführt in ein fremdes Wohnzimmer auf der anderen Seite des Globus. Meinte der Holzschnitzer, daß Ananas in den Midlands wüchsen, oder benutzte er nur ein elegantes Scherzmotiv der Innenausstattungen? Sie sieht sich nach den anderen um. Maurice ist verschwunden, ist abgetaucht, verfolgt etwas, was seine Aufmerksamkeit erregt hat – wie Maurice es immer tut. Carol und James schauen aus dem Fenster auf die smaragdgrüne Rasenfläche. Teresa versucht, Luke für einen Schaukasten mit Staffordshire-Hunden zu interessieren.

Es gibt viele Bilder, meist Darstellungen irgendwelcher Schlächtereien. Auf einer Jagdszene ergießen sich Hunde dekorativ einen Abhang hinunter, das fröhliche Rot der Jagdfräcke wiederholt sich im roten Aufleuchten des Fuchses, der über eine Mauer setzt. Ein Stilleben zeigt Fasane und Rebhühner, schön drapiert, mit grünen Girlanden und ein paar Äpfeln auf glänzend poliertem Tisch. Jede Einzelheit ist sorgsam wiedergegeben, die getüpfelten Federn, die rauhe Oberfläche eines Fußes, ein blutverschmierter Schnabel.

Pauline steuert durch all diese Gemetzel und entdeckt plötzlich Maurice neben sich.

»Ich habe nie etwas Größeres getötet als eine Wespe«, stellt er fest. »Man sollte es vielleicht doch manchmal probieren. Anscheinend verpaßt man eine der grundlegenden menschlichen Erfahrungen.«

»Es gibt eine Menge Erfahrungen, die ich lieber nicht machen möchte«, sagt Pauline trocken. »Wenn die Leute in diesem Raum den tieferen Sinn alles dessen mitbekämen, was sie da betrachten, würde ihnen womöglich schlecht. Uns inklusive! Keimfrei gemachte Gewalt, das ist es.«

»Aber ja. Eine unerläßliche Zutat zum vermarkteten Ahnenerbe. Die Folterkammer, entschärft zum Museumsstück. Farbige Anekdoten, erzählt von Fremdenführern und in Reisehandbüchern. Ich habe mich entschlossen, ihnen ein ganzes Kapitel zu widmen. Hübsche, völlig distanzierte Gewalt, nicht aufregender als irgendwas im Fernsehen. Dabei würden die meisten Leute hier aus den Schuhen kippen, wenn sie Zeugen eines Autounfalls würden. Ebenfalls wieder uns inklusive.«

Teresa ist zu ihnen getreten. »Luke hat schon einigermaßen genug von allem. Ich erledige das hier im Eilgang und gehe dann mit ihm in den Garten.«

»Auch gut«, sagt Maurice unbestimmt. »Mach das.« Er durchquert den Raum und nimmt ein großes, dunkles Ölgemälde näher in Augenschein, auf dem eine junge Frau in wallenden Gewändern mit Pfeil und Bogen auf einen flüchtenden Hirsch zielt. Neben ihr kämpft ein Muskelmann mit einem Löwen. Diana, denkt Pauline. Und Herkules. Sie folgt Teresa durch den nächsten und übernächsten Raum, nunmehr in flottem Tempo. Ein riesiger Gobelin, die Geburt der Venus. Porträts der Besitzer des Hauses im 18. Jahrhundert, als römische Würdenträger gekleidet. Pauline kommt der Gedanke, daß für diejenigen, die mit den Chiffren des klassischen Altertums nicht vertraut sind, die mythologischen Anspielungen dieses Hauses noch wesentlich undurchschaubarer sein dürften.

Pauline und Teresa beenden ihre beschleunigte Runde durch das Haus und landen auf der rückwärtigen Terrasse, wo man Luke loslassen und er herumwackeln kann. Schließlich gesellen sich auch die anderen zu ihnen.

»Wo ging's doch noch zu den Toiletten, Teresa?« fragt James.

»Da drüben, nein, nicht den ersten Weg, den zweiten.« James setzt sich in Bewegung, zögert.

Carol sagt: »James hat ein wunderbares Talent, sich zu verlaufen. Er geht vierzig Meter von unserer Wohnung verloren.«

»Teresa«, sagt Maurice. »Tu James einen Gefallen und zeige ihm, wo.«

»Okay«, sagt Teresa gleichmütig. »Warten Sie, James, ich komme mit.« Sie geht hinter James her, Luke breitbeinig auf der Hüfte. Pauline wandert ein paar Meter die Terrasse entlang, bewundert in Erwartung ihrer Rückkehr eine Blumenrabatte. Eine Minute später sieht sie sich nach Maurice und Carol um. Sie sind nicht mehr da. Anscheinend warten sie nicht. Eben noch waren sie ein paar Meter entfernt, scheinbar ortsfest, jetzt sind sie es nicht mehr.

Pauline patrouilliert weiter an der Rabatte. Es dauert eine Weile, bis James und Teresa wieder auftauchen. Teresa hat schnell ins Café hereingeschaut, um ein paar Kekse für Luke zu kaufen. »Wo sind denn die anderen?« fragt sie.

»Die müssen schon vorausgegangen sein«, sagt Pauline. »Vielleicht haben sie geglaubt, dich verpaßt zu haben. Wahrscheinlich suchen sie dich. Diese Gärten sind ja auch riesig.« Sie konsultiert den Lageplan. »Wassergarten – Eibenallee – Brunnenhof...«

»Kein Problem«, sagt James. »Früher oder später gabeln wir sie schon auf.«

Die Gärten sind eine geschickt zurechtgestutzte Landschaft. Der Rasen bildet ein Plateau, das in einer langen Balustrade endet, darunter senkt sich ein Abhang in eine Serie begraster Terrassen und Zierbeete. Am Fuß liegt der Wassergarten, und der terrassierte Abhang ist beidseits flankiert von hohen Hecken, die weitere Nischen abschirmen. Pauline, James und Teresa bleiben am Ende des Rasens stehen und lehnen sich auf die Balustrade, um sich neu zu orientieren.

»Wir sollten hinuntergehen zu den Teichen«, sagt James. »Seerosen, unglaubliche Riesendinger, man sieht sie schon von hier aus.«

Der Weg an der Seite ist sehr steil und sieht rutschig aus. Teresa gibt zu bedenken, daß es schwer werden wird, das Sportwägelchen wieder heraufzubekommen.

»Vielleicht gibt es auf der anderen Seite einen bequemeren Weg«, sagt Pauline. »Ich schau mal nach.«

Sie schlendert davon. Luke hat sich ein Spiel ausgedacht, bei dem man Stöckchen durch das Balustradengitter wirft. James erzählt Teresa, daß Maurice plötzlich beschlossen hat, ein Kapitel umzuschreiben, was die Termine etwas verzögern wird, aber wenn schon, Maurice ist sein eigener strengster Kritiker, und wenn er glaubt, es müsse sein ...

Pauline erreicht das andere Ende der Terrassenbalustrade. Der Zugang zum Wassergarten scheint von hier aus tatsächlich einfacher. Sie bleibt stehen und schaut hinüber in einen heckenumschlossenen Raum auf der anderen Seite, einen umzäunten Grasfleck mit einem weit ausladenden Ahorn, unter dem ein Mann und eine Frau einander gegenüberstehen.

Maurice und Carol. Sie sind zu weit weg. Ihre Mienen sind nicht zu erkennen. Doch da ist eine Stille, eine Spannung. Maurice spricht – seine Hand skizziert etwas. Carol hat die Sonnenbrille abgenommen und blickt aufmerksam zu ihm auf. Dann legt er beide Hände um ihre Oberarme, und so bleiben sie ein paar Sekunden stehen, ehe er sie wieder losläßt.

Pauline wendet sich um, wandert zurück und trifft auf James und Teresa, die ihr entgegenkommen. »Nein«, sagt sie. »Dort ist es genauso steil. Warum lassen wir nicht das Wägelchen einfach stehen und tragen Luke hinunter?«

Im ›Wassergarten‹ schwimmen rahmweiße Seerosen zwischen großen glänzenden flachen Blättern. Es gibt bläuliche Binsen und riesige Büschel Iris und gestreifte Libellen. James und Teresa genießen das alles, und Pauline scheint ihre Begeisterung zu teilen. Auch sie tut einen bewundernden Ausruf beim Anblick der Pflanze mit den Riesenblättern, die aussieht wie aus einer Science-Fiction-Produktion. Sie zeigt Luke die Wasserläufer und das rote Aufblitzen der zwischen den Seerosenblättern gleitenden Goldfische.

Und jetzt kommen auch Maurice und Carol, tauchen auf dem Weg auf, der zur oberen Terrasse führt. »Ach, da seid ihr ...« ruft Carol. »Wir wußten gar nicht, wo ihr hingekommen seid. Wir haben euch dort oben gesucht.«

»Hallo«, sagt Teresa. »Sehr nur diese phantastischen Libellen.«

»Wie Miniaturhubschrauber«, sagt James. Er legt den Arm um Carol. Sie schmiegt sich an ihn, blinzelt lächelnd in die Sonne. Sie angelt die Sonnenbrille aus der Tasche ihres überdimensionalen grünen Hemdes, das sie über weißen Jeans trägt, und setzt sie wieder auf. Das Hemd verschlingt sie, ebenso wie die Sonnenbrille, sie sieht darin aus wie ein Kind, das Erwachsenensachen angezogen hat. Pauline starrt sie an. Oh, ich kenne dich, denkt sie. Ich erkenne dich wieder. Auf die Dauer bedeutest du nichts, aber im Moment bist du sehr präsent, und ich kenne dich und diejenigen, die nach dir kommen werden, und mir wird schlecht.

Teresa kauert am Teichufer und hält Luke am Hosenboden fest, damit er nicht hineinfällt. »Da!« sagt Luke und zeigt auf die Libellen, die Fische, die Seerosen, dieses ganze glitzernde, funkelnde, vibrierende Erlebnis. »Er findet es himmlisch«, sagt Teresa zu Maurice, der auf die beiden herabblickt. Sie trägt ihren neuen Strohhut, der einen karierten Schatten auf ihr Gesicht wirft – ihre Wangen und ihre Nase sind sonnengesprenkelt. Sie strahlt zu Maurice auf. »Kannst du ihn mal einen Moment halten«, sagt sie, »ich will den Stock da holen.« Maurice bückt sich und nimmt Luke auf den Arm. Teresa holt sich einen Stock und stupst damit sanft in ein Grasbüschel, in dem ein brauner Stein steckt. Der Stein springt ins Wasser. Luke schaut erstaunt. Teresa lacht entzückt. »Sein erster Frosch«, sagt sie. »Doch sicherlich eine Kröte«, sagt Maurice. »Sind Frösche nicht grün?« »Frosch, Kröte, was auch immer...« Teresa strahlt, sie ist glücklich, erfaßt von einer jener plötzlichen Aufwallungen von Zufriedenheit, zu denen sie neigt. »Ich bin froh, daß wir hergefahren sind«, fährt sie fort. »Es ist großartig hier, findest du nicht?« »Großartig«, bestätigt Maurice. »Schaut mal, jetzt ist euer Frosch unter dem Seerosenblatt«, sagt Carol. »Ich seh ein Bein.« Und so sind sie versammelt an diesem freundlichen Ort, an einem köstlichen blauen Sommertag und betrachten einen Frosch in seinem Teich.

»Ich schwöre dir«, sagt Harry. »Das ist vorbei.« Er sieht sie ganz offen an und beißt sich auf die Lippe – sein Blick ist entschieden, unerschrocken und zeigt Reue und Betroffenheit, ein vielschichtiger Blick, der vielerlei bedeuten kann. Ein Blick, den Pauline bisher noch nie gesehen hat. Schon das ist beunruhigend. Sie ist beunruhigt.

Sie sagt nichts.

»Erledigt. Gestorben. Im nächsten Semester ist sie überhaupt nicht mehr hier. Sie hat eine Dozentur in Leeds gekriegt.«

»Warum?« sagt Pauline schließlich. »Warum sie? Warum überhaupt jemand?«

Harry schlägt die Augen nieder. Er zieht eine Grimasse, die Scham, Verlegenheit, Bestürzung – man kann es sich aussuchen – enthält. »Ich glaube, ich bin leicht zu beeindrucken.«

Schweigen. Harry tastet nach Paulines Hand. Er legt einen Finger auf ihr Handgelenk. Einen Finger. Sie rührt sich nicht. Der Finger beginnt zögernd zu streicheln.

Harry und Pauline gehen durch den Wald unweit der Domstadt. Teresa reitet auf Harrys Schultern, ihre kurzen Beinchen sind um seinen Hals gepreßt, ihre Hände schließen sich um seine Stirn. Ihr Gesicht strahlt, dieser Genuß wird ihr nicht oft zuteil. Ausflüge wie dieser sind selten, Harrys Zeit ist so in Anspruch genommen. Aber heute gehört er ihnen, als Familienvater, und dies ist ein Familienausflug in die spätherbstlichen Wälder, in denen das glimmende Laub noch an den Bäumen hängt. Dies ist eine der Gelegenheiten, denkt Pauline, die einem später noch vollkommener vorkommen werden. Sie ist schon jetzt vollkommen, aber sie wird immer vollkommener werden, wenn sie erst im Kopf verstaut ist. Harry führt sie an der Hand. Teresa singt – einen unmelodischen Singsang mit einem gemurmelten Wortsalat. Pauline lacht.

»Was singt sie denn da?« fragt Harry.

»Der Teddybär macht Picknick. ›Wenn du heut in die Wälder gehst ...‹ In ihrer ganz eigenen Version. Im Kindergarten gibt es eine Platte davon.«

Teresa bricht ab. »Ich möcht' einen Teddybär«, verkündet sie über ihren beiden Köpfen.

»Du kriegst deinen Teddybär«, sagt ihr Harry. »Einen großen braunen amerikanischen Teddybär, ich bring dir einen mit.«

»Wieso amerikanisch«, fragt Pauline einen Augenblick später.

»Ende des Semesters geh ich nach Washington.«

»Davon weiß ich ja gar nichts.«

»Ich dachte, ich hätte es dir gesagt, Schätzchen. Nur für eine Woche.« Harry drückt ihre Hand. Er stimmt in das Lied mit ein. »Wenn du heut in die Wälder gehst, gibt's dort 'ne Überraschung ...«

»Also Sie sind Harry Carters Frau?« sagt ein Gastprofessor aus Stanford. Er betrachtet sie genau.

»Ja, ich bin Pauline Carter.«

»Ich habe Ihren Mann bei einer Sitzung der American Studies Association kurz kennengelernt. Er war der Mann der Stunde!« Dem Professor scheint etwas Amüsantes einzufallen, er unterdrückt ein aufsteigendes Lächeln und schaut wieder Pauline an, als sei sie ein möglicherweise brauchbarer Artikel in einem Schaufenster. »Aber hier auf dem Campus bin ich ihm noch nicht begegnet.«

»Harry hat dieses Semester Studienurlaub«, sagt Pauline. »Er arbeitet die meiste Zeit in London.«

»Tatsächlich? Wie schade. Ich hatte gehofft, ihn aufsuchen zu können. Könnten wir beide uns vielleicht dann mal abends auf einen Drink treffen?«

»Eher nicht, glaube ich«, sagt Pauline.

»Heiliger Strohsack«, sagt Harry. »Sechsunddreißig! Sechsunddreißig! Wie kommt das bloß?« Er steht nackt vor dem Badezimmerspiegel und besichtigt sich. Allem Anschein nach ist er unzufrieden.

»Die Zeit vergeht«, sagt Pauline. »Ich dachte, das ist dein Beruf: Geschichte!«

»Es wäre mir lieber, sie würde nicht so persönlich. Sechsunddreißig, das heißt auf die Vierzig zugehen. Und mit vierzig muß ich eine Professur haben.«

»Du mußt nicht«, bemerkt Pauline. »Du möchtest. Das ist etwas anderes.«

»Aber Schätzchen ...«, sagt Harry. »Du bist immer so präzise. Manche würden sagen, buchstabengläubig. Aber ich liebe dich trotzdem. Übrigens – ich habe noch ein paar Leute mehr zu der Party eingeladen.«

»Wen denn?«

»Den neuen Mann für Französisch und seine Frau. Und ein paar Doktoranden. Ach, und ein Mädchen namens Alice, das im Rektoratsbüro arbeitet.«

Ich war tatsächlich etwas im Zweifel, ob der Atem eines Drachens einen Baum in Brand setzen kann«, sagte Pauline. »Schafft er das?«

»Ich hab's mal mit dem Lötkolben probiert«, sagt Chris Rogers. »Ich hab mir einen von meinem Nachbarn geborgt und bin auf ein paar alte Zaunpfähle losgegangen. Sie haben angefangen zu glimmen, aber ich denke, der Atem eines Drachens hat doch noch mehr Gewalt.«

»In dem Fall nehme ich alles zurück«, sagt Pauline.

»Das eigentliche Problem ist, ob der Leser überhaupt Drachen und Einhörner akzeptiert«, fährt Chris fort. »Und ob die Geschichte einer unsterblichen Leidenschaft überhaupt jemanden interessiert. Es ist kein sehr zeitgemäßes Thema.«

»Ich finde, der Rahmen ist entschieden von Vorteil. Die Phantasie setzt den Unglauben außer Kraft. Der Drachenatem ist nur das Tüpfelchen auf dem i.«

»Und was ist mit dem Tod der Dame?« fragt Chris besorgt. »Talusas Selbstmord. Haut das hin? Ich hab Blut und Wasser geschwitzt.«

»Oh, das ist sehr wirkungsvoll. Aber unerträglich traurig.«

»Sind Sie da sicher? Sie klingen etwas unschlüssig.«

»Nein, nein. Sie haben das genau richtig gemacht. Ich reagiere nur unangemessen.«

»Unangemessen?«

»Nun ja, sie hätte es natürlich nicht tun sollen.«

»Wieso nicht?«

»Weil sie nach einer Weile darüber hinweggekommen wäre. Sie hätte sich nichts mehr aus dem Ritter gemacht. Möglicherweise hätte sie sich einen anderen Ritter genommen oder festgestellt, daß sie recht gut auch ohne Ritter auskommt.«

»Das ist eine sehr zynische Ansicht«, sagt Chris streng. »Sind Sie da sicher?«

»Ja, ich bin sicher«, sagt ihm Pauline. »Ich bin fünfundfünfzig. In solchen Sachen kenne ich mich aus.«

Es entsteht eine Pause. »Nun denn, man kann es auch so sehen, aber als Allegorie der romantischen Liebe eignet es sich dann nicht, oder?«

»Natürlich nicht. Eigentlich ist mir Ihre Version lieber, auch wenn Sie dabei die Dame umkommen lassen. Es ist als Story stärker.«

»Stärker als was?« erkundigt sich Chris, wieder nach einiger Überlegung. Er scheint zu denen zu gehören, die einen Meinungsaustausch ernst nehmen. Pauline weiß es zu schätzen.

»Stärker als Desillusionierung, denke ich mir. Das wäre keine gute Story, nur so eine Art Ausblenden. Von Leidenschaft erwartet man anderes. Übrigens gut, daß sie keine Kinder hatten.«

»Kommt nicht in Frage. Oder wenn, hätten sie keine Rolle gespielt. Die Kinder, meine ich.«

»Daran zweifle ich«, sagt Pauline. »Sie neigen dazu, eine ungeheure Rolle zu spielen. Aber darin bin ich sehr prosaisch. Ein Fehler, den man mir schon früher vorgeworfen hat. Und in diesem Kontext ganz unpassend.«

»Aber Sie sind der Lektor. Sie müssen Einwände vorbringen.«

»Nicht Lektor, nur Redakteur«, verbessert sie. »Meine Aufgabe ist das Handwerkliche, nicht die großen ästhetischen Urteile. Das geschieht anderswo.«

»Ja. Das macht Hugo. Er hatte übrigens auch Schwierigkeiten mit dem Tod der Dame. Deshalb habe ich das teilweise umgearbeitet.«

»Also jetzt liest es sich sehr gut«, sagt Pauline. »Geht Ihr nächstes Buch auch in diese Richtung?«

»Überhaupt nicht. Mit dieser Art bin ich fertig. Diesmal ist es Mainstream Science Fiction für Fans. Aber ich komme nur langsam vorwärts. Ich bin eben auf den Gipfel unseres Hausbergs geklettert, um mich inspirieren zu lassen.«

»Mit Erfolg?«

»Offengestanden: nein. Ich hab mir bloß eine Blase gelaufen. Aber die Aussicht war schön.«

»Nun denn«, sagt Pauline. »Ich überlasse Sie jetzt der Arbeit. Schicken Sie mir das umgeschriebene Kapitel, wenn Sie es mit Hugo abgeglichen haben, und ich sehe es durch.«

»Sie werden auch froh sein, mich loszuwerden – mit meinen dauernden Änderungen.«

»Im Gegenteil«, sagt Pauline. »Ich freue mich auf das, was Sie mit der Flucht durch die Wälder machen werden. Bitte streichen Sie die Werwölfe nicht.«

Sie legt den Hörer auf und schaut aus dem Fenster. Teresa ist auf dem Feldweg vor dem Haus und paßt auf Luke auf, der sich von einem interessanten Gegenstand zum anderen schlängelt: eine Pfütze, ein Grasbüschel, ein moosbewachsener Zaunpfahl. Der Weizen ist jetzt nicht mehr dunkelgrün, sondern bleich, die Ähren beginnen, sich zu neigen und zu schäumen. Das Jahr ist rückläufig. Das Aufbranden des Wachstums ist erledigt. Alles ist randvoll und irgendwie statisch. Die Bäume neigen sich über Schattentümpel. Die Felder haben dunkle Nesselränder. Die ockergelben Rechtecke der Brachflächen gibt es noch, doch dazwischen manchmal schimmernde Seen aus himmelblauem Flachs, die ebenso wie der flammende Raps etwas Südländisches, aber vergleichsweise Kongenialeres an sich haben. Schwebt ein roter Fleck Klatschmohn vor dem Blau, ist es, als sei in der englischen Landschaft ein Impressionist am Werk gewesen.

Heiß ist es auch. Der Sommer ist zum Bilderbuchsommer geworden, zu einer eigenständigen Zeitungsnachricht. Die Rekorde purzeln, eine Dürreperiode droht. Schwärme von Quallen im Kanal, Haie sonnen sich an der Küste von Cornwall. Eiscreme-Umsätze wie noch nie, Warnungen vor Melanomen in jedem Wetterbericht. Ein Sommertag wird zum nächsten, einer wie der andere, an denen es abends um zehn noch hell ist, dann beginnt sich der Himmel zu entleeren und ist kurze Zeit von seltsamem, dunklem Stahlblau, Bäume und Hecken gleichen Schatten in einer einfarbigen Landschaft.

Teresa und Luke sind jetzt auf dem Feldweg 50 Meter weitergekommen. Teresa hebt Luke hoch und setzt ihn auf die Querstrebe eines Zauns. Gemeinsam betrachten sie den Weizen. Teresa wirft einen Blick auf ihre Uhr. Sie kontrolliert, wie weit der Tag schon vorwärtsgekrochen ist, denn sie ist eingebunden in eine Babyzeit, in dieses einzigartige Diktat von Bedürfnissen und Stimmungen, bei dem eine Stunde oder ein Tag unbeweglich scheinen können, in die Länge gezogen zu einem unaufhörlichen Jetzt. Pauline weiß noch genau, wie das war, und glaubt, daß sie jetzt in einem entscheidenden Punkt eine andere Zeitzone bewohnt als Teresa, eine, in der die Stunden sich überschlagen, statt vorüberzuschleichen.

Damals in der Domstadt war sie, was diese Kind-Zeit betraf, sachkundig. Sie wußte genau, wie viele Stunden man verbrauchen durfte zu einer Ausfahrt in den Park, zum Einkaufen, zum Schlafen, zum Besuch einer Freundin. Jetzt möchte sie Teresa erklären, daß das alles Illusion ist, daß in Wahrheit die Monate vorüberrasen und Luke mit ihnen, eine unwiederholbare Folge von Lukes, doch sie weiß, es würde für Teresa nicht plausibel klingen, weil sie mittendrinsteckt. Sie selbst hat seinerzeit eine andere Zeitzone bewohnt als Harry. Ihre Tage waren zerdehnt, und einer spiegelte den anderen. Harrys Tage – tja – Harrys Tage waren eine wilde Jagd von Seminaren und Tagungen und plötzlichen Trips nach London für eine Sendung und unerklärten Fahrten in sämtliche Richtungen, weil irgendwo eine Konferenz stattfand, bei der er anwesend sein mußte oder ihn jemand sprechen wollte wegen eines Artikels, eines Darlehens, wegen eines eventuellen Jobs. Pauline wurde allmählich klar, daß die Vorstellung, ein Akademikerleben sei etwas Geordnetes und Kontemplatives, irrig war. Harry war bald hier, bald da und zog sich gelegentlich für ein paar Stunden fieberhafter Arbeit in sein Zimmer zurück, während denen er nicht gestört werden durfte. Die Turbulenz seiner Existenz spiegelte sich in dem Leben auf dem Universitätscampus, der sich anscheinend in permanentem Aufruhr befand. Dauernd demonstrierten oder protestierten die Studenten, entweder gegen den Zustand der Welt oder gegen die von ihnen als ungerecht empfundene Behandlung seitens der Behörden. Harry und seine Kollegen befanden sich ständig in aufgeregten Verhandlungen, die sich bis in das viktorianische Reihenhaus ergossen, wo das Telefon noch spät in der Nacht klingelte oder kleine Gruppen finster blickender Studenten ein Ultimatum überbrachten.

Pauline nahm lebhaftes Interesse an alledem, sah aber ein, daß es auf sie nicht ankam. Die Studenten sahen sie nicht einmal, versunken in ihre begeisternde Welt der Empörung. Harry sah sie, täglich, erkannte aber in dem Haus und seinen Bewohnern einfach nur einen sicheren Hafen, in den er zurückkehrte, wenn es ihm angebracht schien, um zu essen und sich zu erholen. Dann kam er angeflitzt, übersprudelnd oder verschlossen, je nach seinem seelischen Zustand, wußte nichts von ihrem sich hinschleppenden Alltag mit seinen vielen Stunden, in denen sie eine Änderung ihrer Existenz in Erwägung zog.

Pauline und Teresa machen die Runde am Teich im Park und füttern die Enten.

»Daddy?« fragt Teresa lebhaft und schaut angestrengt über den Teich.

»Nein«, sagt Pauline. »Das ist der Daddy von jemand anders.«

Dein Daddy ist eben jetzt im Funkhaus, das ist ein großes Gebäude irgendwo in der Oxford Street, wie man mir berichtet. Oder er ist vielleicht nicht dort. Vielleicht ist er in einem Pub und haut auf den Putz mit ein paar seiner vertrauten Mitarbeiter, die ich nicht kenne, oder sitzt in der Bibliothek des Britischen Museums fleißig über einem Buch oder liegt vielleicht im Bett mit dieser Clare Soundso, die schon mehrfach angerufen hat und es vorzieht, nichts zu hinterlassen. Ich weiß nicht genau, wo dein Daddy ist. Ich stelle fest, daß die meisten der Mütter deiner Freundinnen ziemlich genau wissen, wo ihre Männer sind, was mir zu denken gibt, obwohl dein Daddy gekränkt und ungeduldig reagiert, wenn ich mal ein Wort in diesem Sinne fallen lasse. Dein Daddy betont, er sei ein zielstrebiger, hochbegabter junger Mann – er drückt das etwas anders aus, aber genau das meint er –, sehr gefragt und daß man von ihm nicht erwarten darf, über jeden seiner Schritte Rechenschaft abzulegen. Dein Daddy läßt durchblicken, daß meine Besorgnis besitzergreifend ist und ihn erstickt. Wenn es mich reizt, auf seine Episode anzuspielen, die wir jetzt nicht näher betrachten wollen, schaut er gequält vorwurfsvoll und sagt, er hätte angenommen, das sei jetzt endlich aus und vorbei. Ich bin gezwungen, mir ehewidrig und unvernünftig vorzukommen, eine beträchtliche Leistung, wo doch einigermaßen klar ist, daß die Sache umgekehrt liegt. So bin ich zum Schluß verwirrt, weiß nicht, woran ich bin – und schon gar nicht, wo er ist. Ich fange schon an zu glauben, daß alles nur in meinem Kopf existiert, und werde womöglich schon leicht paranoid. Das ist ein Ausdruck, der schon ein paarmal gefallen ist, wenn dein Daddy sich ganz besonders im Recht fühlt, und dann gebe ich nach, und zum Schluß schläft dein Daddy immer mit mir, weil er weiß, daß mich das ganz bestimmt zum Schweigen bringt.

Leider liebe ich deinen Daddy. Ich meine, all das käme gar nicht vor, wenn ich das nicht täte. Was ich derzeit empfinde, ist eine der fürchterlichen Nebenwirkungen der Liebe. Wenigstens glaube ich, daß Liebe hier das richtige Wort ist. Auch das stimmt mich nachdenklich, denn auch das, was ich für dich empfinde, wird allgemein als Liebe bezeichnet, ist aber vollkommen anders als das, was ich für deinen Daddy empfinde. Ich würde jeden umbringen, der dich anrührt, doch wo es um deinen Daddy geht, gibt es Konstellationen, unter denen ich *ihn* umbringen könnte. Ich bin besessen von deinem Daddy. Meist denke ich nur an ihn. Aber trotzdem sehe ich klar bei ihm. Ich sehe, daß er geltungsbedürftig ist, eigennützig und unternehmerisch. Wenn ich deinen Daddy unvoreingenommen betrachte, gefällt er mir eigentlich nicht so ganz. Ich halte ihn für klug und anregend, aber an und für sich bewundere ich ihn nicht. Aber ich liebe ihn, das ist etwas anderes. Vernunft, ja sogar eigenes Interesse scheinen da aufgehoben. Und dabei bin ich doch eine intelligente Person. Wenigstens dachte ich das. Ich kann den Gedanken an ein Leben ohne deinen Daddy nicht zu Ende denken. Ich kann den Gedanken nicht ertragen, daß er mit einer anderen Frau als mir zusammen ist. Das bedeutet, daß dein Daddy immer die Oberhand hat. Mit einem Wort oder einem Blick kann er mich entwaffnen.

Nimm nur mal voriges Wochenende. Wir wollten an die Küste fahren und in den Dünen picknicken. Du hast Picknicks so gern, ich übrigens auch. Wir haben uns beide auf den Ausflug gefreut. Und dann am Freitagabend, spät, lange nachdem du im Bett warst, ist deinem Daddy plötzlich wieder eingefallen, daß er vergessen hat, daß er nach London muß, weil da dieses Symposium vom University College stattfindet, bei dem er nun wirklich nicht fehlen durfte. Ich habe protestiert. Ich muß zugeben, daß ich besonders scharf protestiert habe, weil die Woche vorher der Anruf von dieser Clare gekommen war, die so eine Abneigung dagegen hat, eine Nachricht zu hinterlassen. Vielleicht hat dein Daddy diese Schärfe bemerkt, denn er war ungewöhnlich zerknirscht, ungewöhnlich darauf bedacht zu beschwichtigen, holte uns beiden Drinks und sprach über den gewissen Plan, im Sommer ein Haus in Frankreich zu nehmen, und schaute mich mit dem Blick an, mit dem er mich total aus dem Gleichgewicht bringt. Er schaute, und ich kam aus dem Gleichgewicht, und dann gingen wir ins Bett, aber nicht um zu schlafen. So geht's.

Teresa hat Luke vom Zaun gehoben, und jetzt kommen sie wieder den Feldweg entlang, ganz langsam, in Lukes Tempo, mit viel Stop und Go, da Luke immer wieder Pausen einlegt, um ein Blatt oder einen Grashalm zu untersuchen, hinfällt und ein Weilchen sitzenbleibt. Teresa steht neben ihm und wartet geduldig. Sie schaut in Richtung Cottage und wird plötzlich lebhaft. Eine Tür schlägt zu. Maurice ist aufgetaucht und schlendert auf sie zu, eine Kaffeetasse in der Hand. Macht eine Atempause, scheint es. Pauline schaut kurz zu und stellte dann abrupt ihren Computer an. Sie beginnt, einen Stoß Briefe zu sortieren.

Pauline liegt im Bett. Das Bett ist gestreift von schmalen Balken aus hellem Sonnenlicht. Es ist früh am Morgen, und die Läden sind geschlossen, doch das Licht dringt hindurch. Teresa schläft. Harry ist schon früh an die Arbeit gegangen. Seine Schreibmaschine klappert im Nebenzimmer – tack tack tack, schaltet dann – ping! und prr –, geht dann wieder tack-tack tack. Es ist das einzige Geräusch, das und das endlose Feilen der Insekten draußen. Es ist sehr still hier im Haus in Frankreich, das sich in mancher Beziehung als das herausgestellt hat, was sie erwartete, aber nicht in allem.

Das mit Mrs. Gatz hatte sie nicht begriffen. Harry hat dieses Haus nicht richtig gemietet und dafür bezahlt, Mrs. Gatz hat es ihm geliehen. Mrs. Gatz ist reich. Sie ist Gönnerin. Sie fördert Aufsteiger – Akademiker, Schriftsteller, Künstler. Wie es scheint, hat sie Harry in Amerika kennengelernt, und er gehört jetzt zu den von ihr Geförderten. Mrs. Gatz selbst bewohnt ein viel größeres Haus in der Nähe, eigentlich eher ein Schlößchen, und einige der von ihr Geförderten sind dort bei ihr untergebracht. Harry und Pauline haben dies Haus zugewiesen bekommen, sicherlich wegen Teresa (für Kinder hat Mrs. Gatz offenbar nichts übrig). Dadurch haben sie ein gewisses Maß an Zurückgezogenheit und Abstand vom hektischen Treiben im Château, aber von Harry wird erwartet, daß er sich regelmäßig zeigt, um an den vormittäglichen Versammlungen rings um den Swimmingpool und den langen Trinkgelagen auf der Terrasse teilzunehmen. Das erstreckt sich auch auf Pauline. Die Geförderten haben gewisse Pflichten. Mrs. Gatz hat zuvorkommenderweise ein Mädchen aus dem Dorf angestellt, das zum Babysitten kommt, aber das Mädchen ist fünfzehn, von schwerfälligem Naturell und sichtlich geistig minderbemittelt. Teresa kann sie nicht leiden, und Pauline traut ihr nicht so recht, weswegen sie Harry an den Abenden selten begleitet. Sie sitzt zu Hause, trinkt von dem bereitgestellten *vin du pays* und überlegt, inwieweit der Sommer in Frankreich sich nicht ganz als das erweist, was sie sich erhofft hat.

Er ist nicht gerade der Familienurlaub, den Harry seinerzeit vorschlug. Er ist auch nicht die seltene Gelegenheit für sie alle zusammenzusein, befreit von den Forderungen der Universität und Harrys erbarmungslosem Terminkalender. Allerdings gibt er Harry die Möglichkeit, mit seiner Arbeit voranzukommen, und genau das ist natürlich der Zweck von Mrs. Gatz' noblem Mäzenatentum. Sie ist ein Erleichterer. Es ist ihr Beruf, jungen Vielversprechenden die Produktion von Werken zu erleichtern. Sie sollen schreiben, denken und malen und beieinander sitzen und geistreiche Ideen diskutieren und dadurch Mrs. Gatz unterhalten, die sich so leicht langweilt.

Deshalb steht Harry früh auf und tippt energisch auf der Maschine. Der Stoß der Manuskriptblätter wächst, und damit hebt sich Harrys Stimmung. Harry fühlt sich wohl. Er findet es prächtig hier, er genießt die lebhafte Gesellschaft droben im *Château*, und Mrs. Gatz amüsiert ihn. »Das ist das wahren Leben!« sagt er zu Pauline, während er barfuß auf den kühlen Kachelböden des sonnenwarmen Hauses herumwandert. »Hier möchte ich für immer bleiben, du auch?« sagt er und greift über das Bett zu ihr hinüber, in das er um Mitternacht getaumelt ist, nach einem Abend im Sternenschein auf der blumengeschmückten Terrasse.

Nein, Pauline würde nicht gern für immer hierbleiben, aber es wäre unartig, Harrys Überschwang zu dämpfen. Harry ist gesellig und unbeschwert. Ganz abgesehen davon – wie er oft betont und dabei ernster und weniger überschwenglich wird – hat er sehr viel davon, seine Ideen an denen der anderen aufzupolieren, Interessen und Meinungen auszutauschen. Da gibt es den Wirtschaftler aus Harvard, mit dem er sich so produktive Wortgefechte liefert, die schrullige Schriftstellerin und den durchdringend gescheiten fünfundzwanzigjährigen indischen Philosophen. Die Nutznießer von Mrs. Gatz' Schirmherrschaft sind höchst verschiedener Art, und die Bewohner des *Château* wechseln häufig. Jede Woche wird frisches Blut injiziert, während andere Mitglieder der Party ohne weitere Umstände verschwinden. Harry scheint immer mit jedermann ganz vertraut, aber Pauline ist bei einem ihrer seltenen Besuche in Verlegenheit, wenn sie mit einer neuen Phalanx glanzvoller Künstler konfrontiert ist, von denen sie einige mit Mißtrauen betrachtet.

Es wäre natürlich unsinnig, Mrs. Gatz gegenüber Mißtrauen zu empfinden, die über fünfzig und daher eine Ausnahme ist, obwohl sie zugegebenermaßen noch immer phantastisch aussieht mit ihren platinfarbenen Locken, dem prallen, sonnengebräunten Körper, der in einem weißseidenen Badeanzug steckt, mit ihren italienischen Seidengewändern und behängt mit goldenen Ketten und Armbändern. Harry gehört mittlerweile zu denen, die Mrs. Gatz Irene nennen dürfen. Sie ruft ihn zu sich, und sie wandern miteinander im Garten herum oder sitzen getrennt von den anderen am Swimmingpool, Harry zu ihr geneigt in intimer Beredsamkeit, wobei Mrs. Gatz manchmal den Kopf zurückwirft und schallend lacht.

Harry findet, Mrs. Gatz sei zum Piepen, ein Original, eine unglaubliche Person, sagt er und grinst über eine private Erinnerung.

Was Mrs. Gatz von Harry hält, ist unerfindlich. Darüber denkt Pauline nach, wie sie so am frühen Morgen im Bett liegt, den Insekten und klapperndem Getippe lauscht. »Wir sehen Sie zu selten, meine Liebe«, sagt Mrs. Gatz gestern und blieb auf einem Rundgang um den Pool stehen. »Aber Sie müssen sich natürlich um Ihre Kleine kümmern.« Ihr Blick schweift hinüber zu Harry, der sich auf der Luftmatratze sonnt und sich mit der kürzlich eingetroffenen mexikanischen Bildhauerin unterhält, deren glatter schwarzer Kopf neben ihm aus dem Wasser auftaucht. »Harry hat jedenfalls mal wieder die ganze Gesellschaft amüsiert.« Sie sieht Pauline nachdenklich an. Mrs. Gatz hat kleine, schwarze, funkelnde Augen; man hat den Eindruck, ein

Vogel mustere einen – es ist ein unpersönliches Überprüfen, vielleicht im Hinblick auf irgendeine Maßnahme. »Ihr Mann ist schon etwas ganz Besonderes, nicht wahr? Ich glaube, der macht einem ganz schön zu schaffen, was?« Sie hält inne, scheint noch etwas sagen zu wollen, tut es dann nicht. Sie nimmt eine Zigarette aus der Tasche ihres Bademantels, zündet sie an, inhaliert tief. »Na, dann viel Glück, meine Liebe«, sagt sie und geht weiter.

Daran denkt Pauline jetzt, wie sie unter den Streifen der Morgensonne liegt. Sie malt sich den reizvollen Vorgang aus, Mrs. Gatz zu erdrosseln oder sie in ihrem türkisfarbenen Swimmingpool zu ersäufen. Später, zu gegebener Zeit, wird sie über Harry nachdenken.

»Hei!« ruft Teresa. »Komm runter und schwatz mit mir, wir langweilen uns.« Sie sitzt mit Luke im Garten. Pauline hat ihnen aus dem Badezimmerfenster zugewinkt. Luke schaut hinauf und strahlt.

Pauline gesellt sich zu ihnen auf das Gras. Es soll ein Rasen sein, aber es verdient diesen Namen kaum, weil es zu selten gemäht wird. Die Rabatten sind genauso verwahrlost, die purpurnen Phloxstauden, die Büschel der Nachtkerzen sind bedrängt von Lupinen, und alles ist durchsetzt von Knöterich und Winden. Im Lauf der Jahre hat Pauline versucht, den Garten zu bändigen und zu trimmen, und seine Zähigkeit hat bei ihr Ehrfurcht, aber auch Verzweiflung ausgelöst. Das Unkraut quillt jahreszeitbedingt aus dem Boden, wahllos, unaufhaltsam, und verkommt dann zu einer Halde aus braunen Stengeln und schwärzlich vermoderten Blättern. Und Pauline erkennt, daß ihre Unfähigkeit, auf diesem Gebiet etwas zu erreichen, ihr Wohnen in World's End als das entlarvt, was es ist – dilettantisch. Keiner der einstigen Ansässigen hätte eine solche Unordnung zugelassen. Sie verstanden die Kräfte der Natur in Schach zu halten.

So rekeln sich denn Pauline und Teresa auf dem Gras, während Luke Ausflüge in die Randbezirke des Wildwuchses unternimmt. Teresa hat müßig welke Irisblätter zu Zöpfen geflochten und Luke daraus eine Art Hut gemacht, den er jetzt vergnügt zerstört.

»An einen Ort in Frankreich mit einem Swimmingpool wirst du dich wohl kaum erinnern, oder?« sagt Pauline.

»Nein. Wann war das?«

»Du warst zwei.«

»Ich erinnere mich an einen Ort mit einem schwarzen Hund, vor dem ich Angst hatte«, sagt Teresa.

»Das war später. Viel später. In Bristol.«

Sie sehen sich an, nachdenklich, jede von ihnen faßt ein gut gemischtes Päckchen Erinnerungsbilder ins Auge, von denen sie einige miteinander teilen, aber aus schräger und nicht übertragbarer Sicht.

»Der türkisfarbene Swimmingpool war in Lot et Garonne«, sagt Pauline. »Dir hat er mehr Eindruck gemacht als mir. Es fuhr mir aus irgendeinem Grunde durch den Kopf. Das Wetter wahrscheinlich. Wir sollten Luke eines von diesen Plastikplanschbecken kaufen.«

»Ich werde Maurice bitten, eines aus London mitzubringen.«

»Fährt Maurice schon wieder nach London?«

»Ja«, sagt Teresa. Ihr Gesichtsausdruck bekommt etwas Verschlossenes, sie sieht Pauline nicht an. »Nur für ein paar Tage.«

Pauline geht im Haus herum. Es ist nicht das viktorianische Reihenhaus, sondern ein anderes, größeres, in einer anderen Stadt. Denn Harry ist jetzt Professor, und sein akademischer Aufstieg bedeutet auch bessere Unterbringung. Pauline nimmt an, daß sie sich darüber freuen sollte. Sie geht von einem Zimmer ins andere (Teresa ist in der Grundschule gleich um die Ecke) und versucht, an Möbel und Ausstattung zu denken. Und dabei denkt sie eigentlich nur an Teresa, die Angst hat vor einem kleinen Jungen, der sie angeblich an den Haaren reißt, vor Hackbraten als Schulspeisung und vor einem ganz bestimmten Hund auf der Straße. Und Pauline denkt an Harry.

Harry erfüllt das ganze Haus, obwohl er selbst natürlich gar nicht da ist. Sein Geruch hängt in der Luft, er haftet an einem Schal, der in der Diele hängt, er quillt aus dem großen Schlafzimmerschrank, ein Miasma von den Bettlaken her. Harry selbst hält eine Vorlesung oder schreibt oder liest oder diskutiert oder lacht mit jemand anders (wem?). Wenn Pauline in sein Arbeitszimmer geht, findet sie den ganzen Schreibtisch voller Harry – seine Handschrift, an ihn adressierte Briefe, manchmal seinen Terminkalender. Sie liest die Briefe, die sich fast ausschließlich um berufliche Tätigkeit drehen, und erfährt aus ihnen, in welchem Umfang Harry ihr *nicht* mitteilt, was er tut und denkt. Sie hat nicht gewußt, daß Harry sich um einen renommierten Job in den Staaten beworben hat, den er zufällig nicht bekam. Sie erinnert sich an die amerikanische Historikerin aus Berkeley, die voriges Jahr da war und die Harry so anregend fand, und überlegt. Pauline verbringt im Moment viel Zeit mit Überlegen. Mit Spekulieren. Mit Sich-Ausmalen.

Manchmal schaut sie in Harrys Terminkalender. Sie täte

es lieber nicht, muß es aber. Manche Eintragungen sind ganz eindeutig (Seminar 2 h. Senatssitzung 4 h), andere sind rätselhaft. D. anrufen am 18. P 4 h 30. Oder einfach unleserlich, ein Schnörkel, ein Gekritzel. Termin beim Zahnarzt? Rückgabedatum entliehener Bücher? Beratung mit MI 5? Oder etwas ganz anderes? Dieses mutmaßliche ganz Andere ist es, über das Pauline ins Grübeln gerät.

Ihn stellen zu wollen bewirkt das Gegenteil, das hat sie inzwischen begriffen. Harry verteidigt sich nicht, weicht auch nicht aus, er ist nur verdutzt. Ein unsichtbarer Zeuge eines solchen Wortwechsels zwischen ihnen würde Pauline als den blindlings um sich schlagenden Ankläger empfinden, der seinen Beweisvortrag auf Mutmaßungen und Rückschlüsse aufbaut, während Harry die Stimme der Vernunft wäre, ihr erklärt, daß er ein vielbeschäftigter Mann ist, viele Leute kennt, mit vielen verkehrt, von denen in der Tat einige Frauen sind, und daß ihre Vorwürfe unsinnig und haltlos sind.

Und bei alldem weiß sie Bescheid. Sie weiß Bescheid.

»Ich habe eine Idee«, sagt Pauline. »Maurice fährt doch morgen nach London.«

»Stimmt«, sagt Maurice. »Kann ich dir was besorgen?«

Pauline wendet sich zu Teresa. »Warum fährst du nicht mit und läßt Luke bei mir? Mach mal Pause. Das ist doch zu machen, wenn es nur für eine Nacht ist oder so?«

»Ach ...« Teresa ist überrumpelt. Sie zögert. Sie sieht Maurice an. »Vielen Dank, aber ... ich weiß nicht ...«

Maurice überlegt sich den Vorschlag. »Das wäre eine Idee ...« Er macht das wunderbar. Sein Ton ist genau richtig. Er ist in keiner Weise verunsichert. Er schaut Teresa an. »Was meinst du dazu?«

Teresa befindet sich in einem Dilemma. Pauline weiß genau, was ihr jetzt durch den Kopf geht. Sie hat Luke noch nie über Nacht verlassen. Er ist an Pauline völlig gewöhnt und oft mit ihr allein. Noch an jedem Morgen seines Lebens ist er aufgewacht und hat Teresa vorgefunden. Wenn er nachts weint, ist sie es, die ihn tröstet.

»Tja ...« sagt sie.

»Komm schon«, drängt Pauline.

Teresa schwankt. Schließlich sagt sie: »Vielen Dank, aber ich glaube, ich möchte nicht. Ich meine, es ist riesig nett von euch, aber ich fahre lieber nicht. Vielleicht, wenn er größer ist ...«

Maurice zuckt die Achseln. »Okay. Ganz wie du willst. Pauline, willst du bestimmt nichts mitgebracht haben?«

Maurice fährt nach London. Pauline sieht dem Wagen nach, der sich auf dem Feldweg entfernt und dann im Weizen verschwindet. Kaum ist er außer Sicht, steht sie vom Schreibtisch auf, geht die Treppe hinunter und hinaus. Teresas Haustür steht offen. »Hallo!« ruft Pauline. Sie geht in Teresas Küche, wo Teresa am Ausguß steht und aus dem Fenster schaut, während Luke versucht, eines ihrer Beine zu erklettern. Sie dreht sich um. Pauline sieht, daß sie hastig ihr Gesicht neu geordnet hat. Sie lächelt – schlecht und recht. »Hallo.«

»Ich habe einen Vorschlag«, sagt Pauline lebhaft. »Wie wär's, wir brächten Luke heute das Schwimmen bei? In Hadbury gibt es jetzt einen Swimmingpool. Einen ziemlich miesen, aber er genügt. Ich hätte nichts dagegen, auch mal einzutauchen.«

»Oh ... Na ja, gut. Großartig. Aber mußt du nicht eigentlich arbeiten?«

»Ich arbeite, wann es mir paßt, das weißt du doch. Und ich könnte einen freien Tag brauchen. Ich muß mich erst umstellen. Mein Kopf ist voller Einhörner, und dabei sollte ich an Ölbohrungen in der Nordsee denken.«

»Wie bitte?« sagt Teresa.

»Ich erklär's dir später. Geh und such deinen Badeanzug.«

Pauline chauffiert, Teresa neben sich. Luke ist in seinem Kindersitz hinter ihnen verstaut. Die Landschaft brodelt, die Felder beben unter einem Hitzeschleier, vor ihnen auf der Straße schimmern Trugbilder glänzender Wasserflächen.

»Idiotisch, dieses Wetter«, sagt Pauline. »Das nimmt noch ein Ende mit Schrecken. Katastrophale Gewitterstürme und Schnee im August.«

»Mmm.« Teresa blickt aus dem Fenster, aber sie denkt nicht an das Wetter. Pauline wirft ihr einen raschen Blick zu.

»Jetzt erzähl ich dir das mit den Einhörnern. Sitzt du bequem? Also: Es war einmal eine Dame. Sie hieß Talusa. Sie war wunderschön, das versteht sich von selber. Schön und einigermaßen gescheit und bis zu einem gewissen Grade auch tugendhaft. Sie verliebte sich in einen Ritter. Der Ritter hieß Rohan. Und der Ritter verliebte sich auch gleich in sie, also war auf diesem Gebiet alles in Ordnung. Das Problem war, daß der Ritter den Eltern der Dame nicht paßte. Sie fanden, er sei nicht reich genug. In mancher Hinsicht ist es, wie du gemerkt haben wirst, eine uralte Geschichte.«

»Mutter«, sagt Teresa, »was soll das alles?«

»Es ist ein Roman. Geschrieben von einem jungen Mann, der auf halber Höhe eines walisischen Berges lebt, ebenfalls eine Legendengestalt. Jedenfalls, da ihre Eltern ihr nicht erlaubten, ihn zu heiraten, wollte sie mit ihm durchbrennen. Daher verfrachteten die Eltern sie zu einem geeigneten Bekannten, der eine Burg in einem fernen, unvorstellbar öden Ort besaß, wo er sie einsperren und bewachen sollte. Er war bekannt als der ›Lord des fernen Landes‹. Unnötig zu erwähnen, daß er selbst Absichten auf die Dame hatte. Also entfloh ihm Talusa, da sie sich erstens zu helfen wußte und zweitens von verzehrender Leidenschaft erfüllt war. Und begann eine Suche nach dem Ritter, der natürlich seinerseits nach ihr suchte.«

»Wie hat sie den Ritter denn überhaupt kennengelernt?« erkundigt sich Teresa. »Durch eine Heiratsvermittlung?«

»Es geht um eine ernste Geschichte über ein ernstes Thema. Deshalb werde ich deine Bemerkung mit der Verachtung behandeln, die sie verdient. Um die Wahrheit zu sagen, lernte Talusa Rohan kenne, weil er sie vor einem Einhorn rettete. Und natürlich weiß man, worum es dabei geht, und ich muß zugeben, daß ich anfangs gegen diese Sache ein gewisses Widerstreben empfand. Aber, aber ... komm, komm, dachte ich. Doch es ist gut gemacht. Einerseits verpfuscht er es total, andererseits ist es eigentlich schön und rührend und ausgesprochen erotisch. Talusa pflückt Blumen auf der Wiese, und dort ist das Einhorn, das sie nicht gesehen hat. Es pirscht sich an sie heran. Und Rohan, der auf der Jagd ist, tritt aus dem Wald und sieht, was vor sich geht. Luke, gib endlich Ruhe, ich erzähle deiner Mutter eine spannende Geschichte, und sie versteht kein Wort! Hast du Saft für ihn mit? Ja, das ist fein. Also Talusa blickt auf und sieht beide, das Einhorn und Rohan, und es erfüllt sie mit Entsetzen, aber auch unstillbarer Begierde. Das Einhorn prescht durch die Blumen auf Talusa zu, das Horn einsatzbereit, und Rohan hebt den Bogen und zielt und ...«

»... und bums, wieder ein vom Aussterben bedrohtes Exemplar weniger«, sagt Teresa.

»Die Geschichte ist politisch nicht korrekt. Und überhaupt tötet Rohans Pfeil das Einhorn nicht. Das Einhorn ist nur verwundet. Es greift jetzt Rohan an, dem es gelingt, ihm auszuweichen und Talusa zu packen, auf das Pferd zu werfen und mit ihr davonzugaloppieren. Das Einhorn blutet auf die Schlüsselblumen und wird später im Roman wieder auftauchen, denn jetzt ist es voller Haß auf den Ritter. Oder auch auf die Dame, je nachdem. Das Motiv wird immer wieder aufgegriffen. Einmal ist Talusa sogar umringt von einer ganzen Einhornherde. Und ein ander Mal taucht das Einhorn zufällig gerade dann auf, als der Ritter mit einem Drachen kämpft, und die Aufmerksamkeit des Drachens wird im letzten Moment abgelenkt. Es findet auch eine haarsträubende Verfolgungsjagd durch Werwölfe statt, als Talusa nach dem Ritter sucht – in einem undurchdringlichen Forst, in den ein Zauberer sie aus zweifelhaften Gründen geschickt hat. Du, es hört sich an, als ob Luke seinen Saft umgeworfen hat...«

Teresa taucht über die Rückenlehne in den Fond des Wagens. Luke wird wieder zum Schweigen gebracht. »Der klingt aber reichlich verdreht, dieser Roman. Lesen die Leute heutzutage sowas?«

»Wahrscheinlich nicht. Ich fürchte für diesen jungen Mann. Zum Glück scheint sein nächstes Opus eine Science-fiction-Version über solche Maschinen zu sein, wie sie in Spielhallen stehen, total unverständlich, wenn man mit sowas nicht Bescheid weiß. Aber ich könnte mir denken, daß da ein gewisser Absatzmarkt besteht. Vielleicht verdient er damit ein Vermögen. Ich persönlich wäre eher für die Dame mit dem Ritter zu haben, aber dabei hat mein junger Mann vom Berg alles ganz verkehrt angefangen.«

»Was hat er denn verkehrt angefangen?« fragt Teresa nach kurzer Pause.

»Das mit der Liebe. Der unerschütterlichen, unwiderstehlichen, romantischen Liebe, für die man in den Tod geht.«

»Wer stirbt denn? Der Ritter, nehme ich an.«

»Nein, der nicht. Ich hab dir ja gesagt, daß die Story politisch nicht korrekt ist. Talusa sucht den Ritter vergebens, wobei sie ungeheuerliche Hindernisse überwindet und nur ihr Vertrauen und ihre Hingabe sie durchhalten lassen. In

Wahrheit sucht der Ritter sie auch von Anfang an. Allerdings zeigt er dabei zunehmend einen Hang zu Ablenkungen, um nicht zu sagen Seitensprüngen. Er findet des öfteren Trost bei gefälligen Waldfeen und Quellnymphen und dergleichen niederem Gesindel und gerät schließlich in eine Liaison mit einer äußerst attraktiven Hexe.«

»Entschieden ungehörig«, sagt Teresa. »Selbst in Kinderbüchern kommen Hexen heutzutage nicht mehr vor. Und was wird aus der Dame?«

»Die Sache mit dem Ritter und der Hexe kommt ihr natürlich zu Ohren. Es findet sich immer jemand, der dafür sorgt, daß man solche Sachen hört. Und das bricht ihr das Herz. Alle Freude, alle Hoffnung, alle Erwartung ist von ihr genommen. Sie will nur noch sterben. Genau da gehe ich naheliegenderweise mit meinem Autor nicht mehr einig. Er läßt es zu, daß sie sich umbringt. Er erlaubt es ihr, er redet ihr sogar noch zu. Sie wirft sich in einen Teich tief im Wald und versinkt im Vergessen, einen Arm voll Blumen an die Brust gepreßt. Die Lady of Shallott und Ophelia in einer Person. Völlig untragbar.«

»Ach, das finde ich eigentlich nicht«, sagt Teresa ganz kühl.

»Na, hör mal, soviel Ergebung. Da kann sie ja gleich zum Ritter sagen: Ich bin tief verletzt, aber ich räume den Schauplatz und werde dich nicht mehr belästigen. Heiligenmäßige Selbstaufopferung.«

»Aber an ihren Gefühlen kann sie doch nichts ändern. Wenn sie so empfindet, empfindet sie eben so.«

»Von den Gefühlen spreche ich nicht, nur von Taten.«

»Und was hätte sie tun sollen?« fragt Teresa.

»Oh, da gibt es viele Möglichkeiten. Sie hätte mit dem

Einhorn oder den Werwölfen oder dem ›Lord des Fernen Landes‹ ein Abkommen treffen können und die beiden zusammenschlagen oder total abservieren lassen können. Bei dieser Story sind wir nicht durch Gesetzesvorschriften eingeengt, jeder darf, was er will. Sie hätte auch ihren Gefühlen freien Lauf lassen können, indem sie ihnen die Boulevardpresse auf den Hals hetzt oder ihnen die nächsten zehn Jahre lang vergiftete Briefe schickt. Das Beste wäre jedenfalls gewesen, sie hätte sich ganz zurückgezogen und sich mit einem der herkömmlich verläßlichen Ritter zusammengetan, wenn sie schon eine Zweisamkeit für so wichtig hielt. Oder sie hätte ihre kürzlich erworbenen Erfahrungen und Kontakte dazu benutzen sollen, ein lukratives Tourismus-Center mit Fremdenverkehrsamt zu gründen und sehr reich zu werden.«

»Hmmm«, sagt Teresa. »Du hast die Hadbury-Ausfahrt verpaßt.«

»Macht nichts, wir fahren den Umweg. Schläft Luke?«

»Ja. Hast du all das dem Autor gesagt?«

»Großer Gott, nein. Ein bißchen beruflichen Takt darfst du mir schon zutrauen. Ich behalte meine Meinung für mich. Das heißt, bis zu einem gewissen Punkt. Es ist sein Buch. Irgendwas muß ja dran sein, wenn die Leser so wachgerüttelt werden. Ich bezweifle allerdings, daß ich bei der Geschichte der Ölbohrungen in der Nordsee ebenso dogmatisch sein werde.«

Das Schwimmbad liegt am Stadtrand von Hadbury, in jenem Teil der Umgebung, der den Ort beliefert und verpflegt: Gewerbegebiete, Supermärkte, Golfplätze, Einrichtungen für Kunst und Erholung. Auch das Land kann jetzt ohne die den Städtern zur Verfügung stehenden Möglichkeiten nicht mehr existieren, und Hadbury liefert sie.

Pauline und Teresa steigen in einem naßkalten Umkleideraum in ihre Badeanzüge und lassen sich neben dem Übungsbecken nieder, das von kleinen Kindern wimmelt. Anfangs ist Luke vor Erstaunen ganz stumm. Er steht auf dem niedergetrampelten Gras der Spielwiese und blickt starr auf diese Szene irre hüpfender Gestalten und bewegten Wassers vor dem Hintergrundgeräusch eines hohen schrillen Gekreisches, als sei das Schwatzen einer Vogelschar übertrieben laut aufgedreht. Teresa bringt ihn ins Wasser. Sie läßt ihn auf- und niederhopsen. Sein Staunen verwandelt sich in Betroffenheit, dann in Entzücken. Sein instabiles Universum hat ihm schon wieder eine neue Erlebnisdimension beschert, in der die Luft zu Wasser zerschmilzt, das Trockene naß wird, dann warm und dann kalt.

Pauline tritt zu ihnen. »Geh du und schwimm richtig im großen Becken. Ich nehm ihn ein bißchen.«

Teresa geht. Pauline läßt Luke im Pool herummarschieren, zwischen den Schreien und den zappelnden Gliedmaßen. Sie zieht ihn in seinem Plastikring über das funkelnde, gekräuselte, nach Chlor riechende Wasser. Sie hat jetzt den türkisgrünen Pool in Frankreich vergessen und denkt an ihre Mutter, die so etwas nie mit Teresa getan hat. Ihre Mutter hatte, wie ihr jetzt klar wird, für Kinder nicht viel übrig. Sie sah in ihnen einfach nur ein wesentliches Zubehör, wenn man ein vollwertiges Mitglied der Gesellschaft sein wollte. Sie waren Referenzen wie Pfandbriefe und eine Rente. Man heiratete, sicherte sich ein Einkommen und ein Haus, bekam Kinder – in ihrem Fall ein einziges Kind. Und zu gegebener Zeit brachte das eigene Kind wieder ein Kind zur Welt und verlieh einem auf diese Weise in den Augen der Welt eine genetische Solidität.

Ungefähr alle sechs Monate nahm Pauline Teresa mit zu ihren Großeltern. Harry begleitete die beiden nicht, er hatte selbstverständlich immer zu viel zu tun. Paulines Eltern akzeptierten dies ohne kritische Bemerkungen und vielleicht sogar mit Erleichterung. Sie wußten mit Harry nichts anzufangen; seine Unterhaltung verblüffte sie, und die Art, wie er sich kleidete, brachte Paulines Mutter ganz durcheinander. »Hast du nicht gesagt, er hat jetzt einen höheren Posten bei seiner Arbeit? Was denken bloß die Leute, wenn er dauernd in Jeans herumläuft?« »Sie werden finden, daß er beruhigend konventionell ist«, sagte Pauline. Ihre Mutter sah sie mißtrauisch an.

Teresa war für ihre Großeltern ein Gegenstand des Interesses, aber kein gefühlsmäßiger Mittelpunkt. Bei jedem Besuch äußerte sich Paulines Mutter positiv (oder auch nicht) über Wachstum und Aussehen des Kindes, aber dabei blieb es. Sie war unfähig, sich für etwas zu begeistern, was erwiesenermaßen ein Standardvorgang war. »Sie entwickelt sich ganz normal, das ist es«, pflegte sie zu äußern, und Pauline sah ein, daß auch ihre eigene Kindheit ohne das Element übertriebener Begeisterung verlaufen war.

Am dunkelsten Punkt der Harry-Jahre hatte sie sich einmal getrieben gefühlt, die allzu idyllische Vorstellung der Mutter von ihrer Lebenslage zu korrigieren. Aus Gründen der Aufrichtigkeit hatte sie es schon ein paarmal unternommen, doch waren diese indirekten Versuche, die mütterliche Ehedeutung nach Vorbild ihrer eigenen zurechtzurücken, abgetan worden.

»Harry geht es gut?« fragte ihre Mutter wohl.

»Harry geht es gut, soviel ich weiß. Ich sehe ihn wenig.«

Die Mutter überging diese Aufforderung zu einem vertraulicheren Meinungsaustausch, denn genau das war es. »Er wird gewiß in seiner neuen Stellung viel um die Ohren haben.«

Und als Pauline noch weiteres enthüllen wollte, wich ihre Mutter zurück wie eine gereizte Katze.

»Harry geht es gut?«

»Keine Ahnung. Harry ist in Amerika.«

Ihre Mutter schaute weg, witterte Gefahr. »Schön, daß er so gefragt ist.«

»Findest du das schön?« sagte Pauline. »Ja und nein. Das Schlimme ist, je mehr er bei anderen gefragt ist, desto weniger fragt er nach mir.«

Ihre Mutter verzog mißbilligend das Gesicht, doch das richtete sich nicht gegen Harry. »Bei Männern geht die Arbeit vor, das ist ganz logisch. Harry kommt gut vorwärts, das ist die Hauptsache, nicht wahr?«

»Mutter«, sagte Pauline. »Ich rede nicht von Harrys Arbeit.«

Daraufhin ahnte die Mutter die Wahrheit und ging in Deckung. »Was wohl Teresa im Garten anstellt – ich schau mal nach.«

Pauline kam nie auf das Thema zurück, und als sie kurz darauf mitteilte, daß sie Harry verließe und aus welchem Grunde, bestand die Reaktion der Mutter in konventionellen Ausdrücken schmerzlichen Bedauerns, in denen unterschwellig mitklang, Pauline habe es wohl auch selbst an etwas fehlen lassen. Pauline erkannte, daß eheliche Untreue für ihre Mutter kein Begriff war. Sie kannte sie als Thema für Romane und Dramen (sie las Bücher aus der Leihbibliothek und ging manchmal ins Kino), empfand sie aber als nicht anwendbar für den Alltag und schon gar nicht für ihre eigene

Welt. Die Vorstellung, ihr Mann könne sich mit einer anderen Frau einlassen, war unfaßbar. Seine Untreue erstreckte sich auf Golf, die Sonntagsbeilagen und das Cricketmatch im Radio.

Teresa kommt vom Schwimmen zurück. Sie sitzt auf dem Gras, die Haare glatt zurückgestrichen, ein Handtuch um die Schultern und schaut den Kindern im Pool zu. Ihr Gesicht hat etwas Verkniffenes, und Pauline kennt das genau, hat es wieder und wieder gesehen, wenn Teresa mit sechs, neun, zwölf Jahren auf einem bösen Riff von Schuldgefühl, Kummer, Enttäuschung, Treuebruch angespült worden war.

Pauline redet. Sie redet davon, daß man Luke bald die Haare wird schneiden müssen, sie redet über Hugh, der gestern angerufen und liebe Grüße an Teresa hat ausrichten lassen, über eine Zeitungsnachricht, die ihr beim Frühstück aufgefallen ist. Sie redet über Chaundy, mit dem sie gestern ein Schwätzchen gehalten hat. Der Weizen, teilt sie Teresa mit, wird anscheinend versengt, man möchte meinen, er genießt all diese Sonne, doch nein, er wird geröstet, und Chaundy verliert Tag für Tag Geld, – es sei denn, es käme Regen. »Mir blutet nicht etwa das Herz für diesen habgierigen Burschen ...« Teresa gibt mechanische Antworten. »Mmm«, sagt sie. »Ach ja?« »Wirklich, das wußte ich nicht.« Sie ist anderswo, eingehüllt in ihr ganz persönliches Unbehagen.

Irgend etwas ist geschehen. Es hat einen Hinweis gegeben, daß etwas verkehrt läuft, nicht in Ordnung ist.

Pauline tut einen tiefen Atemzug. Dann greift sie zurück auf die Einhörner. »... daher tut es mir fast leid, mit dem Buch fertig zu sein«, erzählt sie Teresa. »Es ist doch einmal etwas anderes, wenn einen eine Story so gefangen nimmt, daß man sie ändern möchte. Vielleicht auch, weil es mich an eine Bekannte erinnert, der es ähnlich erging – natürlich ohne Einhorn oder Drachen oder Werwölfe, aber dieselbe verdammte Geschichte einer zwanghaften, unentrinnbaren Leidenschaft zu einem Typ, der nicht genauso besessen war und es rechts, links und in der Mitte mit Waldnymphen oder ähnlichem trieb.«

Teresa blinzelt. Sie nimmt den aufgelesenen Eislöffel aus Lukes Fäustchen und stöbert in ihrer Badetasche nach einem Spielzeug.

»Sonderbar, damals begriff ich genau, warum sie sich so aufführte. Mir schien, es gäbe keine Alternative. Jetzt würde ich sie gern unter meine Fittiche nehmen.«

»Was ist denn aus ihr geworden?« fragt Teresa. Es klingt nicht sehr interessiert.

»Oh, sie ist wieder zur Vernunft gekommen und hat sich ganz aus der Sache zurückgezogen. Später habe ich dann den Kontakt zu ihr verloren. Ich glaube, jetzt gäbe es nicht mehr viel Gemeinsamkeiten. Du weißt ja, wie man Leuten entwächst. Obwohl ... vor nicht allzu langer Zeit bin ich ihr zufällig begegnet, wir haben ein bißchen von ihm gesprochen, dem Burschen, ihrem Ehemaligen, weil – hmm – weil ich ihm irgendwann mal begegnet war ... und sie sagte, jetzt empfände sie für ihn so ähnlich wie für einen Einbrecher. Er sei jemand, der eingedrungen sei und einen großen Brocken ihres Lebens gestohlen habe, und das nähme sie übel, denn schließlich sei das Leben immer noch das Leben.«

Teresa sagt nichts. Entweder ist sie immer noch uninteressiert, oder aber diese Ansicht gefällt ihr nicht.

Pauline zuckt die Achseln. »Seinerzeit war sie total vernarrt. Ich weiß es, weil ich es aus nächster Nähe mitbekommen habe. Sollen wir uns auf die Socken machen, ehe Luke doch noch in den Pool fällt?«

Sie fahren zurück nach World's End. Luke schläft. Pauline legt eine Kassette ein. Teresa schaut hinaus auf die flimmernde Landschaft, den wolkenlosen Himmel, den vorüberziehenden Verkehr, Busse aus Frankreich und Deutschland, ein Container-Laster aus Polen, Autotransporter, Traktoren, verbeulte Abschleppwagen, Wagen mit Wohnanhängern. Es ist Mitte des Sommers, und dies die Mitte Englands.

Pauline trägt den noch immer schlafenden Luke ins Cottage. Teresa folgt mit der großen Tasche, den Handtüchern, den Badeanzügen. Das rote Auge am Anrufbeantworter blinzelt. Teresa geht sofort hin und drückt auf den Knopf. Es ist Maurice. »Ich bin es. Ich wollte nur sagen, daß ich erst Mittwoch abend zurück bin, nicht schon Mittwoch morgen. Es hat sich noch Verschiedenes ergeben. Okay? Oh, und James und Carol kommen übers Wochenende.«

Teresa wendet sich um. Sie nimmt Pauline Luke ab. Ihr Gesicht ist neutral, ausdruckslos. Luke wacht auf und fängt an zu weinen.

Pauline steht mit Harry an einer Straßenecke. Sie haben in einem Restaurant gemeinsam gegessen, ein seltenes Vergnügen. Harry ist gestern aus den Staaten zurückgekommen, fiel mit Jet-Lag in tiefen Schlaf, wachte auf und sagte: »Ich muß mich beeilen, ich habe um zehn Vorlesung. Weißt du was, wir treffen uns zum Lunch. Ich lade dich zum Italiener ein.« Und so haben sie miteinander gegessen. Harry in Höchstform, beschwingt, ausgelassen, liebevoll. Und nun trennen sie sich an dieser Straßenecke, weil Harry um drei ein Seminar hat und schon wieder hetzen muß.

Er wirkt jetzt zugleich abwesend und strahlend. Und plötzlich drückt er Paulines Arm – leutselig, lebhaft, ein kleines bißchen beschwipst. »Ist das Leben nicht herrlich?« ruft er aus.

Da begreift sie, daß er eine neue Frau hat.

Harry greift nach ihr am frühen Morgen. Sie taucht empor aus dem Schlaf und stellt fest, daß er mit ihr Liebe macht, spürt das vertraute, warme Eindringen, und anfangs, noch im Schlaf, reagiert sie natürlich und behaglich. Dann öffnet sie die Augen und schaut hinauf in seine und sieht, daß er gar nicht da ist. Nicht mit ihr macht Harry Liebe, sondern mit jemand anders. Sie sieht es und erstarrt. Der Liebesakt ist zur Obszönität geworden.

Pauline wird klar, daß sie Expertin ist, Kennerin. Bei einem Thema, einem Spezialthema ist sie die führende Autorität. Sie ist die Autorität auf dem Gebiet der Eifersucht. Sie weiß alles, was man über Eifersucht wissen kann. Sie könnte eine Abhandlung über Eifersucht schreiben, eine wissenschaftliche Untersuchung, einen gelehrten Artikel mit Fußnoten und Nachwort. Sie könnte Vorlesungen halten über die Eifersucht, sie könnte ein Symposium darüber leiten, sie könnte eine Doktorarbeit über Evolution und Manifestation der Eifersucht verfassen. Sie könnte Uneingeweihte darüber belehren, inwieweit Eifersucht sowohl physische wie geistige Konsequenzen zeitigt. Wenn Eifersucht eine Krankheit ist, würde sie geltend machen, wäre zu entscheiden, ob ihre Ursprünge biologisch oder aber rein geistig sind. Sie würde die eindeutige Beschreibung der Eifersuchtssymptome veröffentlichen, den dauernden Krampf in den Eingeweiden, die Übelkeit, die den Betroffenen jeden Morgen befällt, wenn er aufs neue realisiert, was sich abspielt, den schwindelnden Sturz, der jeder neuen Ungewißheit, jedem neuen Verdacht folgt. Es sieht so aus, würde sie sagen, als habe die Eifersucht ihren Sitz im Magen, doch wir müssen auch die geistigen Symptome in Betracht ziehen: die zwanghafte Konzentration auf einen einzigen Punkt, die fieberhafte Jagd nach Beweisen, die fürchterlich gesteigerte Bewußtheit. Und dann gibt es ja noch die Zeiten der Begnadigung, wenn sich der Glaube einstellt, daß im Grunde gar nichts los ist, daß es ein Mißverständnis ist, daß alles gut ist – Anfälle falscher Sicherheit, die das Leben nur verschlimmern, wenn es brüllend zurückkehrt.

»Pauline, warum verläßt du Harry nicht?« fragte ihre Freundin Linda. »Verstehst du, er wird das immer wieder tun. Wenn es nicht diese Susan ist, dann jemand anders.«

Pauline antwortet nicht. Weil sie weiß, daß sie genau das tun muß.

Maurice kommt heim. Pauline hört den Wagen. Sie erschrickt, weil sie zufällig in diesem Augenblick gar nicht im Cottage in World's End ist, sondern anderswo und zu einer anderen Zeit und jemand ganz anderen erwartet, der – wenn überhaupt, ganz zufällig kommen wird, zu Fuß oder im Taxi und dann den gesamten Raum mit seiner Anwesenheit erfüllt. Und dann wird sie etwas sagen, Worte, die sie seit Tagen im Kopf bewegt, die jetzt zu feinster Präzision ausgefeilt sind, Worte, deren Stunde gekommen ist.

Darum erschrickt Pauline. Doch dann sieht sie den Wagen und Maurice, der aussteigt, dabei stolpert (die angeborene leichte Schwäche im einen Bein) und auf dem Rücksitz nach seiner Tasche greift. Sofort kehrt Pauline aus ihrem siedendheißen Anderswo zurück, nimmt Maurice zur Kenntnis und fährt in einer anderen Tonart fort, die Zutaten für eine Kasserolle zu hacken und aufzuschneiden. Pauline ist keine leidenschaftliche Köchin. Sie ißt in der sprunghaften und opportunistischen Art derer, die allein leben, und nimmt sich selten die Zeit, ein sorgsam vorbereitetes Essen zu machen. Doch heute war sie im Dorf einkaufen und hat sich spontan entschlossen, diese Kasserolle zusammenzustellen. Sie wird davon zu Abend essen und sie dann als eiserne Ration in die Gefriertruhe tun. Falls diese beiden übers Wochenende kommen, ist es nur gerecht, wenn diesmal sie am Sonnabend die Wirtin macht. Da käme die Kasserolle gelegen. Sie ordnet die verschiedenen Häufchen: rosaweiße, schirmförmige Pilzscheiben, durchsichtige Zwiebelringe, feuerrote Paprika – sie hört nebenan die Haustür zufallen, Maurices Stimme, Geräusche von Luke – sie fegt die Gemüse in die Pfanne und fängt an, das Fleisch in Würfel zu schneiden. Von Zeit zu Zeit schaut sie aus dem Fenster und über den Feldweg hinüber auf den Weizen, der jeden Tag eine andere Farbe hat. Sie erinnert sich an den grünen Ausschlag im Vorfrühling, dem der dichte Pelz folgte, sieht aber beides nicht mehr vor ihrem inneren Auge und denkt, wie merkwürdig es doch ist, daß manches unzerstörbar hängen bleibt – Harrys Gesicht und seine Stimme an jener Straßenecke, das Gefühl seiner Hand auf ihrem Arm – und daß ganz gewöhnliche Veränderungsvorgänge so schwer zurückzurufen sind. Wie genau sah die Hecke dort im Mai aus?

Warum bleibt Sprache im Gedächtnis, eine Stimme, eine Wortfolge? Und warum kann sie jetzt nicht den Kuckucksruf heraufbeschwören?

Sie macht die Kasserolle fertig und schiebt sie ins Backrohr. Das Telefon klingelt.

»Ich wollte dir nur sagen«, sagt Hugh, »daß du die Alma Tadema-Ausstellung auf keinen Fall verpassen darfst. Ich rate dir dringend, kurz dein selbstauferlegtes Exil zu verlassen, ehe sie schließt. Neulich habe ich vergessen, es zu erwähnen.«

»Mmm ... Ja, mal sehen. Vielleicht.«

Hugh verbreitet sich weiter über die Ausstellung. Schließlich spürt er, daß ihre Reaktion zu wünschen übrig läßt. »Ist alles in Ordnung? Du klingst so – unentschlossen.«

Pauline zögert. »Ich glaube schon, daß alles in Ordnung ist. Ich bin höchstens ein bißchen durcheinander. Ich habe in letzter Zeit viel nachgedacht. Ich habe über Harry nachgedacht.«

»Hoffentlich hat er dich nicht belästigt«, sagt Hugh streng. Er weiß von Harrys gelegentlichen Annäherungsversuchen.

»Oh nein, ich meine nicht den heutigen Harry. Ich meine den damaligen.«

»Aha, ich verstehe.« Jetzt tritt Hugh den Rückzug an. Er ist nicht der Mann für gefühlvolle Geständnisse. Er hat ausreichende Kenntnisse von Paulines Vergangenheit und Harrys Rolle, denkt aber ungern darüber nach, wie Pauline sehr wohl weiß.

»Keine Sorge«, sagt Pauline. »Ein Gläschen Whisky und ein bißchen Fernsehen wird mich wieder in die Reihe bringen.«

»Also dann gute Nacht, meine Liebe. Und ich bitte dich dringend, die Alma Tadema nicht zu vergessen. Ich werde nicht lockerlassen.«

Endlich versickert das Licht, und World's End steht isoliert in der Sommernacht. Pauline zieht die Vorhänge zu, ißt eine Portion von der Kasserolle und schaltet auf der Suche nach Ablenkung einmal alle Sender durch. Sie gerät in einen lebenswahren Kriminalfall in Kalifornien, ins Tierleben der sibirischen Tundra, in die Probleme der albanischen Emigranten. Endlich, schon reichlich spät, stellt sie den Fernseher ab, räumt die Küche auf, öffnet die Hintertür, um den Abfall in die Tonne zu leeren, und bleibt dort einen Moment stehen, weil sie das Gefühl hat, als sei nicht alles, wie es sein soll. Ist es auch nicht, denn ein Stück Dunkelheit, etwas weiter weg, bewegt sich plötzlich.

»Himmel nochmal, Maurice«, sagt sie gereizt. »Du erschreckst einen ja zu Tode.«

»Entschuldigung.« Er tritt vor ins Licht und versetzt ihr das Maurice-Lächeln. »Ich hab nur die Nacht genießen wollen. Teresa ist schon schlafen gegangen. Wollen wir noch was trinken?«

»Nein, danke.« Wie Pauline bemerkt, hat Maurice schon einiges getrunken. »Ich geh auch ins Bett.«

»Na schön, dann mach ich eben allein weiter.«

Er leert sein Glas. Er reckt sich, sinnlich, katzenhaft. Er zeigt mit einer Handbewegung auf den Himmel, die flakkernden Sterne, den Sichelmond. »Schau dir das an. Das Leben ist schon etwas Schönes, stimmt's, Pauline?«

Sie starrt ihn einen Augenblick an, dann geht sie ins Haus.

Das Heimatmuseum ist an diesem Sonnabendvormittag gut besucht, aber nicht überfüllt, weil das Wetter wie üblich erbarmungslos schön ist und die meisten Leute sich lieber im Freien amüsieren. Natürlich ist es Maurice, der den Museumsbesuch vorgeschlagen hat, weil das ein Punkt auf der Liste seiner Recherchen ist; die übrigen haben aus persönlichen Gründen eingewilligt. James und Carol machen mit, weil sie Gäste sind und Gäste immer mitmachen sollten. Teresa ist dabei, weil es sie treibt, dort zu sein, wo Maurice ist, und Pauline, die das weiß, ist auch dabei, weil es denkbar wäre, daß ihre Anwesenheit Teresa irgendwie helfen könnte.

Das Museum liegt im Zentrum einer kleinen Kreisstadt, die dem kommerziellen und industriellen Schicksal von Hadbury entgangen ist und jetzt ihren Unterhalt damit verdient, daß sie gepflegte Gebäude mit darin enthaltenen Antiquitätengeschäften, Kneipen und Restaurants zur Schau stellt. Vor dem Museum befindet sich der städtische Pranger, ebenfalls sorgfältig erhalten und mit einem erklärendem Text in gotischer Fraktur. Maurice bleibt stehen und photographiert, obwohl sein Objekt nicht der Pranger *per se* ist, sondern die kichernden Halbwüchsigen, die versuchen, die Beine durch die Öffnungen zu stecken. Zweifellos wird ihm für das Buch eine ironische Bildunterschrift einfallen.

Pauline stakst durch die Räume mit verächtlich geschürzten Lippen. Sie inspiziert die elegant ausgestellten Dreschflegel, Sensen, Sicheln und Schafscheren, wohlgeformte Artefakte vor einer weißen Wand, von einem Scheinwerfer angestrahlt, und die nachgebaute Milchkammer mit ihren Buttermaschinen und Zentrifugen. Sie betrachtet die sepiafarbenen Photos von altmodisch gekleideten Menschen bei der Arbeit: beim Ernten, Mähen, Pferdebeschlagen und Melken. Die zu einem Gruppenphoto versammelten Sonntagsschulkinder aus den Jahren um 1870, nunmehr ein Ausstellungsstück, an die Wand genagelt, schauen sie unergründlich an. Über der ganzen Sammlung liegt etwas von erstarrter Vornehmtuerei. Die ausgestellten Gegenstände sind bar jeder Funktion, sind zum Dekor geworden, der erklärende Text und die Photos erfordern wissenschaftliche Aufmerksamkeit: So hat man dies damals gemacht, so jenes. Aber das sind ja die Leute, die in World's End gelebt haben, denkt Pauline, und es war alles anders. Das sind die Männer und Frauen, deren Geister sie manchmal schuldbewußt um Verzeihung bittet. Als ob ihnen das noch etwas bedeutete!

Das Museum ist taktvoll belehrend, denkt daran, daß die Besucher freiwillig hier sind und daß sie, wenn man sie über Gebühr einschüchtert, sofort und nicht erst später in die Gaststätte oder die Verkaufsboutique streben. Daher mindert man die Informationen durch gefällige Zurschaustellungen. Pauline steht jetzt in dem Raum, in dem der Wandel in der Landwirtschaft zwischen dem 18. und 19. Jahrhundert erläutert wird. Die Flurbereinigung. Es gibt ein Modell der Feldereinteilung eines Dorfes vor und nach der Flurbereinigung – eine faszinierende Miniaturlandschaft aus gepflügten Äckern, Brachland, Wiesen, Wald, Gemeindeland. Es gibt gerahmte Kopien des Flurbereinigungsgesetzes und Schautafeln, die von der ländlichen Unzufriedenheit berichten – in großem Druck und mit kurzen Sätzen, begleitet von grobkörnigen Aufnahmen der mißvergnügten Bauernschaft.

Pauline sieht sich nach den anderen um. Das Museum besteht aus einer Reihe kleinerer Räume, wodurch eine Gesellschaft leicht getrennt werden kann, möglicherweise, weil jeder einzelne in anderem Tempo voranschreitet, vielleicht auch aus anderen Gründen. Manchmal kann sie sie alle sehen, manchmal nicht. Eben jetzt ist Maurice am anderen Ende dieses Raumes mit Carol und James, und alle drei betrachten eine Sammlung Metallgegenstände. Teresa ist eben dazugekommen, mit Luke, der in seinem Wägelchen schläft.

Pauline nimmt Teresa wahr. Nimmt schmerzhaft wahr, was Teresa tut. Sie beobachtet Maurice. Sie arbeitet verzweifelt, den Schein der Gleichgültigkeit aufrechtzuerhalten, geht von einem Gegenstand zum anderen, sieht aber die ganze Zeit nur Maurice.

Die metallenen Gegenstände, die sie sich anschauen, sind eine Sammlung Fußangeln.

»Autsch!« sagt Carol.

James sieht sich ein paar Rostflecken an den eisernen Zähnen genauer an. »Blut, meinst du nicht?«

»Zweifellos«, sagt Maurice.

»Also, weißt du . . .« sagt Carol. »Die haben doch alles abgeputzt, ehe sie es hier aufstellten.«

James geht weiter, wandert in den nächsten Raum. Carol und Maurice bleiben zurück. Sie sehen einander an und nicht mehr die Ausstellungsstücke.

»Es ist Rost und kein Blut«, sagt Carol. Sie lächelt, als wäre das ein privater Scherz zwischen ihnen.

»Nicht unbedingt«, sagt Maurice. »Man könnte darüber streiten, ob es nicht tatsächlich Blut ist. Es erhöht die Glaubwürdigkeit.«

Sie sehen sich immer noch an. Falls ihnen klar ist, daß sie

beobachtet werden, ist es ihnen egal. Ist das nun Unschuld oder Unbekümmertheit? Teresa hat einen Blick durch den Raum geworfen, und Pauline weiß, daß sie genau das denkt. Tun sie's? Sind sie's? Oder besteht das alles nur in meiner Einbildung?

»Rost!« sagt Carol.

»Sie könnten recht haben«, sagt Maurice. »Wir werden es nie erfahren, nicht wahr?« Und sie gehen zusammen weiter in den nächsten Raum, ohne sich umzudrehen, ohne sich nach jemand umzuschauen.

Pauline tritt näher und prüft die Fußangeln. Sie sieht die zackigen Zähne, den einfachen, aber wirksamen Mechanismus. Teresa tritt zu ihr, steht neben ihr und starrt auf die Fallen, ohne sie zu sehen, und es scheint Pauline, als sei der Raum erfüllt von einem stummen Schrei. Dem Schrei eines unseligen Landarbeiters des 19. Jahrhunderts? Oder dem aus Teresas gewaltsam unterdrückter Qual?

»Ein fürchterlicher Ort«, sagt Pauline. »Komm, wir sehen zu, daß wir irgendwo einen Kaffee kriegen.«

Dinner in Paulines Küche. Sie sind zu fünft, und körperlos ist auch Luke anwesend, der von Zeit zu Zeit aus dem Plastikteller des Baby-Alarms seufzt oder schnieft. Die Drinks hat man schon im Garten genommen, die geräucherten Makrelen, die Pauline als Hors d'Oeuvres serviert hat, sind vertilgt, jetzt ist man bei der Kasserolle. Maurice ist groß in Form. Er hat den Abend inszeniert, die Gespräche gesteuert, schale Themen abgewürgt und voller Schwung andere aufs Tapet gebracht. Er wendet seine Aufmerksamkeit ganz unparteiisch allen gleichermaßen zu: ist ungezwungen freundschaftlich sowohl mit James wie mit Carol, veräppelt James auf die Art, wie sie ein typisches Merkmal ihrer Beziehung ist, und gönnt hie und da Teresa eine geflüsterte Nebenbemerkung, wobei ein intimerer Ton bei ihm anklingt. Er macht viel Wesen um Pauline, vielleicht, weil sie theoretisch die Gastgeberin ist, vielleicht aus komplizierteren Gründen. Eben jetzt öffnet er eine weitere Flasche Wein, die er beigesteuert hat.

»Noch eine?« fragt Teresa.

»Noch eine.« Er klopft ihr besänftigend auf die Schulter. »Die haben wir uns verdient, nicht wahr, James? An so einem Arbeitswochenende.«

James hält ihm sein Glas hin. »Wenn du es sagst. Es war so gut wie keine Arbeit, ein paar Stunden über Kapitel acht und einmal durch ein Museum trudeln.«

»Ich fand das Museum wundervoll«, sagt Carol. »Es sah aus wie die Kulisse für einen von diesen Fernsehfilmen nach Hardy. Man wäre am liebsten dort geblieben und hätte dort gelebt, in einem langen Rock und einem Schal wie Tess.«

»Ich kann mir nicht vorstellen, wie du als Milchmädchen lebst«, sagt James. »Aber wenn man dich richtig herrichtet, stünde dir die Rolle.«

Carol zieht ihm eine Grimasse. Ja, denkt Pauline, nimm ihr das Designer-T-Shirt, dessen Blau so gut zu ihren Augen paßt, und die weißen Jeans und die Sportschuhe, bring die Frisur durcheinander, die sie fünfzig Piepen gekostet hat, beschmier sie mit Dreck, mach ihr ein paar Schwielen an die Finger, und sie entspricht genau dem Klischee: rosa-goldene Butterblume. Jugend. Gesundheit. Sex.

Maurice grinst. »Und wie ist es bei dir angekommen, Pauline? Das Museum, meine ich?«

»Überhaupt nicht«, sagt Pauline. »Voyeurismus. Nostalgischer Kitsch. Es ist noch eine Portion Auflauf da, falls jemand Lust hat ...«

»Du liebe Zeit«, sagt Carol mit einem kleinen Lachen. »Das klingt ja ganz schön abwertend.« Sie wirft einen Blick auf Maurice.

Maurice faßt Pauline scharf ins Auge. Er scheint begeistert. »Voyeurismus? Darüber mußt du uns noch mehr erzählen, Pauline. Mir war gar nicht klar, daß dich das so aufregt.«

Pauline sieht ihn kühl an. Auf Carol geht sie überhaupt nicht ein. »Wo sind Blut und Schweiß, frage ich. Wo sind die rachitischen Kinder und die Totgeborenen und die chronischen Leiden und die unbehandelten Krankheiten und die eiternden Wunden und die schmerzenden Knochen und Kälte und Nässe und tagtägliche Schinderei?«

Carol verzieht das Gesicht. »So gräßlich war es doch sicher nicht?«

James hält seinen Teller hin. »Wenn es nicht zu unfein ist, möchte ich die letzte Portion von dem Auflauf.«

»Ein gutes Argument«, sagt Maurice zu Pauline. »Das Museum als beschönigende Maßnahme.«

Pauline füllt Auflauf auf James' Teller. »Du hast doch sicher ein Kapitel darüber vorgesehen.«

»Zufällig ja.«

Aus dem Baby-Alarm ertönt ein Jammerlaut.

»Oh-oh ...«, sagt Carol teilnehmend und sieht Teresa an.

Das Geschrei wird nachdrücklicher. Teresa steht auf und verläßt den Raum.

»Die Exponate im Tower in London sind wohl kaum schönfärberisch«, sagt James. »Folterinstrumente, Verliese, das Schaffott.«

»Ach, das ist etwas anderes. Die Menschen identifizieren sich nicht so damit. Es ist historisches Unrecht und damit aus und vorbei. Außerdem passen Krankheit und ein schweres Leben nicht zu dem, was ein Heimatmuseum vermitteln will: Auf dem Land ist es besser. Auf dem Land ist es gesund. Auf dem Land ist Arkadien.«

Maurice sieht Pauline an, damit sie ihm beipflichtet, aber Pauline stellt jetzt die Teller aufeinander, ziemlich heftig, und achtet nicht auf ihn.

»Interessant«, sagt James. »So habe ich das nie gesehen. Die Museumsindustrie wird wütend sein über dieses Buch, denn es wird Streitfragen aufwerfen und großes Interesse auslösen.«

»Kann ich was helfen, Pauline?« fragt Carol.

»Nein danke. Es gibt noch Käse, aber wir warten, bis Teresa zurück ist.«

»In diesem Fall: wo ist Ihr Klo?« fragt James.

»Im oberen Stock.« Pauline wendet sich zur Spüle und stellt die Teller hinein. Hinter ihr unterhalten sich Maurice und Carol über ein in den ›Potteries‹, dem Zentrum der Keramikindustrie gelegenes Gewerbemuseum, das Maurice besucht hat. Carol sagt, das würde sie gern sehen. »Wir verabreden was«, sagt Maurice. »Ich muß sowieso noch mal hin, durchchecken.« Pauline geht in die Speisekammer, um den Käse zu holen. Sie wickelt ihn aus und legt ihn aufs Brett und sucht nach einer Packung Cracker. Als sie zurückkommt, steht Maurice neben Carols Stuhl, langt nach dem Wein auf dem Büffet, und Pauline sieht sekundenlang seine andere Hand auf Carols Nacken liegen, ehe sie weggleitet und Maurice geschäftig die Gläser füllt.

James kommt zurück. »Ihre Stufen, Pauline, sind aber lebensgefährlich.«

»Ich weiß. Man lernt vorsichtig zu sein.«

»Ein Glas Roten, Pauline?« fragt Maurice. »Oder bleibst du beim Weißen?«

»Keins von beiden.« Es klingt so scharf, daß er innehält. Sie erkennt plötzliches Erschrecken in seinen Augen, eine gewisse Vorsicht. Dann erlischt beides – er stellt die Weinflache zurück auf die Anrichte, setzt sich wieder, sagt zu James, daß sie irgendwann alle ins Museum in den Potteries gehen sollten. Und Teresa ist wieder ins Zimmer gekommen.

»Alles okay?« fragt Pauline.

Teresa nickt. »Ich hoffe es.« Sie setzt sich. Der Käse wird herumgegeben und Obst. Der Raum ist voller Reste von Essen und Trinken. Eine einladende Szene, möchte man meinen, gesellig, unbeschwert. Pauline merkt nur ein Spinnennetz der Spannung, Kraftströme zwischen diesem und jenem, merkt die verschlossene Miene Teresas, die Art, wie die Menschen sich Blicke zuwerfen oder nicht. Höchstens James ist davon ausgenommen, er ißt einen Pfirsich, das schwarze Haar rutscht ihm in die Stirn, und er redet weiter, vom Wein angenehm benebelt.

Es ist Montag, Carol und James sind fort. In World's End hat eine neue Arbeitswoche begonnen. Maurice in seinem Arbeitszimmer, Pauline in ihrem, Teresa pflegt Luke. Chaundys Traktor ist wegen irgend etwas den Feldweg einmal herunter- und wieder heraufgebraust, der Weizen wird von Stunde zu Stunde reifer. Pauline hat mit dem Briefträger geplaudert, den Wetterbericht entgegengenommen und erfahren, daß gestern abend auf der Hauptstraße eine schlimme Massenkarambolage war. Sie hat die Briefe zu Maurice und Teresa gebracht und gesehen, daß sich Teresas Stimmung verändert hat, sie wirkt nicht mehr so verschlossen. Wieder ist etwas geschehen, etwas gesagt oder getan worden, und Teresas Gemütszustand hat sich verändert. Sie zweifelt an ihren Vermutungen. Sie hat eine Gnadenfrist. Pauline sieht es und zittert um sie. Sie kehrt zurück in ihr eigenes Cottage, geht hinauf ins Arbeitszimmer und versenkt sich in die Ölförderung der Nordsee.

Das Telefon klingelt. »Ich bin es, Chris.«

»Hallo, hallo«, sagt Pauline. »Was macht die Durchsicht des Kapitels?«

»Leider nichts.«

»Vielleicht sollten Sie wieder auf Ihren Berg steigen. Oder auch auf einen anderen. Um die Blockade zu lösen.«

»Ich glaub nicht, daß das was helfen würde«, sagt Chris Rogers mürrisch.

Eine Pause entsteht. »Ist was?« erkundigt sich Pauline.

»Ja. Meine Frau ist weg. Sie hat mich verlassen.«

»Oh.« Eine weitere Pause. »Ach herrjeh«, sagt Pauline. Dann behutsam: »Wissen Sie, wo sie hin ist?«

»Ja. Zu ihrer Mutter.«

»Aha. In diesem Fall können Sie mit Sicherheit annehmen, daß sie wiederkommt. Das dauert nicht lange.«

»Meinen Sie?«

»Ja«, sagt Pauline energisch. »Aber es war – wenn Sie so wollen – ein Schuß vor den Bug. Sie müssen mal überlegen, was das eigentliche Problem sein könnte.«

»Tu ich ja«, sagt Chris. »Ich überlege wie verrückt. Wenn ich nicht gerade koche und die Kinder füttere und die Wäsche wasche.«

»Vielleicht lebt sie nicht gern hoch droben auf einem walisischen Berg?«

»Da könnten Sie recht haben.«

»Versprechen Sie ihr Swansea«, sagt Pauline. »Vielleicht schaffen Sie es damit. Ich meine, bis jetzt war doch alles einigermaßen in Ordnung zwischen Ihnen beiden, oder?«

»Das dachte ich.«

»Wo wohnt denn ihre Mutter?«

»In einem kleinen Dorf in Shropshire.«

»In diesem Fall gebe ich ihr eine Woche«, sagt Pauline. »Sie kommt wieder. Lassen Sie die Kinder herzzerreißende Telefonate führen.«

Am Spätnachmittag machen Pauline, Teresa und Luke einen Spaziergang, den Feldweg entlang bis zu Chaundys Hühnerhäusern gleich hinter dem Hügel. Anfangs will Maurice sie begleiten. Er braucht frische Luft, sagt er. Er ist startklar, da klingelt das Telefon. Jemand vom englischen Denkmalamt erwidert einen früheren Anruf von ihm. »Geht nur schon«, sagt er und hält mit der Hand die Sprachmuschel zu. »Es wird eine Weile dauern. Ich hole euch vielleicht ein.« »Okay«, sagt Teresa. Sie hat immer noch eine Gnadenfrist, wie Pauline merkt. Sie hat sich eingeredet, daß alles in Ordnung ist, was auch immer sie gesehen und gehört hat und was ihr einen eisigen Speer in die Eingeweide gebohrt hat. Natürlich ist er das nicht, hat sie sich gesagt. Natürlich tun sie das nicht. Daher macht sie sich unbekümmert auf den Weg mit Pauline, der Kinderwagen rasselt über die Schlaglöcher, und Luke trällert einen wortlosen Lobgesang auf den Weizen, auf das Gras, auf den kühlen blauen Himmel.

Auch Teresa jubiliert. Sie redet, sie schwatzt hemmungslos, wie jemand in großer Gemütsruhe. So war sie immer – himmelhochjauchzend, zu Tode betrübt. Ihre äußere Erscheinung spiegelt diese Labilität. In deprimiertem Zustand wird sie wesenlos, hat ein bleiches, verkniffenes Gesicht, das man sich nicht merken kann. Wenn sie in Hochstimmung ist, funkeln ihre Augen, ihre Haut leuchtet, ihr Gesicht wirkt fesselnd. So ist sie eben jetzt, wie sie sich zu Pauline umwendet, um ihr die Pointe einer Anekdote zu erzählen. Und Pauline sieht wieder Maurices Hand rasch von einem Nacken gleiten und empfindet ein abscheuliches Gefühl von erzwungener Komplizenschaft, von Hinterlist, von Verrat.

Als Teresa noch ein Kind war, hatte Pauline Träume, in denen sie hilflos mitansehen mußte, wie Teresa unter die Räder eines Lastwagens geriet, aus offenen Coupétüren stürzte. Manchmal waren es nicht einmal Träume, sondern Schreckensvisionen in wachem Zustand, aus denen sie sich ruckartig freimachen mußte, ein unwillkürliches Insaugefassen einer grausigen Möglichkeit. Nichts davon ist je eingetreten. Pauline hat Teresa bewahrt vor zermalmenden Rädern und gähnenden Türen. Teresa ist eine erwachsene Frau, an Leib und Seele gesund, und jetzt begreift Pauline, daß das Böse weder aufzuspüren noch vorauszusehen ist, daß es sich jeden Moment aus heiterem Himmel heranpirschen kann, daß man nichts dagegen tun kann und daß sie selbst die Hand dabei im Spiel gehabt hat. Ich hab es getan, denkt sie, als ich nach der Hochzeit Teresa an Maurices Seite gesehen habe. Es war nicht meine Absicht, aber ich hab es getan.

Und so gehen sie zusammen, und doch durch Welten getrennt, den Feldweg hinauf im sanften Licht dieses Nachmittags. Jetzt ist Teresa die Gesprächige, und Pauline verstummt, und es ist Teresa, die einmal sogar einen vorsichtigen Blick hinüberwirft und überlegt, ob etwas nicht stimmt. Sie ersteigen den Hang, bleiben stehen und befreien Luke aus seinem Wägelchen, damit er den Streifen hohes Gras entlang des Zauns inspizieren kann. Sie steigen bis auf die Kuppe hinauf und tauchen wieder ab in die Senke, wo die beiden langgestreckten Baracken der Hühnerhäuser isoliert auf einem Betonsockel stehen.

»Wie Gefängnisse«, sagt Teresa. »Kein Wunder, daß man sie hier oben versteckt.«

»Aber nicht solche Dinger, bei denen sie alle in engen Käfigen stecken. Hast du mal reingeschaut? Jetzt scheint nämlich gerade einer von Chaundys Angestellten da zu sein.«

Am Ende des Feldwegs parkt ein Wagen, eins der verbeulten Vehikel, die täglich an World's End vorübertuckern. Als sie näherkommen, öffnet sich die Tür der Baracke, und ein Mann kommt heraus.

Teresa winkt ihm zu. »Das ist der, der Luke auf dem Traktor mitgenommen hat«, sagt sie zu Pauline. »Hallo! Dürfen wir mal reinschauen?«

»Wenn Ihnen der Geruch nichts ausmacht.«

Und tatsächlich quillt aus der offenen Tür ein grauenhafter Gestank, nicht der sympathische Bauernhofgeruch, sondern etwas Scharfes, so massiv, daß man glaubt, es sei als grünliches Miasma sichtbar. »Hilfe!« sagt Teresa. Und dann: »Großer Gott, schau bloß!«, als sie durch den Gestank einen Blick ins Innere riskieren. Denn der gesamte Fußboden wimmelt von ihnen fort, als Chaundys Mann wieder hineingeht – er trägt einen Sack – eine gelbe Flut von Küken, die hin- und herwogt, um die Futterbehälter quirlt, gegen die Wände brandet und stellenweise zu regungslosen Flaumflächen zerfällt, die der Mann aufhebt und in einen Eimer wirft.

»Was machen Sie damit?« fragt Teresa und blickt in den Eimer mit den Leichen.

»Raustun für die Füchse«, sagt Chaundys Mann lakonisch. »Die kommen nachts«, fährt er fort, »und warten schon, im Dunklen sieht man einen Kreis grüner Augen ...«

Er zeigt ihnen, wie die Anlage funktioniert – wie man das Licht automatisch dämpft, wie die Thermostaten die Ventilation kontrollieren, und den Mechanismus, durch den ein fortwährender Strom Korn die Futterbehälter beschickt. Er ist stolz auf die Technologie. »Das Ding arbeitet so gut wie selbsttätig«, sagt er.

»Und was geschieht bei Stromausfall?« will Pauline wissen.

»Ja, dann gibt's Ärger. Dann müssen wir herkommen und nach dem Rechten sehen.«

In der zweiten Baracke sind die Küken schon weiter entwickelt, haben lange Beine und Federn, eine struppigere und tiefere Flutwelle, die fast den Boden bedeckt und jetzt um die Futternäpfe brandet. Chaundys Mann sagt statistische Zahlen auf, soviel Korn pro Küken, Gewichtszunahme soundsoviel während der ersten Wochen, soundsoviel mehr danach.

Da ist Maurice. Er ist hinter sie getreten und schaut auch in die Baracke.

»Und dann?« sagt Teresa zu dem Arbeiter.

»Dann kommt der Schlachter. Umbringen und verpacken an einem einzigen Morgen. Und dann machen wir die Baracken fertig für die nächste Partie.«

»Der zeitgemäße Bauernhof«, sagt Maurice. »Und abends Geflügelsalat, nicht?«

Teresa hat Luke hochgehoben, damit er die Küken sieht. »Und ich lese ihm Beatrix Potter vor!«

»Das kannst du ruhig weitermachen. Wie sonst soll er die richtige Vorstellung vom ländlichen Leben kriegen.« Maurice legt eine Hand auf Teresas Schulter, und Pauline spürt, wie sie sich verkrampft.

»Mein Mann meint es ironisch«, sagt Teresa zu Chaundys Arbeiter, der daneben steht, einen Sack über der Schulter. »Entschuldigen Sie, wir halten Sie auf.«

»Ist schon gut. Ich hol mal eins von den Viechern, damit der Kleine es anschauen kann.«

Er wirft den Sack ab und taucht zwischen die brodelnden Junghennen nach einem einzelnen knopfäugigen Geschöpf voller Federposen und zeigt es Luke.

»Siehst du, Luke«, sagt Maurice. »Das ist Huhn *a la tikka masala.* Oder *coq au vin,* je nachdem.« Er schaut, ob Pauline den Witz durch ein Lächeln bestätigt und zu schätzen weiß, aber Pauline schaut weg.

»Na ja«, sagt Chaundys Arbeiter. »Es ist ein kurzes Leben und lustig. Sie wissen's ja nicht.« Er läßt das Huhn wieder in die Masse der anderen fallen und hebt seinen Sack auf.

»Vielen Dank, daß Sie uns alles gezeigt haben«, sagt Teresa. »Jetzt wollen wir Sie aber nicht länger stören.«

Sie kehren zurück, über den Feldweg. »Siehst du wohl ...«, sagt Teresa zu Luke. »Das war doch toll, was? Sally Henny-Penny wird nie wieder so etwas sein wie früher.«

»Tadoori-Huhn auch nicht«, sagt Maurice. Wieder sieht er Pauline an. »Deine Mutter findet meine Scherze geschmacklos.«

»Ich habe zufällig gar nicht auf dich geachtet, Maurice«, sagt Pauline.

Maurice verzieht das Gesicht – ein gemaßregelter Schuljunge –, und Teresa sieht verstimmt aus. Warum verdirbt Pauline so unfreundlich einen hübschen Spaziergang? Doch dann wischt Maurice ihn beiseite, diesen unwillkommenen Ton, diese angedeutete Brüskierung und beginnt, von landwirtschaftlichen Methoden zu sprechen. Die Landwirtschaft ist die einzige Industrie, die so tut, als sei sie keine, sagt er. Die Landwirtschaft spekuliert noch immer auf das nostalgische Image von Gesundheit, frischer Luft, den Überfluß der Natur. Die Landwirtschaft tut so, als sei sie keine Industrie, sondern eine Wohlfahrtseinrichtung und daher von Kontrolle und Kritik befreit. Teresa sagt: »Ja, aber …«, und »Ich hätte gedacht …«, und »Aber, was ist mit …« Luke singt wieder dem wogenden Weizenfeld zu, und Pauline geht drei Schritt hinter ihnen her und bemerkt mehrere Dinge. Sie bemerkt, daß Maurice sich überaus wohl fühlt, daß er dem Kater gleicht, der vom Rahm genascht hat, daß er von geheimer Befriedigung überschäumt. Sie bemerkt das alles, weil sie in diesen Dingen Expertin ist, und es stimmt sogar, daß sie nicht an Maurice denkt, als die drei den Hügel hinunter nach World's End gehen.

Pauline und Harry sitzen am Küchentisch und frühstücken. Sie frühstücken ganz ostentativ. Harry trinkt Kaffee. Pauline ißt weder, noch trinkt sie. Schweigen lastet. Pauline starrt Harry an, der ihren Blick nicht erwidert. Teresa platzt herein, mit Rattenschwänzchen, stakelbeinig. »Mum, wo sind meine Turnschuhe?«

»In der Waschküche.« Teresa geht.

»Warum?« sagt Pauline schließlich. Nicht ›Warum sie?‹ nicht ›Warum überhaupt jemand?‹ Nur: ›Warum?‹

Jetzt sieht Harry sie an. Er schiebt keinen sondierenden Finger in Richtung ihrer Hand. Er schaut nur. Dann zuckt er die Achseln. »Sowas passiert eben, Pauline«, sagt er. »Ich kann nichts dafür.«

Pauline ist mit Luke im Garten von World's End. Sie überwacht Luke, weil Teresa mal ausspannt. Luke überwachen bedeutet, ihm bei seinem sprunghaften Vordringen auf den Fersen bleiben und dazwischengehen, wenn er Riskantes unternimmt. Luke wabert über die Wiese, fällt am Rand der Obstgarten-Prärie auf die Knie und untersucht das hohe, schwankende Gras. Pauline versucht, die Welt durch seine Augen zu sehen, wackelig wie ein selbstgedrehter Film, schwankend, unsicher von Zeit zu Zeit hinaufgreifend und einen zu Boden reißend, ausgestattet mit wunderbaren Dingen. So gut wie alles kann hier draußen geschehen und geschieht dann auch. Eine Frau verwandelt sich vielleicht in einen Baum, oder ein Mensch in einen Käfer. Schweine können womöglich fliegen. Lukes Welt ist die offenkundig gewordene Phantasie, er bewohnt eine Dimension des ewig Unvorhersehbaren, in der es wenig Vorurteile und wenig Erwartungen gibt. Und auch weder Vergangenheit noch Zukunft, nur stürmische Gegenwart.

Luke hat etwas im hohen Gras gefunden und steckt es in den Mund. Pauline stürzt herbei und entfernt es, ein Steinchen. Luke heult empört. Pauline wirft ihm seinen Ball ins Gras. Luke hört auf zu heulen und wackelt hinterher.

Alles ist von ungeheuerlicher Bedeutung, aber nichts ist es für länger. Ist das eine gute Art von Leben, überlegt Pauline. Ist es das ursprüngliche Paradies der Sinne oder strenge Gefangenschaft? Ist Luke befreit oder gefesselt? Eins jedoch ist sicher: Man möchte nicht gern noch einmal zurück in das

Land, das er bewohnt, wenn man alles das weiß, was man jetzt weiß.

Luke nähert sich einem Busch Brennesseln. Pauline fängt ihn ab und bringt ihn zum großen Apfelbaum. Dort setzt sie ihn auf einen der Äste, hält ihn fest und läßt den Ast auf und niederwippen. Luke kreischt vor Vergnügen.

Teresa kommt aus dem Haus. Sie watet durch das Gras zu ihnen. »Dein Telefon klingelt schon seit einer Weile«, sagt sie.

»Ich weiß«, sagt Pauline. »Wenn man es läßt, wird es sich schon beruhigen.« Noch während sie spricht, sieht sie an Teresas Miene, daß die Gnadenfrist vorüber ist. Und jetzt? denkt sie. Und was jetzt? Paulines Mutter hat nicht im Gesicht ihrer Tochter lesen können. Vielleicht gefiel ihr nicht, was sie dort sah. Wahrscheinlicher ist, daß die Sprache und die Anspielungen darin nicht zu denen gehörten, die sie verstand. Paulines Mutter verbrachte ihr Leben im verzweifelten Vermeiden alldessen, was sie als unangenehm empfand. Insbesondere emotionale Probleme waren unangenehm. Wenn man sein Leben mit genügend Vorsicht aufbaute, konnte man sie vermeiden, und als Paulines Mutter sah, daß ihre Tochter das nicht tat, ja sich sogar scheinbar mit jedem Schritt Unangenehmem aussetzte, wandte sie sich ab und ignorierte das Problem, wahrscheinlich um nicht angesteckt zu werden.

Daher geht die Mutter, als Pauline eines Tages zu ihr kommt, weil es Dinge gibt, die aus Zweckmäßigkeit oder Verzweiflung gesagt werden müssen, entschlossen zur Verteidigung über.

»Ich werde Harry verlassen«, sagt Pauline.

»Wenn du das ernst meinst«, sagt die Mutter und schaut

dabei aus dem Fenster, »aber das tust du hoffentlich nicht, kann ich nur sagen, daß das nicht recht von dir ist.«

»Mutter«, sagt Pauline. »Harry schläft mit einer anderen Frau. Und vor der gab es noch eine andere und vor dieser noch eine. Und noch eine.«

Paulines Mutter zuckt zurück. Jetzt ist sie angeschlagen, hängt gewissermaßen in den Seilen. Sie sieht Pauline verstört an und wagt schließlich zu äußern: »Es könnte ein Mißverständnis sein.«

Pauline starrt sie an. Die Mutter wirft ihr wieder einen Blick zu, und was auch immer sie in Paulines Starren erkennt, es läßt sie verstummen. Schließlich sagt sie: »Nun, dein Vater und ich werden es jedenfalls sehr bedauern, wenn das geschieht.«

Pauline hat sie kaum gehört. Sie ist weit fort in einem dunklen Tunnel ohne erkennbaren Ausgang. »Weißt du was?« sagt sie. »Ich wollte, er wäre gestorben.«

»Das ist nicht dein Ernst«, sagt die Mutter. »So etwas Schreckliches darfst du nicht sagen. Es ist auch nicht dein Ernst.«

»Oh doch. Wenn er tot wäre, wäre ich unglücklich. Schlicht und einfach unglücklich. Das wäre etwas Unkompliziertes, verglichen mit dem jetzt.«

Ihre Mutter wirft sich in eine Sofaecke. Es gibt kein Entrinnen. Das gräßliche Unangenehme ist gewaltsam in ihr gepanzertes Leben eingedrungen. Sie beobachtet Pauline mit Besorgnis, fast mit einer Art Abneigung.

»Ich rufe jetzt übrigens zum dritten Mal an«, sagt Hugh. Andauernd quasselt der Beantworter, daß du unerreichbar bist. Und ich dachte, du wärst da unten an deinen Schreibtisch gekettet. Ich dachte doch, das sei Sinn und Zweck dieses Exils.«

»Ich war mit Luke im Garten.«

»Was macht das Buch mit den Drachen?«

»Die Drachen befinden sich in der Schwebe. Der Autor hat eine häusliche Krise. Und ich sitze derzeit im Nordsee-Öl. Wie geht das Geschäft?«

»Läuft normal. Diese Woche habe ich was Hübsches gefunden. Auf einer Nachlaßversteigerung. Cottage in Suffolk, wo eine Tante von einer jungen Frau kürzlich verstorben ist. In der Bibliothek ein Haufen Bücher der Hogarth Press, alle tadellos erhalten ...«

Pauline hört ihm zu, sie stellt sich die Szene vor: Hugh im Regenmantel mit der abgeschabten Mappe, wie er in einem Raum, der schimmlig und nach alten Büchern riecht, herumstöbert.

»... die Nichte war ganz von den Socken. Ziemliches Miststück, stand da und leckte sich die Lippen, als die Preise in die Höhe gingen, plant von dem Erlös einen Urlaub auf den Bahamas mit ihrem Boyfriend, mehrere Urlaube, würde ich sagen.«

»Da hast du es mal wieder«, sagt Pauline. »Typisch Bücher! Die sind der Auslöser. Du und ich verdienen damit unser Brot, und ein anderer reist unverdienterweise in die Karibik und haut auf den Putz. Trügerischer Kram, Bücher.«

»Wie kommt Freund Maurice denn mit seinem weiter?«

»Gut, soviel ich weiß.«

Hugh hat ein schärferes Ohr, als man meinen möchte. »Ist was? Du klingst ein kleines bißchen bedrückt.«

»Mir geht's bestens«, sagt Pauline und berichtigt ihren Ton. »Bestens. Maurice schreibt sein Buch. Ich mache mir an anderer Leute Büchern zu schaffen. Teresa und Luke genießen jeden Tag. Das Weizenfeld wächst, es wächst bis zu seinem Gesamtwert von fünftausend Pfund!«

»Das klingt mir aber nicht ›bestens‹«, sagt Hugh. »Du bestätigst meine schlimmsten Befürchtungen hinsichtlich des Landlebens.«

Chaundys Wagen nähert sich World's End, als Pauline gerade aus ihrer Haustür tritt. Keiner von beiden ist besonders geneigt, Höflichkeiten auszutauschen, aber der Anstand verlangt es. Chaundy verlangsamt, hält, wendet den Kopf.

»Sieht nicht nach Regen aus«, sagt Pauline, weil sie weiß, daß man so etwas sagen muß.

»Ist sowieso zu spät für Regen«, entgegnet Chaundy grämlich. Es handelt sich selbstverständlich um den Weizen, der steif und regungslos um sie herumsteht.

»Was würde Regen denn jetzt ausrichten?« fragt Pauline.

»Ihn umlegen«, sagte Chaundy. »Ein gutes Gewitter, und das ganze Feld liegt flach.« Er schaltet, die Gänge krachen. »Alsdann, ich muß weiter.« Der Peugeot poltert den Feldweg hinauf.

Pauline wickelt Küchenabfälle in eine Seite der Lokalzeitung und studiert dabei die Unfallchronik. Ihre Geflügelknochen und Teebeutel und Kartoffelschalen räkeln sich zwischen Berichten über Sonntagsabendunruhen vor Kneipen, über Halbwüchsige, die Wagen zu Spritztouren entwendet haben, damit verunglückt und darin verkohlt sind, über in Brand gesteckte Scheunen und mutwillig verwüstete Grundschulen. Dieser geruhsame Landstrich scheint unruhige Wellen zu schlagen. Stärkere, als man auf den ersten Blick bemerkt. Sie schiebt ein welkes Salatblatt zur Seite und liest von einer Messerstecherei im Zentrum von Hadbury, in den frühen Morgenstunden des Sonntags. Ein Bauer ist angeklagt, Abwässer in den hiesigen Fluß eingeleitet zu haben. Und das Wetter bricht noch immer alle Rekorde. Landwirtschaftsausstellungen melden nie dagewesene Besucherzahlen. Ein skandinavischer Tourist erlitt auf einer Radtour einen Herzschlag.

»Wir hätten hier einen Romanerstling«, sagt Paulines frühere Kollegin. »Wir sähen es riesig gern, wenn du den nach dem Öl-Buch drannehmen könntest. Psychologisches Drama im Theatermilieu. Kann dich das verlocken?«

»Solange der Autor ein harmonisches Familienleben hat und nicht auf einem Berg in Wales wohnt. Entschuldigung... Ja, ich mach's.«

»Großartig«, sagt die Kollegin. Sie wendet sich Wichtigerem zu und bringt etwas Berufsklatsch. »Übrigens«, sagt sie, »hab ich Maurice kürzlich gesehen. Vor ein, zwei Wochen. Er war beim Mittagessen.« Sie nennt ein Restaurant in Covent Garden. »Ich dachte, er hätte sich da unten auch total verkrochen, so wie du...«

»Gelegentlich muß er nach London«, sagt Pauline. »Zu Recherchen bei den Verkehrsämtern und so.«

»Als ich ihn sah, hat er gerade nicht bei Verkehrsämtern recherchiert. Das Gesicht kam mir bekannt vor. Jemand aus unserer Branche. Kurze blonde Haare.«

Pauline schweigt.

»Na, jedenfalls«, sagt die Kollegin hastig. »Ich hab ihn, wie gesagt, gesehen. Er schien mit stark in Anspruch genommen, deshalb hab ich ihn nicht angeredet. Alsdann – ich freue mich, daß du so einen produktiven Sommer hast. Mein

Gott, wie ich euch beneide, wir hier in London werden buchstäblich geröstet. Nächste Woche geht das Manuskript an dich ab. Adieu.«

Pauline schaut hinaus auf den Weizen, auf die bewegte Flanke des Hügels und den Gipfelkamm aus Bäumen gegen den Himmel. Sie denkt ohne Sympathie an ihre Kollegin. Dann an Maurice. Und schließlich an Teresa. Sie denkt an eine andere Teresa, eine verschwundene Teresa, die voller Verzweiflung auf der Fensterbank des neuen Hauses hockt.

»Hör mal«, sagte sie zu Teresa. »Es wird wieder gut. Eines Tages. Du wirst sehen. Hab nur ein bißchen Geduld.«

In Teresas Augen funkeln Tränen. Die Sonne strömt durchs Fenster auf ihr blasses Gesicht mit den schmerzlich leuchtenden Augen. »Die mögen mich nicht«, sagt sie. »Susie hat gesagt, ich kann mit ihr gehen, und heute will sie plötzlich nicht mal mit mir reden. Sie geht einfach weg. Ich bin die einzige, die keine Freundin hat.« Sie ist acht, und das Leben zeigt ihr die Zähne.

»Das ist nur, weil du neu bist«, sagt Pauline entschlossen. »Schau, du bist doch erst ein halbes Jahr in dieser Schule. Laß ihr doch Zeit.«

»Ich hasse diesen Ort.« Teresa weint. »Ich hasse die Schule, und ich hasse den Ort und dies Haus. Es wird nie mehr gut.«

»Doch, wird es, wird es«, sagt Pauline. Sie möchte Teresa sagen, daß das auf der Skala der Dinge ein Nichts ist – aber das stimmt natürlich nicht, überhaupt nicht. Eben jetzt gibt es für Teresa nichts Schlimmeres, sie ist in einen Abgrund gestürzt. Und obwohl Pauline das Herz weh tut für sie, ist sie hilflos.

Harry kommt ins Zimmer. Er bemerkt Teresa. »Was hast du denn, Liebling?« Er wendet sich an Pauline. »Warte nicht mit dem Abendessen auf mich, ich komm vermutlich erst spät heim. Weißt du, wo meine Lederjacke ist? Sie hat sich irgendwie verkrümelt.«

»Ich habe keine Ahnung«, sagt Pauline. »Wahrscheinlich hast du sie in der Universität vergessen.«

»Na, hoffentlich.« Wieder bemerkt Harry Teresa. »Was hat sie denn?«

»Sie ist unglücklich«, sagt Pauline. »In der Schule geht es nicht so ganz gut.«

Harry legt einen Arm um Teresa und kitzelt sie am Ohr. »Kopf hoch, mein Püppchen. Das Leben ist nur ein Traum. Du weißt doch: Immer heiter, immer froh, wie der Mops im Paletot ... Weißt du noch?« Er hat es früher der ganz kleinen Teresa vorgesungen – vor langer Zeit.

»Wenn das ginge«, sagt Pauline.

Teresa macht sich von ihm los. »Ich bin doch kein Baby mehr, oder?« funkelt sie ihn böse an.

»Ach du liebe Zeit ...« Harry zieht Pauline ein ernüchtertes Gesicht, die wegschaut. »Also ich muß rennen. Adieu bis später.«

Harry geht. Es ist, als sei ein ablenkender Windstoß durchs Zimmer gefahren. Jetzt ist es wieder still und ruhig. Teresa schluchzt unwillkürlich trocken auf.

»Weißt du was«, sagt Pauline. »Du darfst aufbleiben und fernsehen, und dazu holen wir uns das Abendessen auf einem Tablett.«

Teresa schluchzt noch ein letztes Mal auf. »Okay.« Sie wischt sich die Nase mit dem Handrücken. »Kriegen wir Beefburger und Chips?«

»Ich fürchte, ich bin's schon wieder«, sagt Chris Rogers. »Störe ich sehr? Sie brauchen es nur zu sagen, dann verpiß ich mich.«

»Überhaupt nicht.« Pauline stellt das Radio ab und trägt das Telefon zum Sofa.

»Die Gören schlafen, und das ist die einzige Zeit, die ich für mich habe.«

»Sie ist also noch nicht zurück?«

»Nein.«

»Sind Sie … in Kontakt?« erkundigt sich Pauline zartfühlend.

»Wir stehen in Verhandlung, könnte man sagen. Allmählich werde ich ein bißchen hektisch, kann ich Ihnen sagen. Eigentlich habe ich deswegen angerufen. Tut mir leid, Sie als eine Art Briefkastentante zu mißbrauchen.«

»Nur zu«, sagt Pauline. »Ich habe immer festgestellt, daß Lektoratsarbeit ein flexibles Mandat ist. Ist sie noch immer bei ihrer Mutter?«

»Ja. Um offen zu sein, ich glaube, ihre Mutter hat ihren Senf dazugegeben.«

»Ihre Mutter«, sagt Pauline streng, »will zweifellos nur das Beste für ihr Kind. Das dürfen Sie ihr nicht vorwerfen. Sie ist in Sorge. Wollen die beiden Sie von dem Berg herunterhaben? Geht es darum?«

»Na ja – das – ja. Und anderes, was weniger leicht zu erreichen ist. In Wirklichkeit stinkt auch mir der Berg allmählich. Ich bin im Gespräch mit einem Bekannten in Swansea, der uns vielleicht dort etwas Billiges verschaffen könnte. Darf ich was fragen?«

»Mit Maß und Ziel.«

»Ist mein Buch Mist?«

»Nein.«

»Sind Sie da sicher?« fragt Chris Rogers ängstlich.

»Hören Sie«, sagt Pauline. »Sie haben es für wert gehalten, es zu schreiben. Nun treten Sie aber auch dafür ein!«

»Jawohl«, sagt Chris demütig.

»Und es ist kein Mist. Es ist originell und provozierend.«

»Ich hab nur gedacht, daß ich möglicherweise den falschen Beruf habe.«

»Ja, das kann schon sein«, sagt Pauline. »Sie haben sich nicht gerade den leichtesten Weg ausgesucht. Doch das steht auf einem anderen Blatt. Das Buch ist eine Sache für sich. Bücher haben manchmal ein Eigenleben.«

»Ach so, da geht's lang«, sagt Chris. »Ich wußte nicht, daß Sie auf solche Sachen stehen.«

»Ich spreche nicht von hoher Kritik«, sagt Pauline. »Ich spreche von Wahrheiten, die sich von selbst verstehen. Überlassen Sie das Buch sich selbst. Worüber wir nachdenken müssen, sind Sie selber. Wann haben Sie das letzte Mal ... verhandelt?«

»Zu Mittag. Meinen Sie, ich sollte sie heute abend nochmal anrufen?«

»Genau das würde ich tun.«

Eines Tages wuchtet eine solche Hitze herab, daß keiner ins Freie will. Und mit dem Weizen geschieht Sonderbares. Er scheint zu zischeln. Von einer gelegentlichen Brise bewegt, gerät eine Partie in Bewegung und zischelt. Pauline läßt sämtliche Fenster offen, und herein dringt ein Geräusch wie von einer leicht unruhigen, sie umgebenden See.

»Hallo!« sagt Maurice.

Er betritt den Garten, ein Glas Weißwein in der Hand. Es ist früh am Abend. Teresa bringt Luke ins Bett. Pauline sitzt am Ende des Rasens auf einer Bank und liest. Er schwenkt fragend das Glas zu ihr.

»Nein, danke.«

Er bleibt vor ihr stehen, nimmt einen Schluck Wein und mustert sie über den Rand seines Glases hinweg. Er setzt sich nicht zu ihr.

Pauline merkt die Seiten mit einem Blatt ein und schlägt ihr Buch zu. Sie betrachtet Maurice, das vertraute, dreieckige Gesicht, die Andeutung von Hakennase, das wellige Haar. Irgendwann einmal war dies das Gesicht eines Fremden, mit dem sie zufällig auf einer Party gesprochen hat. Dieser ganz alltägliche Wortwechsel fällt ihr blitzartig wieder ein, sie erlebt ihn nochmals, nunmehr befrachtet, wobei alles, was er umfaßt, von ihm abgleitet: Teresa, Luke, der jetzige Moment hier in World's End. Ich bin schuld, denkt sie, ich allein. Es war mein Fehler. Ich hätte damals an dem Abend mit Kopfweh zu Hause bleiben sollen.

»Heute ist es einfach *zu* heiß«, sagt Maurice.

Pauline stimmt zu.

»Ist es wahr, daß Computer bei einer gewissen Temperatur durchdrehen können?«

Pauline sagt, daß sie noch von keinem solchen Fall gehört habe.

Maurice spricht von seiner Arbeit. Er überarbeitet gerade Kapitel acht. In Kapitel acht geht es um die Verwendung nostalgischer Vorstellungen in der Werbung. Maurice hat eine eindrucksvolle Reihe von Beispielen zusammengestellt. Er steht da und spricht über Benzinreklame, das Bild ferner, menschenleerer Landschaften, über Whisky und den Kult mit dem Luxusleben. Das ist soweit recht interessant. Pauline hört nur mit halbem Ohr zu. Und Maurice behält sie beim Sprechen im Auge. Beide sind sich bewußt, daß noch ein anderer Text darunterliegt, unter der Oberfläche dessen, was Maurice sagt und Pauline anscheinend anhört. Es ist, als beobachteten sie einander aus großer Entfernung – mißtrauisch und vorsichtig. Beide warten ab, wie der Hase läuft. Was tust du? denkt Pauline. Was hast du getan? Und sie sieht, daß Maurice ebenfalls denkt: Wieviel weißt du? Was wirst du unternehmen?

Aus dem offenstehenden Fenster des Cottage dringt das Geräusch, wie Teresa mit Luke spricht und Luke ohne Worte antwortet.

Pauline schaut von ihrem Frühstückskaffee auf, sie hat einen Motor gehört. Maurices Wagen. Sie schaut zu, wie er rückwärts hinaus auf den Feldweg in Richtung Straße fährt. Es ist acht Uhr fünfzehn.

Um neun Uhr dreißig steckt der Briefträger die Post in den Kasten am Gartentor. Teresa kommt nicht heraus, daher bringt Pauline die Briefe in den Garten, wo Luke abwechselnd ins Plastikplanschbecken und wieder heraus fällt.

»Sind eigentlich alle für Maurice«, sagt Pauline über die Briefe.

»Maurice bleibt bis Freitag in London.« Teresa sagt es im Ton absoluter Neutralität. Angestrengter, bemühter Neutralität.

»Oh. Ach so. Ich hab nicht gewußt, daß er fährt.«

»Ich dachte, ich hätte es dir gesagt.« Teresa ist jetzt lässig, tut es ab. Es ist ein Kampf, sich so distanziert zu geben. Pauline sieht, daß sie verkrampft ist vor innerer Anspannung.

»Hast du vielleicht. Jedenfalls …« Pauline legt die Briefe auf die Bank.

»Danke.«

»Wenn du meinen Wagen für irgendwas brauchst, nimm ihn. Ich will nirgends hin.«

»Ah ja. Danke. Vielleicht fahre ich nachher ins Dorf.«

»Alsdann. Sag Bescheid, wenn ich dir irgendwie helfen kann.«

Teresa blickt sie starr an.

»Ich meine, wenn du Luke mal ein bißchen los sein willst.«

»Ah ja«, sagt Teresa.

Pauline geht. Ihr wird klar, daß Teresa unerreichbar ist. Teresa ist von allem abgeschnitten, was außerhalb des Dunstkreises ihrer Zwangsvorstellung liegt. Nichts sonst ist von Bedeutung.

Pauline steht Harry in einem dunkelwerdenden Zimmer gegenüber. Sie steht so weit von ihm entfernt, wie es möglich ist, denn wenn sie näherkäme, wäre sie möglicherweise nicht in der Lage, das zu sagen, was sie jetzt sagen wird. Das Zimmer ist deshalb dunkel, weil sie auf diesen Augenblick bis zum Abend gewartet hat und zu vertieft war, um Licht einzuschalten. Und jetzt ist Harry endlich da, den Mantel noch über dem Arm, weil das, was sie gesagt hat, ihn hat innehalten lassen und er nicht mehr dazugekommen ist, ihn wegzulegen.

»Ich traue dir nicht«, sagt Pauline. »Ich habe kein Vertrauen mehr zu dir und werde nie mehr welches haben, und ich kann nicht weiterleben im Zustand ständigen Zweifels. Ich liebe dich, und ich wollte bei Gott, ich täte es nicht.«

Es ist Ende Juli, und der Ort ist gereift. Hohes, fahles Gras nickt an den Wegrändern, die Spitzen des Knöterichs sind nicht mehr cremegelb, sondern braun, die Felder des Winterweizens strohfarben. Die Landschaft ist ein Flickwerk aus rehbraun und grün, gitterartig unterteilt von dunklen Hecken. Die Bäume sind düstere, fahle Umrisse. Das Heu ist eingefahren, die einstigen Grasflächen sind getüpfelt mit glänzenden, weißen Plastikzylindern. Der Sommer hat den Höchststand erreicht, das Jahr kippt um. Was ist aus dem Frühling geworden? Wie kann all das in ein paar überstürzten Wochen geschehen sein? All das, begreift Pauline, hat sich vor ihren Augen abgespielt, doch erst jetzt wird ihr das Übermaß der Verwandlung ganz klar. Die Landschaft ist nichts Bleibendes, sie eilt unaufhaltsam weiter, eingeschlossen in ihren unabänderlichen Zyklus.

Maurice ist wieder da. Sie hat spät abends einen Wagen gehört, aber nicht hinausgeschaut. Heute früh hat sie ihn durchs Fenster gesehen – im Garten, wie er sich vorübergehend mit Luke beschäftigte. Er hatte Luke an der Hand, und sie machten gemeinsam die Runde auf dem Rasen. Er hat einen Ball für Luke geworfen – ganz Vater. Und dann kommt Teresa heraus, und Pauline wendet sich ab. Sie ist kein Voyeur. Was zwischen den beiden geschieht, geht sie nichts an. Nur eben natürlich doch.

Wie es scheint, sind sie zum Wochenende wieder da – die anderen. Carol und James. Teresa hat das mit der verbissenen Gleichgültigkeit bekanntgegeben, die jetzt zur Gewohnheit geworden ist. Maurice braucht James, um die Kapitel neun und zehn mit ihm durchzugehen. Nein, das konnten sie nicht erledigen, als Maurice in London war, weil Maurice da zuviel zu tun hatte mit Quellenangaben checken und Leute aufsuchen. Und nein, Maurice kann James nicht einfach eine Kopie schicken, weil sie es gemeinsam durcharbeiten müssen.

Frag nicht, sagen Teresas Augen, ausdruckslose Augen, die nichts verraten. Stell kein Fragen. Es läuft nichts verkehrt. Und wenn es so wäre, könntest du nichts daran ändern.

Pauline hebt im Lauf einer Stunde mehrmals den Telefonhörer ab und legt ihn wieder hin. Soll ich? Soll ich nicht?

Bisher hat sie sich abgewandt. Sie hat die Hinweise, die verschleierten Andeutungen ignoriert. Sie hat sich gesagt, daß das alles Tratsch ist, Gerede, daß es ungerecht gegen Maurice ist, auf so etwas zu achten. Und wenn er ein paar Freundinnen hat, hat sie gedacht, ist das ganz normal, man kann gar nichts anderes erwarten.

Die alte Bekannte antwortet sofort. »Ja, Pauline! Wie schön, dich zu hören.« Die alte Bekannte, die Pauline gar nicht liebt und die Maurice seit langen Jahren kennt, länger als Pauline, besser als Pauline.

Pauline hat ein Alibi, einen Vorwand, so aus heiterem Himmel anzurufen. Eine komplizierte berufliche Erkundigung, über die des längeren zu diskutieren die alte Bekannte nur zu glücklich ist, bis schließlich das Thema sich erschöpft hat und das Gespräch sich persönlicheren Dingen zuwendet, wie Pauline vorausgesehen hat, besonders solchen, die sie gemeinsam haben.

»Und wie geht's Maurice?« fragt die Bekannte. »Du liebe Zeit, ich kann mir Maurice noch immer nicht als Ehemann vorstellen.« Es ist etwas in ihrer Stimme, etwas leicht Öliges, das Pauline ebenfalls vorausgesehen hat und das sie nicht ausstehen kann. Nun, sie hat es ja nicht anders gewollt.

Maurice geht es gut, erwidert sie. Er ist sehr beschäftigt mit seinem Buch. Sehr beschäftigt. Punktum. Sie gestattet sich eine kleine abschätzige Nuance in der Stimme. Sie läßt auch eine kurze Stille eintreten. Und die Bekannte springt hinein. Sie spricht von Maurice. Sie erzählt Anekdoten über Maurice, die amüsant sein sollen, jedoch ein mehr oder minder schlechtes Licht auf ihn werfen. Beispiele dafür, wie sehr er sich nur mit seinen eigenen Angelegenheiten beschäftigt, wie unbeirrbar ichbezogen er ist. Und während die Frau redet, erkennt Pauline, daß in der Ferne ein Messer gewetzt wird. Da entsteht eine scharfe Schneide. Einmal, vor langer Zeit, hat diese Frau Maurice nahe genug gestanden, so etwas zu einer Wichtigkeit zu machen. Pauline schreckt zurück. Du hast es gewollt, sagt sie sich wieder.

Doch, doch, sagt die Bekannte, mal wieder echt Maurice. Typisch Maurice. Kann einen mit seinem Charme völlig einwickeln, natürlich. Und ist so nett zu haben, das muß man ihm lassen. Und überhaupt ist er jetzt vielleicht ganz ganz anders, vielleicht hat ihn die Ehe … Hier macht die Bekannte eine verlockende Pause, die Pauline mit einem unverbindlichen Laut füllt, und bald ist die andere wieder in voller Fahrt. Die Katze läßt das Mausen eben manchmal doch, sagt sie, es bedurfte wohl nur der Liebe einer guten Frau. Sie lacht. »Aber ich muß sagen, als ich ihn noch näher kannte, waren die Kirschen in Nachbars Garten immer die saftigeren. Du weißt schon, was ich meine.«

Pauline murmelt, daß sie schon weiß, was da gemeint ist. Außerdem habe ich jetzt genug, denkt sie. Sie schaltet zurück auf Konversation, drängt ab, bringt es zu Ende. Ein paar Minuten später ist sie wieder allein. Voller Widerwillen gegen die vertrauliche Stimme. Voller Widerwillen gegen sich selbst.

Soweit es innerhalb der Grenzen von World's End möglich ist, zieht Pauline sich zurück. Sie geht Maurice aus dem Wege. Das ist nicht schwer, da der Garten das einzige gemeinsame Terrain ist und sie ja sieht, ob er draußen ist, und ihre eigenen Ausgänge entsprechend regulieren kann. Und Maurice scheint das gleiche zu tun, da er nicht erscheint, wenn sie am frühen Abend ein Weilchen auf ihrer Gartenbank sitzt oder sich für kurze Zeit zu Teresa und Luke begeben hat.

Teresa versucht, unbeteiligt zu tun. Sie hat Paulines Unruhe gewittert und bemüht sich daher angestrengt, die eigene Rastlosigkeit zu tarnen. Sie kümmert sich entschlossen um Luke, und wenn Pauline in der Nähe ist, unternimmt sie schwache Versuche, Konversation zu machen über Belangloses, über das Wetter, die Pflanzen im Garten, Lukes Taten. Diese Tapferkeit bedrückt Pauline so sehr, daß sie es kaum erträgt, mit Teresa zusammenzusein.

Pauline sitzt in ihrem Arbeitszimmer und denkt über alles das nach. Am meisten aber über Maurice.

»Ich bin's«, sagt Chris Rogers. »Ich wollte nur sagen: Ich glaube, ich habe einen Durchbruch erzielt.«

»Ah«, sagt Pauline. »Das gewisse Kapitel?«

»Nein, nein. Bei meiner Frau.«

»Natürlich«, sagt Pauline. »Entschuldigung. Kommt sie zurück?«

»Wir wollen mal so sagen: Sie fängt an, recht vielversprechende Töne von sich zu geben. Und eines von den Kindern hat Fieber, das hilft. Das bringt sie ein bißchen durcheinander.«

»Ja, das kann ich mir vorstellen.«

»Ich hab aber alles gut im Griff«, verteidigt sich Chris. »Ich gebe ihm Aspirin, und morgen bring ich ihn runter zum Arzt.«

»Gut«, sagt Pauline. »Sehr verdienstvoll von Ihnen.«

»Jedenfalls, wo's nun ein bißchen besser aussieht, war mir danach, die guten Nachrichten weiterzugeben. In nicht allzu langer Zeit kann ich mich dann wohl wieder mit dem Kapitel beschäftigen.«

»Ich freue mich darauf«, sagt Pauline.

Pauline schaut aus dem Fenster und sieht Teresa und Maurice im Garten. Nach wenigen Sekunden hat sie sich wieder abgewandt, aber in diesen Augenblicken hat sie eine ganze Szene in sich aufgenommen und die darin enthaltenen Aussagen. Luke schläft vermutlich oben, denn Teresa liest die Zeitung. Doch genau das tut sie nicht. Sie sitzt nur da, sichtlich verkrampft, hält die Zeitung vor sich hin und schaut gelegentlich darüber hinweg Maurice an. Maurice liest ein Buch und macht sich Notizen, und genau das tut er tatsächlich. Er ist ganz vertieft in das, was er tut, und anscheinend mit sich und der Welt zufrieden.

Pauline ist einkaufen in Hadbury, als James und Carol eintreffen. Für gewöhnlich kauft sie nicht am Sonnabendvormittag ein, daher ist es möglicherweise ein bewußter Schachzug – es mag genügen, daß sie es beim Frühstück, als sie in den sonnigen Morgen hinausblickte, plötzlich dringend notwendig fand, ihre Tiefkühltruhe und ihren Kühlschrank aufzufüllen. Und bei ihrer Rückkehr steht der andere Wagen neben dem vom Maurice.

Sie hat keine Möglichkeit gefunden, das gemeinsame Abendessen zu vermeiden. »Du kommst doch morgen abend, nicht?« fragte Teresa gestern abend ganz ruhig. Man kann weder 24 Stunden im voraus Kopfschmerzen geltend machen, noch ist eine anderweitige Verabredung auf World's End denkbar. So ist es denn zur unvermeidlichen Pflichtübung geworden, an die Pauline mit leichtem Mißbehagen immer wieder denkt, während der Tag fortschreitet.

Sie bleibt in ihren vier Wänden und versucht, sich die Gruppe im Nachbarhaus nicht vorzustellen. Das ist schwierig. Es ist ganz natürlich, von Zeit zu Zeit aus dem Fenster zu schauen, und wann immer sie es tut, kann es ihr passieren, daß sie sie flüchtig zu sehen bekommt – einzeln und gemeinsam. Sie sieht Maurice und James miteinander auf der Gartenbank sitzen, Kaffeebecher in der Hand, wie sie sich offenbar eine Atempause im anstrengenden Verlegergespräch gönnen. Sie sieht Teresa allein mit Luke den Feldweg hinauf- und wieder zurückwandern. Sie sieht Carol auf einer Decke ins Gras gestreckt, in Shorts und einem Oberteil, wie sie sich Sonnenöl auf Arme und Beine klatscht.

Sie sieht Maurice aus dem Cottage kommen, vor Carol stehenbleiben und auf sie niederblicken. Pauline kann nicht hören, was gesprochen wird, und Maurice dreht ihr den Rücken zu. Carol bewegt sich nicht. Sie sieht einfach zu

Maurice auf und lächelt, die Augen hinter einer Sonnenbrille verborgen. Und nach wenigen Sekunden wendet Maurice sich ab und geht ins Haus.

Am Spätnachmittag sieht sie Teresa wieder mit Luke auf dem Feldweg, zu ihnen gesellt sich dann James, der stehenbleibt und mit Teresa plaudert: Wo ist Carol? Aha: James' Stimme dringt hinauf zu Paulines offenem Fenster. Carol badet anscheinend. Maurice schreibt eine Stelle in seinem Buch um und hat James freigegeben, daher schlägt James vor, einen kleinen Bummel zur Hügelkuppe zu machen.

Pauline versteht nicht ganz, was Teresa sagt, erkennt aber an ihrer Haltung, an ihren Bewegungen, an der Art, wie sie den Kopf dreht, daß sie sich gegen diesen Vorschlag sträubt. Und Pauline weiß warum. Sie weiß, was Teresa denkt und fühlt. Sie weiß es tief unten in der Magengrube und wüßte es lieber nicht, aber vor diesem Wissen gibt es kein Entrinnen. Es ist das unerbittliche Ergebnis von Erfahrung und Einfühlungsvermögen.

Bei den Tieren sind Schutz und Erhaltung der Jungen eine schlichte Notwendigkeit. Angreifen und sofern möglich umbringen, was so aussieht, als könnte es ihnen schaden. Ein beneidenswertes System, denkt Pauline. Freimütig, unkompliziert und allen Beteiligten vollkommen klar.

»Und jetzt ...«, sagt Maurice. »Wie wäre es morgen mit dem Bauernmarkt? Traktorwettfahrten, Parade der Oldtimer ... Wie wär's?«

»Im Kühlschrank ist Sahne, Mum«, sagt Teresa und serviert den Apfelkuchen. »Könntest du sie holen?«

»Eigentlich«, sagt James, »müssen wir, glaube ich, morgen zurückfahren.«

»Müssen wir wirklich?« sagt Carol.

»Und meine Tante?« fragt James mißbilligend.

»Möchtest du sie in einem Krug?« fragt Pauline.

»Die Dose genügt«, entgegnet Teresa.

»James' Tante kommt von Bournemouth herauf«, erklärt Carol. »Wir müssen sie zum Tee einladen. So was Ödes. Könnten wir nicht die Grippe gekriegt haben?«

»Nein«, sagt James. »Sie gehört zu den Tanten, die ich gern habe.«

Carol zeigt Maurice über den Tisch weg eine Fratze, spielt ungezogenes Kind.

»Macht nichts«, sagt James. »Beim nächsten Mal finden wir einen anderen Bauernmarkt. Und Pauline ist entzückt, wenn es ihr erspart bleibt, hab ich recht, Pauline?«

»Sie sagen es«, sagt Pauline. »Etwas Sahne, James?«

»Der Apfelkuchen ist phantastisch«, sagt Carol. »Sind die Äpfel aus dem Garten?«

»Klar«, sagt Maurice. »Im Morgentau gepflückt?«

»Im Juli pflückt man keine Äpfel«, sagt Teresa. »Aus dem Supermarkt.«

»Hopla!« sagt Carol. Sie droht Maurice mit dem Finger. »Das haben Sie absichtlich gesagt, um mich auf den Arm zu nehmen.«

»Im Gegenteil«, sagt Maurice. »Ich habe keine Ahnung, wann man Äpfel pflückt.«

»Und dabei sitzen Sie da und schreiben ein tolles Buch über das Landleben«, fährt sie strahlend fort. »Schämen Sie sich!«

»Meine Aufgabe ist es, einen Mythos zu demontieren«, sagt Maurice, »und nicht Ratschläge zur Pflanzenzucht zu geben.« Er erwidert ihr Grinsen.

»Und genaugenommen«, sagt James, »ist das Thema des Buches die Fremdenindustrie.«

»Aber das weiß ich doch«, sagt Carol. »Schließlich habe ich schon eine Menge davon gelesen, oder?«

Teresa steht auf. Sie stellt ihren Teller mit Apfelkuchen aufs Abtropfbrett, sie hat nur ein Stück davon gegessen. »Wer will alles Kaffee?«

»Ich nicht, danke«, sagt Pauline. »Ich verschwinde jetzt, wenn ihr nichts dagegen habt.«

»Aber nicht doch«, sagt Maurice. »James hat eine Flasche Calvados mitgebracht. Wo sind denn die kleinen Gläser, Teresa?«

»Vielen Dank, aber danke nein, James«, sagt Pauline. Sie strebt zur Tür.

»Im Geschirrschrank«, sagt Teresa. »Gute Nacht, Mum.«

Pauline schließt ihre Vordertür. Sie setzt den Kessel auf, macht sich eine Tasse Kaffee, setzt sich, nimmt die Zeitung, steht dann wieder auf und sucht ihre Lesebrille. Sie hat sie drüben gelassen, fällt ihr jetzt ein.

Sie verläßt ihr Cottage und will noch einmal in Teresas Küche. Um die Vordertür zu erreichen, muß sie am offenen Fenster vorbei und sieht wenige Sekunden lang den hell erleuchteten Raum, den sie eben erst verlassen hat – eine einladende warme Höhle in der Nacht. Teresa ist nicht mehr da, vermutlich nach oben gegangen, um nach Luke zu sehen. James ist auch nicht zu sehen, aber aus dem Garten dringt der Duft der Zigarette, die er rücksichtsvollerweise im Freien raucht. Teresa mag es nicht, wenn in Räumen geraucht wird, in denen Luke sich aufhält.

Maurice und Carol sitzen einander gegenüber am Tisch, auf dessen Mitte ihre vier Hände verschlungen sind. Pauline sieht, während sie rasch am Fenster vorübergeht, den flammenden Blick von Maurice zu Carol, von Carol zu Maurice.

Pauline tritt ins Zimmer. Die Hände werden jetzt zurückgezogen. Sie schaut weder Maurice noch Carol an, sondern tritt ans Büffet und nimmt ihre Brille.

»Oh«, sagt Carol. »Sie haben Ihre Brille liegenlassen ...«

»Stimmt«, sagt Pauline, »ich habe meine Brille liegenlassen.«

Maurice steht auf. Er hält sein Gesicht von Pauline abgewandt, nimmt sein Glas und geht ins Wohnzimmer hinüber. Carol bleibt, wo sie ist. Sie hat gesehen, was in Paulines Gesicht stand, und blickt nicht gleich weg, sondern starrt sie sekundenlang an – mit einem blauen Blick, der eine kühle Kriegserklärung ist. So ist es nun mal, besagt Carols Blick. So wird es nun mal werden. Tut mir leid und so, aber so geht es eben.

Pauline geht aus dem Zimmer. Myra Sams hebt wieder den Kopf. Myra Sams und all ihre Nachfolgerinnen.

Pauline und Teresa sind im Garten und amüsieren Luke. Es ist Montagmorgen. Maurice sitzt am Schreibtisch. James und Carol sind fort. Teresa hat das verwaschene Aussehen dessen, der nicht geschlafen hat. Und Luke ist anscheinend in einem Zustand akuter Neurose und wechselt zwischen hektischer Betriebsamkeit und stürmischen Tränenausbrüchen.

»Er ist einfach müde«, sagt Pauline. »Soll ich ihn nicht nach oben bringen, vielleicht geht er freiwillig in sein Bettchen?«

»Ich mach's schon«, sagt Teresa angestrengt.

»Bleib hier«, sagt Pauline.

Sie trägt Luke in sein Zimmer hinauf, wo er nach ein paar Minuten verdrießlichem Widerstreben erschöpft absackt.

Hinter Maurices Tür hört man Maschinengeklapper. Pauline macht ein paar Becher Kaffee und geht zurück in den Garten, wo Teresa sitzt und auf die verwilderte Blumenrabatte starrt. In der Ferne hört man ein rhythmisch stampfendes Geräusch: die Ernte hat begonnen. Irgendwo jenseits des Hügels fällt der Weizen vor dem Mähdrescher.

Pauline gibt Teresa einen Becher Kaffee.

»Oh. Danke. Tut mir leid, du solltest arbeiten.«

»Ich bin nur zu glücklich, es nicht zu müssen«, sagt Pauline. »Das neue Manuskript ist todlangweilig.«

»Was ist aus den Einhörnern geworden?« fragt Teresa teilnahmslos.

»Ihr Schöpfer hat ein häusliches Problem. Seine Frau hat ihn verlassen.«

»Warum?« fragt Teresa mit aufflackerndem Interesse.

Pauline erklärt es ihr und sieht Teresas Interesse erlöschen. Teresa denkt, daß diese Frau nicht weiß, wie gut sie es hat.

Es entsteht eine Stille – eine Stille, in der ein wortloses Gespräch stattfindet, das Ergebnis von Jahren der Vertrautheit und intuitiver Deutung eines verzogenen Mundes, eines bestimmten Blickes, Unterströmung alles Gesprochenen. Schau, sagt Pauline, ich weiß Bescheid. Glaub nicht, daß ich nicht Bescheid weiß, nur weil ich nichts sage. Und Teresa sagt – ich weiß, daß du es weißt, und ich will nicht, daß du etwas sagst. Wenn du etwas sagst, werde ich aufstehen und weggehen. Weil ich es nicht aushalte, darüber zu reden, am allerwenigsten mit dir.

»Was ist das für ein Geräusch?« fragt Teresa nach einer Weile.

»Der Mähdrescher. Sie fangen mit der Ernte an.«

Teresa nickt.

»Dabei muß ich immer an den Ort in der Nähe von Marlborough denken. Der lag auch inmitten von Kornfeldern.«

Wieder nickt Teresa. Beide erinnern sich an das Cottage, das sie einmal für die Sommerferien gemietet hatten.

»Es war der Sommer, in dem ich zum ersten Mal meine Tage kriegte«, sagt Teresa. »Ich interessierte mich ausschließlich für verschiedene Sorten von Binden. Das Kornfeld hab ich gar nicht bemerkt.«

»Ich weiß noch, daß du sehr zerstreut warst, ich hielt es für den Anfang von Teenager-Trübsinn.«

»War Harry eigentlich auch da? Den sehe ich irgendwie nicht.«

»Zeitweise«, sagt Pauline. Es war auch der Sommer der kanadischen Philosophiestudentin, an deren Fortschritten Harry ein so übermäßiges Interesse entwickelt hat, aber darauf geht Pauline jetzt nicht ein. Das Bum-Bum-Bum des Mähdreschers und Harrys Anrufe, er käme am Wochenende zu ihnen herunter, wenn er es schaffte, hätte aber möglicherweise zuviel zu tun.

Teresa wirft ihr einen Blick zu. Vielleicht hat sie einen Rückfall in die Jugendskepsis gegenüber Erwachsenengeheimnissen. »Ich bekam gestern eine Postkarte von ihm. Er wird in der zweiten Augustwoche in London sein.«

»Dann mußt du Luke mitnehmen, damit er ihn sieht«, sagt Pauline energisch.

»Ich glaube auch«, murmelt Teresa ohne Begeisterung.

Drinnen im Cottage läutet das Telefon und verstummt fast sofort. Maurice hat abgenommen. Teresa blickt starr ins Gras und beißt sich auf die Lippe.

»Damals in dem Sommer kam mir zum ersten Mal der Gedanke, daß ich eines Tages etwas Eigenes auf dem Land haben wollte«, sagt Pauline. Sie sieht World's End geisterhaft über Zeit und Ort schweben, unterschwellig vorhanden von dem Moment an, als sie es zum ersten Mal in Erwägung zog, vielleicht beim Gang über die Hügel oder beim Essenkochen in der gemieteten Küche. Ein Wunschbild von Alleinsein und Selbständigkeit, die erste bewußte Vorstellung von einem Leben nach Harry. Sie erkennt die gewundene, unsichtbare Linie, die unerbittlich vom Dort zum Hier führt.

»Mmm ...« Teresa tut nur so, als höre sie zu.

Pauline wirft ihr einen verstohlenen Blick zu. Sie weiß genau, wie es ist. Dieser Zustand, von dem es keinerlei Ablenkungen gibt, kein Entrinnen vor der einen, zerfressenden Sorge. In dem es keine Vergangenheit gibt, nur die verzehrende Gegenwart, in der sich alle Kräfte auf die Jagd nach möglichen Ereignissen konzentrieren müssen. Was wird er tun? Wird er wieder nach London fahren? Telefoniert er gerade jetzt mit ihr?

Der Zustand, in dem das Leben zur Wüste werden kann, denkt Pauline. Der Zustand, in dem ganze Teilstücke meines Lebens zerstört worden sind.

»Hör mal ...«, beginnt sie und verstummt. Teresa hebt den Kopf von der Betrachtung des Grases.

»Ja?« sagt sie vorsichtig, ohne die Mutter zu ermutigen.

Pauline tut einen tiefen Atemzug. »Weißt du, was ich hätte tun sollen?« sagt sie schließlich hastig. »Ich hätte mich von Harry trennen sollen, schon viele Jahre früher. Ich hätte sagen sollen, genug ist genug, Schluß, aus – und fortgehen.«

»Oh ...«, sagt Teresa erschrocken.

»Dann wäre dieser Sommer nie gewesen, und ich hätte vielleicht nie Geschmack am Landleben gefunden, und keiner von uns wäre heute hier. Der Gedanke ging mir nur so durch den Kopf. Was mich betrifft, ist Harry übrigens nebensächlich geworden. Das sollte ich vielleicht einmal offen aussprechen. Das erspart es dir, immer so taktvoll zu sein.«

»Ich verstehe.« Jetzt ist Teresa alarmiert. Außerdem ist sie verblüfft. Da kommen Dinge zur Sprache, die man nicht sagt. Verbotener Grund wird plötzlich betreten.

»Dergleichen kommt vor. Das muß man wissen, das ist alles. Was einmal unerträglich war, wird ... wird so, als sei es jemand anders zugestoßen. Jemand, mit dem man Mitleid hat, aber nicht allzuviel Geduld.«

Teresa überlegt sich das. Sie ist von diesen Enthüllungen noch immer etwas aus dem Konzept. Sie mustert ihre Mutter.

»So geht's«, sagt Pauline. »Aber du darfst mich nicht falsch verstehen. Es ist nicht so, daß es nicht mehr wichtig ist – was immer damals war –, sondern daß es sich einfach in eine andere Dimension verlagert. Ein interessanter Vorgang. Jedenfalls – ich dachte, ich sollte es mal erwähnen. Du brauchst also nicht immer durch ein Minenfeld zu lavieren. Was Harry angeht, gibt es keines.«

»Ich verstehe«, sagt Teresa. »Also ... ich bin froh, daß du es mir gesagt hast.« Sie bewegt diese Information innerlich, probiert gewissermaßen aus, ob sie paßt. »Jedenfalls bin ich froh.« Sie scheint drauf und dran, noch etwas hinzuzufügen, läßt es dann. Etwas anderes steigt jetzt auf in dem Blick, mit dem sie Pauline ansieht. Es ist doch nicht das gleiche, sagen Teresas Augen, überhaupt nicht das gleiche. Glaub doch das nicht. Natürlich nicht.

Abend. Stille. Der Mähdrescher ist fort, hat eine Leere hinterlassen, die jetzt unnatürlich wirkt. Alles ist in der Schwebe: eine luftlose Dämmerung, in der Vögel rufen und der Weizen stockstill steht.

Pauline geht hinaus zu ihrem Wagen, auf der Suche nach einem verlegten Notizbuch. Sie findet es nicht, und als sie aus dem Wagen steigt und sich aufrichtet, kommt Maurice aus dem Cottage.

Er tritt zu ihr. Er hält sich nicht mit Umwegen wie Begrüßung oder Bemerkungen über das Wetter auf. Er lächelt schwach, es sieht aus wie die weiße Flagge dessen, der mit einer Friedensbotschaft kommt. »Vielleicht sollten wir uns mal unterhalten«, sagt er.

Pauline antwortet nicht gleich. Sie betrachtet ihn nachdenklich. Dann sagt sie: »Worüber sollten wir denn reden, Maurice?«

Maurice mustert sie schweigend. Er zuckt ganz leicht die Achseln. Dann nicht, sagt sein Blick. Wenn du es so willst. Er wendet sich ab und geht zurück zum Cottage.

Um Mitternacht läutet das Telefon.

»Pauline?« sagt Hugh. Seine Stimme klingt aufgelöst.

»Ist bei dir alles in Ordnung, Hugh?«

»Ja ...«, sagt er. »An sich ... nein. Elaine ist tot.«

Pauline weiß sofort, was geschehen ist. Sie schweigt einen Augenblick. Dann sagt sie: »Oh Hugh ... Wie denn?«

»Tabletten. Ich weiß nicht, woher sie sie hatte. Ich hab von Zeit zu Zeit kontrolliert. Sowas war ja schon immer drin – das war mir klar.«

»Ja«, sagt Pauline. »Ja, ich glaube auch.« Sie zerbricht sich den Kopf, was sie sagen, was sie tun soll. »Möchtest du, daß ich komme?«

»Nicht jetzt gleich. Vielleicht später. Jetzt sind's erst mal die praktischen Dinge. Ich mach am besten gleich weiter.« Er klingt jetzt weniger aufgelöst, nur müde. »Die Beerdigung ist am Dienstag.«

»Oh«, sagt Pauline. Ihre Gedanken stürzen in alle Richtungen davon. Die armselige freudlose Person. Allein mit den Tabletten. Hugh. Und diese Beerdigung. Sollte sie nicht ... Wäre es denn passend, daß sie zur Beerdigung geht?

»Nein«, sagt Hugh und kommt ihr zuvor. »Komm nicht. Ihr Bruder und seine Familie werden da sein. Es gab immer einen Bruder, weißt du, – nicht daß wir ihn oft gesehen hätten. Und ...« Seine Stimme erlischt.

Und auch sonst niemanden, denkt Pauline. Elaine hatte keine Freunde.

»Und Margery«, sagt Hugh. »Die kommt.«

Nein, denkt Pauline, ich sollte nicht hinfahren. Das wäre nicht richtig. Aber der arme alte Hugh – ein Schwall von Mitgefühl erfüllt sie. »Wenn ich bloß bei dir wäre«, sagt sie.

»Wenn du etwas später in der Woche mal nach London kämst ... Wenn alles vorbei ist. Es würde mich aufmuntern. Aber nur, wenn's dir nicht lästig ist.«

»Oh, Hugh«, sagt sie. »Natürlich komme ich. Mittwoch?«

Sie sprechen noch kurz miteinander, und als sie eingehängt hat, liegt sie noch lange wach und denkt an diese verzweifelnde Frau, gefangen in ihrer unentrinnbaren Neurose, und an Hugh, der nun etwas schmerzlich betrauern muß, was vor langer Zeit geschah, weit mehr betrauern muß als diese Verzweiflungstat. Er hat nie von dieser Frau erzählt, die er einmal heiratete und die er schon vor langer Zeit verloren hat. Der Anflug von Verstörtheit in seiner Stimme ist die Folge von Schock und Bestürzung. Seine Aufgabe wird es jetzt sein, sich an ein Leben anzupassen, in dem er von dem Mühlstein befreit ist, der ihm durch die Macht der Gewohnheit möglicherweise so etwas wie ein Halt geworden ist. Er wird wurzellos sein.

» ... am Mittwoch fahre ich also zu ihm hinauf«, erklärt sie Teresa. Und ganz nebenbei auch Maurice. Sie hätte dieses Gespräch lieber mit Teresa allein geführt, aber Maurice kam in die Küche, als sie mittendrin waren, und sie hat seine gemurmelten anteilnehmenden Worte akzeptieren müssen. Er hat Hugh nur zweimal getroffen, und es bestand keine besondere Harmonie zwischen ihnen.

»Natürlich«, sagt Teresa. Sie schaut kurz zu Maurice hinüber.

»Mittwoch ...«, sagt Maurice. »Richtig. Ja. Hör mal, ich werde versuchen, meine Verabredung vorzuverlegen und schon am Montag zu fahren, damit ich dann zurück sein kann.«

Pauline wendet sich ruckartig zu ihm um.

»Ich muß jemand von English Heritage sprechen und was in der Bibliothek erledigen, aber vielleicht kann ich das schon eher machen. Teresa sollte nicht hier allein bleiben und auch noch ohne Wagen.«

»Nein«, sagt Pauline, »das sollte sie nicht.«

»Eben«, sagt Maurice. Er meidet ihren Blick. »Gut, ich sehe zu, daß ich ihn erwische, den Mann von English Heritage.« Er verläßt das Zimmer.

Pauline tritt zu Teresa. »Du könntest ja auch mitfahren. Tu das doch lieber. Wenn er dauernd hin und her muß. Dieser Sommer der Zurückgezogenheit und des Bienenfleißes scheint sich nicht durchhalten zu lassen.« Sie bemüht sich, es leichthin zu sagen, als handle es sich um ein unbeschwertes Jonglieren mit Möglichkeiten.

»Nein«, sagt Teresa. »Ich hab mir das auch schon überlegt. Aber es wäre nur noch schlimmer.« Sie hat es aufgegeben, etwas vortäuschen zu wollen.

»Oh ...« Jetzt empfindet Pauline Schmerz angesichts von Teresas Miene, ihrem Ton. Da ist offenbar mehr passiert. Es ist etwas gesagt, etwas getan worden.

»Ich wüßte trotzdem nicht, wo er ist oder was er tut. Und Luke würde auf der Fahrt heulen, und ich müßte soviel mitnehmen: das Bettchen und den Sportwagen ... Ich würde dort genauso sitzen und grübeln, wo Maurice ist und wann er wiederkommt. Das kann ich ebensogut hier.« Sie bricht ab und tut einen Atemzug, einen gestreßten kleinen Seufzer.

»Grüß Hugh sehr lieb«, sagt sie. »Wenn du ihn nochmal sprichst, ehe du fährst, sag ihm, wie leid es mir tut.«

Pauline nickt. Was sie in Teresas Augen sieht, Teresas mühsam gleichgültiger Ton, ihre eigene schmerzhafte Vertrautheit mit Teresas heimlicher Finsternis, schneidet ihr ins Herz.

Maurice erscheint in Paulines Haustür. Angeblich um sich Papier zu borgen. Der Dorfkrämer versteigt sich nicht dazu, Durchschlagpapier zu führen. Pauline trifft Maurice am Fuß der Treppe, als er sie darum bittet. Sie klettert wieder hinauf, greift einen Stoß Papier und steigt zu ihm hinunter.

»Ich geb es dir wieder«, sagt Maurice mit einem flüchtigen Lächeln.

»Ist nicht nötig.«

Er geht nicht, bleibt stehen.

»Alsdann ...«, sagt Pauline, nun deutlich verabschiedend. Geh, denkt sie, ehe zuviel gesagt wird.

»Ich weiß, was du gedacht haben mußt, Pauline«, sagt Maurice.

»Es könnte doch sein, daß du übertreibst, weißt du.«

»Könnte es?« sagt Pauline, in der es zu glimmen beginnt. »Wenn du das findest, ist es dein Problem und nicht meins.«

Maurice spreizt die Hände in einer entschuldigenden Geste. »Ich sehe schon, was ich auch sage, es wird nichts ändern. Aber falls dir das hilft, möchte ich doch erwähnen, daß James und Carol nicht mehr zu den Wochenenden hierherkommen werden. So klappt es nicht besonders gut. Es ist bequemer, wenn James und ich uns von Zeit zu Zeit in London treffen.«

Aha, denkt Pauline. Sicher ist es in jeder Hinsicht bequemer. Sie sagt nichts, und Maurice bleibt immer noch stehen und schaut zu ihr auf, weil sie auf der steilen Treppe ein paar Stufen über ihm steht. Im Inneren ist es dunkel, nur der Treppenschacht ist sonnenbeschienen und Maurice eingerahmt von einem strahlenden Draußen aus Blau, Gold, Grün von Himmel, Weizen und Hecke, einer Feuersbrunst aus Licht und Farbe. Pauline kann sein Gesicht nicht deutlich erkennen und möchte es auch gar nicht, weil jede Haltung, die er jetzt einnimmt, ob versöhnlich, trotzig oder verschwörerisch, sie verrückt machen würde.

»Eben jetzt«, sagt Maurice langsam, »wünschst du dir wahrscheinlich, ich hätte Teresa nie geheiratet. Das solltest du aber nicht tun. Was immer im Moment vorliegt, das vielleicht ...«

Pauline fällt ihm ins Wort. »Falsch, Maurice. Eben jetzt würde ich dich liebend gern umbringen, wenn ich könnte. Eine Reaktion, die du bestimmt nicht verstehst, aber auch das ist dein Problem.«

Maurice starrt zu ihr hinauf. »Ich habe dich immer für eine vernünftige Frau gehalten, Pauline. Enttäusche mich nicht. Danke für das Papier.« Er wendet sich um und geht.

Jetzt wird die Landschaft zermahlen. Auf der anderen Seite des Hügels zerwirkt ein unsichtbarer Mähdrescher Tag für Tag den Frühjahrsweizen. Traktoren kommen brüllend auf dem Feldweg an World's End vorbei, ziehen Anhänger voller Korn. Auf den Straßen stauen sich jetzt Fahrzeugschlangen und kriechen hinter einem einzelnen Mähdrescher her. Die Drachenaugen der Landmaschinen tasten noch spät abends mit ihren Scheinwerfern über die Felder. Dies ist die Zeit des Jahres, in der einem klargemacht wird, daß ›das Land‹ nicht

Landschaft ist, sondern Industrieunternehmen. Die Busse mit den Besuchern von Stratford müssen hinter den Mähdreschern anstehen, die ein Großteil der Straßenseite einnehmen, die Wagen mit den Wohnanhängern und die gemieteten Wohnmobile müssen keuchend warten, bis der Traktor nach rechts in ein Feld eingebogen ist.

Pauline trifft Chaundy auf dem Feldweg. Beide halten an für den traditionellen Wortwechsel.

»Sie werden jetzt viel zu tun haben, wie?« fragt Pauline.

»Als nächstes kommt diese Partie hier dran«, sagt Chaundy. Sie schauen beide auf den brodelnden Weizen. »Das Wetter sollte verdammt nochmal ein paar Wochen so bleiben«, fügt er hinzu.

»Ist die Ernte gut?« erkundigt sich Pauline.

Chaundy zuckt die Achseln. »Alles verbrannt, oder?« Sein mürrischer Ton besagt, daß jemand ihm das mit Absicht angetan hat, vermutlich die Regierung oder die EU, oder daß es denkbar wäre, daß Pauline selbst die Hand dabei im Spiel hatte. Er haut den Gang in den Peugeot, ein fürchterliches, malmendes Geräusch, das besagt, daß der Meinungsaustausch nunmehr beendet ist. Er beäugt Pauline mit der Miene eines Mannes, der glaubt, etwas vergessen zu haben. Dann fällt es ihm ein. »Ihnen geht's gut?« fragt er mechanisch, während der Wagen schon anfährt.

»Gut«, sagt Pauline. »Einfach gut.«

Der Pflicht ist Genüge getan.

Solche Ritualtänze sind durchaus angemessen, denkt Pauline, während sie die langen Reihen der Regale im dörflichen Supermarkt entlanggeht und versucht, sich zu erinnern, wozu sie hergekommen ist. Chaundy bedeutet ihr nichts, und sie bedeutet Chaundy noch weniger. Erforderlich ist nur gegenseitiges Erkennen und ein Hinweis darauf, daß keine Feindschaft besteht. Hunde machen es auch so.

Gut, sagt man, ganz gleich, wie es einem wirklich geht, körperlich oder seelisch. Der Anstand verlangt das, und daß man nicht zugibt, man sei bankrott, wegen eines Überfalls nur vorübergehend auf freiem Fuß oder litte an einer tödlichen Krankheit.

Zufällig, Mr. Chaundy, bin ich zutiefst bedrückt, weil ich glaube, daß meine Tochter drauf und dran ist, unter der fortgesetzten Untreue ihres Mannes zu leiden. Eines Mannes, den zufällig ich ihr vorgestellt habe. Und mein Ehemann war ebenso veranlagt, ich bin daher eine Kennerin der hierbei entstehenden Gefühle.

Nein, nein, bestens, alles bestens.

Tomatenmark, das war's. Und Obst. Und Milch.

Sie ruft Hugh an, trifft aber nur auf den Anrufbeantworter. Er ist auch nicht im Geschäft. Margery begrüßt sie mit verschwörerischem Tonfall. »Er muß aber bald wiederkommen, Mrs. Carter. Ich sag ihm, daß Sie angerufen haben. Er ist ... ja, ganz unter uns, er ist nicht gut drauf, ist ziemlich durcheinander. Es war ja auch ein Schlag. Obwohl man eigentlich ...« Sie läßt aus Taktgründen einiges unausgesprochen. »Er wird seine Freunde sehr nötig haben, Mrs. Carter.« Hier klingt noch etwas anderes mit, das bei Pauline leichtes Unbehagen auslöst.

Nach ungefähr einer Stunde ruft Hugh zurück. »Kennst du irgendwelche Choräle?«

»Mm«, sagt Pauline. Sei getreu bis in den Tod, denkt sie, nein, das ist ja der für die Trauungszeremonie. »Auf dem Gebiet bin ich nicht sehr beschlagen. Brauchst du wirklich einen Choral? Warum läßt du nicht die Orgel einfach so spielen?«

»Das ist eine gute Idee.« Hugh wird munterer. »Bach. Orgelmusik ist immer von Bach, nicht? Das werde ich denen sagen. Aber da ist noch die Ansprache.« Wieder senkt er die Stimme. »Jemand muß etwas über Elaine sagen. Ich denke, das könnte ihr Bruder tun. Sonst tut das ja wohl der Geistliche, aber ...«

Aber in diesem Fall: Was soll er sagen? Was soll überhaupt jemand sagen? Pauline erinnert sich der munteren Platitüden, die Geistliche bei den Beerdigungen ihrer Eltern von sich gaben, pflichtgetreue, wohlmeinende Männer, die den betreffenden Menschen nie begegnet waren und nur die Aufgabe hatten, für eine reibungslose, möglichst feierliche Zeremonie zu sorgen. »Tu's nicht«, sagt sie. »Sag ihnen, auch das wolltest du nicht. Lies lieber was. Lies ein Gedicht. Hat Elaine jemals etwas für Gedichte übrig gehabt?«

Es entsteht eine Stille. Sie spürt, wie Hugh in einer unvorstellbaren Vergangenheit kramt, in der Elaine noch eine unversehrte Frau war. »Wir waren mal im Urlaub in Frankreich«, sagt er. »Und ich weiß noch, wie wir da mal abends am Strand spazierengegangen sind, und sie hat was von Keats aufgesagt. Etwas, was sie in der Schule auswendig gelernt hatte. ›Du Zeit voll Rauch und mildem Früchtefall ...‹«

»Na, also«, sagt Pauline. »Lies das.«

»Könnte ich doch, oder?« Hugh klingt ermutigt. »Und du kommst am Mittwoch, ja?« fährt er fort.

»Natürlich.«

Die Tage scheinen sich jetzt langsam ineinanderzuschieben. Es kommt der Sonnabend. Dann der Sonntag. Am Sonntagabend bewölkt sich der Himmel, und die Luft verdichtet sich. Es heißt, es werde regnen. Doch jetzt ist Montag, und die Sonne strahlt wie immer.

Es ist der Tag, an dem Maurice nach London aufbrechen wird, um am Mittwoch wiederzukommen, ehe Pauline ihrerseits abfährt. Pauline hatte vorgehabt, sich bis nach seiner Abfahrt fernzuhalten, doch um die Frühstückszeit muß sie dann doch hinüber, denn sie findet in ihrer Post einen an Maurice adressierten Umschlag, den der Postbote durch den Schlitz geschoben hat. Er kann wichtig sein oder auch nicht, der Anstand verlangt jedenfalls, daß sie ihn ihm aushändigt, ehe er abfährt.

Als Pauline den Raum betritt, erkennt sie, daß die beiden Krach hatten. Sie schweigen jetzt, aber die Luft ist geladen, noch immer befrachtet mit allem, was hier drinnen gesagt und empfunden wurde. Die Reste des Frühstücks stehen auf dem Tisch, und Luke hält ein Stück Toast umklammert und macht Luke-Geräusche, die frei von Turbulenzen und den Schockwellen des Zorns, der Vorwürfe und des Trotzes im Raum zu schweben scheinen. Teresa sitzt stocksteif da, ihr Mund ist gequält zusammengezogen. Maurice ist angespannt, sein Gesicht in Schlechtgelauntheit erstarrt.

Pauline übergibt ihm den Brief. »Der hier ist versehentlich durch meine Tür geschoben worden.«

Maurice berichtigt seine Miene etwas. »Danke, Pauline.« Er sieht Teresa einen raschen Seitenblick auf den Brief werfen. »Er ist von einer Frau beim National Trust und liefert mir ein paar Zahlen, um die ich gebeten hatte. Bitte lies ihn, wenn du willst.«

Teresa erstarrt und wendet sich ab.

Pauline geht. Kurz danach hört sie aus der Ruhe ihres Cottages, in dem die Luft nicht geladen ist und das Radio leise eine Kurzgeschichte erzählt, Maurices Wagen starten und sich über den Feldweg entfernen.

Drei Stunden später hat sich Teresa gefaßt, oder doch beinahe. Sie kommt herüber, um zu fragen, ob sie Paulines Wagen borgen kann, um im Dorf Einkäufe zu machen. Luke schläft. Ob Pauline von Zeit zu Zeit nach ihm sehen könnte? Pauline antwortet, daß sie sich etwas Arbeit in Teresas Wohnzimmer mitnehmen wird.

Daher sitzt sie über einer Seite des Nordsee-Öls, als das Telefon klingelt.

»Hallo?« sagt eine Männerstimme. Zufällig ist es Harrys.

»Teresa?« fragt Harry zögernd.

»Nein, ich bin's, Pauline.«

»Oh, hallo.« Dieses Hallo ist anders, es ist eine geschickte Kombination aus Begrüßung und vorsichtigem Sondieren. Es besagt, ich würde gern mit dir reden, aber willst du auch mit mir reden? »Ich ruf nur an, um etwas mit Teresa für übernächste Woche in London zu verabreden, wenn ich wieder hier bin.«

»Und Luke?«

»Ja, richtig«, sagt Harry hastig. »Und Luke, wie geht's Luke?«

»Luke geht es bestens. Teresa ist im Moment nicht da. Rufst du später nochmal an?«

»Aber ja«, sagt Harry. »In ungefähr einer Stunde?«

»Dann wird sie zurück sein. Ich sag es ihr.«

»Und wie geht's dir?« fragt Harry.

»Bestens. Bestens. Also dann, ich sag es Teresa.«

»Ich dachte ... ich hab mir gedacht ... ob du vielleicht übernächste Woche auch dabei sein könntest. Daß wir alle miteinander essen? Es wäre schön, dich zu sehen.«

»Tut mir leid, gerade da werde ich nicht in London sein. Ich bleibe den ganzen Sommer hier an der Arbeit.«

»Oh, ist es ganz unmöglich?«

»Ganz unmöglich«, sagt Pauline energisch.

Als er eingehängt hat, überprüft sie ihre Reaktionen auf diese Stimme. Sie bohrt und sondiert. Schlägt ihr Herz ein bißchen schneller? Beschleunigt sich ihr Puls? Nein, beschließt sie. Nichts. Gar nichts. Etwas jedoch ist vorhanden: ein schwaches Aufzucken von Reue. Sie hat die Enttäuschung in Harrys Stimme gehört, und das hat ein kleines Schuldgefühl ausgelöst, daß sie ihm den Gefallen nicht tun kann – nicht tun will. Mein Gott, denkt sie, wie weit ist es gekommen!

Am Donnerstag geht ein heißer, trockener Wind. Der Weizen wogt in hellen und dunklen Wellen, die sich ineinander auflösen. Staubwolken treiben den Feldweg entlang. Von Zeit zu Zeit trifft Pauline im Garten auf Teresa und Luke. Luke ist gereizt und nicht recht auf dem Damm, er hat einen Ausschlag. Er schwankt zwischen manischen Energieausbrüchen und Anfällen unerklärlichen Kummers. Er ist anspruchsvoll und anstrengend. Pauline beobachtet Teresas geduldige Zuwendung und sieht, daß sie automatisch ist. Ein Teil von ihr ist anderswo – unmittelbar bei Maurice. Sie beobachtet ihn irgendwo in London – sieht ihn, sieht sie. Oder vielleicht läßt sie Revue passieren, was zwischen ihr und Maurice gesagt worden ist.

Abends geht Pauline den Hügel hinauf. Als sie auf

World's End hinabblickt, sieht sie es plötzlich als das, was es ist, ein kleines graues Gebäude in ein Tal geduckt, an die Kulisse des Feldes geschmiegt, isoliert und höchst ortsgebunden. Sie denkt an seine früheren Bewohner, für die der Horizont sich kaum weiter erstreckte als bis zu dieser Hügelkuppe, dem Rain des Ackers und der geschweiften Fläche vor ihr, mit Bäumen, weiteren Feldern und den weiß blitzenden Windschutzscheiben der Wagen, die die verborgene Straße bezeichnen.

Als sie in ihr Arbeitszimmer zurückkommt, blinzelt der Anrufbeantworter mit seinem roten Auge. Hugh hat es sich überlegt, will lieber einen anderen Ort für die morgige Zusammenkunft und macht einen Vorschlag. Ob sie ihn bitte im Geschäft anrufen könnte. Und Chris Rogers sagt: »Hallo. Ich hab was zu berichten. Ich versuch's später nochmal.«

Später sagt er dann: »Ich bin's. Haben Sie einen Moment Zeit?«

»Selbstverständlich.«

»Es ist nur: Sie kommt wieder. Meine Frau. Morgen.«

»Gratuliere«, sagt Pauline. »Wie geht's Ihrem Kleinen?«

»Oh, dem geht's prima. Was immer er gehabt hat – es ist besser.«

»Ah, dann ist es nicht nur mütterliche Besorgnis, was sie zurückbringt.«

»Nein«, sagt Chris Rogers. »Ich habe ganz intensiv ein paar Beziehungen spielen lassen und uns ein Reihenhaus im Geschäftsviertel von Swansea genommen. Die Miete ist gerade noch zu schaffen.«

»Schön«, sagt Pauline. »Ausgezeichnet. Dann sind es also die Verlockungen der Großstadt, oder?«

»Eigentlich hat sie gesagt, sie hätte uns vermißt.«

»Na, klar.«

»Und ich glaube, der Aufenthalt bei der Mutter ...«

»Das auch. Hab ich's Ihnen nicht gesagt?«

»Ja, das haben Sie«, sagt Chris. »Sie waren eine große Stütze, weit über Ihre Pflicht hinaus. Ich hoffe nur, nicht alle Ihre Autoren fallen Ihnen so auf den Wecker.«

»So würde ich es nicht nennen. Die sprechen mit mir meist nur über Strichpunkte und die Verwendbarkeit des Partizips. Und sie schreiben keine Bücher über Einhörner und Werwölfe.«

»Ach, das«, sagt Chris. »Dazu komme ich gerade – nämlich, daß ich das gewisse Kapitel jetzt umschreiben kann.«

»Freut mich zu hören.«

»Ich melde mich dann also. Entschuldigen Sie, daß ich Ihren Abend gestört habe, aber mir war irgendwie nach feiern.« Dann kommt ihm plötzlich ein Gedanke. »Und dabei hatte ich die ganze Zeit keine Ahnung, wie Sie eigentlich ... Ich meine, wie bei Ihnen ...«

»Ich lebe allein«, sagt Pauline. »Meine Ehekrisen sind lange her – Schnee von gestern.«

»Oh«, sagt Chris. Er klingt verlegen. Vielleicht auch ernüchtert. »Entschuldigung. Ich dachte, daß Sie vielleicht ...«

»Also ich freue mich darauf, zu gegebener Zeit wieder von Ihnen zu hören und von den revidierten Werwölfen«, sagt Pauline. »Und bis dahin befolgen Sie meinen Rat und kümmern sich um Ihre Frau.«

»Warte nicht, bis Maurice wieder da ist«, sagt Teresa. »Fahr ruhig, wenn du willst.« Es ist Mittwoch früh, und sie ist schon zeitig an Paulines Tür gekommen, Luke rittlings auf der Hüfte.

»Tja ...« Pauline ist unschlüssig. »Wann meinst du denn, daß er zurück sein wird?«

»Zum Mittagessen, hat er gesagt. Ich komm schon zurecht.«

Teresas Gesicht ist verkniffen, ihre Augen sind dunkel umrandet. Pauline liest darin die schlaflose Nacht, die häßlichen, jagenden Gedanken.

Luke strahlt plötzlich in verspäteter Begrüßung. »Da«, sagt er zu Pauline – unbeschwert, entzückt.

»Ich habe gerade Kaffee gekocht«, sagt Pauline. »Komm rein, es wird dich aufmuntern.«

Teresa wandert in die Küche. Sie bleibt stehen, beißt sich auf die Lippe. »Ich nehme an, du weißt Bescheid«, sagt sie.

Pauline nickt.

»Hast es wahrscheinlich noch vor mir gewußt.«

»Hör zu«, sagt Pauline. »Es muß nicht unbedingt ...«

Teresa setzt sich. »Ja, bitte Kaffee.«

Pauline gießt den Kaffee in geblümte Becher. Sonnenschein durchströmt das Zimmer. Luke hockt friedlich auf dem Fußboden und untersucht gewissenhaft einen Fussel. Irgendwo ist der Mähdrescher schon bei der Arbeit.

»Die ganze letzte Nacht«, sagt Teresa, »hab ich gedacht, vielleicht ist er eben jetzt mit ihr im Bett. Ich hab mir ausgemalt, wie sie es hingekriegt haben. Sie wird James gesagt haben, sie muß zu Besuch zu einer Verwandten oder so etwas. Ich hab um elf angerufen, und er war nicht da. Nicht daß ich im Ernst erwartet hatte, daß er da ist. Er hat gesagt, er geht essen mit einem Kerl, den ich nicht kenne. Ich nehme daher an, daß er in Wirklichkeit bei ihr war. Ich dachte, ich ruf unter irgendeinem Vorwand James an, um zu sehen, ob er zu Hause ist.« Teresa sieht Pauline zusammenzucken. »Nein, ich hab's ja nicht getan. Ich habe nur daran gedacht, stundenlang. Ich habe keine Ahnung, ob James Bescheid weiß. Ich nehme an, schließlich wird er es erfahren.«

Luke hat Paulines Brille entdeckt. Sie nimmt sie ihm weg und lenkt ihn mit einem Apfel ab.

»Ich hätte nie gedacht, daß mal sowas passieren könnte«, sagt Teresa.

»Das tut niemand.«

»Es ist wie ein Hieb in die Magengrube.«

»Hör mal«, sagt Pauline. »Es könnte gut sein, daß ...«

»Doch, doch, es stimmt ganz sicher. Einmal hab ich beim anderen Apparat den Hörer abgenommen, und da hat er mit ihr gesprochen. Als ich hörte, wie ihre Stimmen klangen, wußte ich es. Ich hab gesehen, wie sie einander anschauen. Sie kommen übrigens nicht mehr her, sie und James. Hat Maurice gesagt.«

»Nein. Aha. Hast du ... hast du denn mit Maurice gesprochen? Was sagt er sonst noch?«

Teresas Mund bekommt etwas Verkniffenes. Sie blickt starr über Paulines Schulter und aus dem Fenster. »Maurice sagt nicht viel. Er behauptet, ich sei paranoid und besitzergreifend. Er sagt nicht, daß sie es treiben, und er sagt nicht, daß sie es nicht treiben. Er zuckt die Achseln. Er weicht aus. Er wird böse. Er sorgt dafür, daß ich mir ... unvernünftig vorkomme.« Sie blickt Pauline an. »Wie ist es nur möglich?«

»Ich weiß es nicht«, sagt Pauline. Und dabei weiß sie es.

»Maurice sagt Sachen wie: ›Ich verstehe nicht, wieso du so reagierst?‹ Er sagt: ›Ich dachte, du magst James und Carol gern?‹ Er schaut mich an, als hätte ich an Schlüssellöchern gehorcht und anderer Leute Briefe gelesen. Er geht aus dem Zimmer. Und später ist er, als ob nichts geschehen wäre. Er spricht von etwas anderem, als sei nichts los. Er ist ... zärtlich.«

»Aha«, sagt Pauline. Ja, so läuft das.

»Ich weiß nicht mehr, woran ich bin. Ich fange an zu glauben, alles sei nur in meinem Kopf. Und dann höre ich etwas oder sehe etwas, und dann weiß ich, daß ich es mir nicht nur einbilde.«

Luke hat sich am Tisch gestoßen und beginnt zu wimmern. Pauline nimmt ihn auf den Arm und tröstet ihn. Das erspart ihr eine Erwiderung. Sie hat ohnehin nichts zu sagen.

Teresa blickt auf Luke, scheint ihn aber nicht zu sehen. »Mir ist zumute, als sei ich in ein schwarzes Loch gefallen. Ich habe nicht gewußt, daß man sich so fühlen kann. Und eben jetzt wünschte ich ...« Sie schaut weg, verstummt. Wieder zieht sich ihr Mund zusammen.

Eben jetzt wünschst du, du hättest Maurice nie kennengerlernt, nie geheiratet. Du würdest sogar Luke zurückwünschen in die Nicht-Existenz, nur um von alledem befreit zu sein.

»Ich auch«, sagt sie. »Ich wünschte es auch. Alles, bis auf ...« Sie steht auf, mit Luke auf dem Arm und läßt ihn in Teresas Arm plumpsen. »Wir wollen nicht mehr davon sprechen – das hilft niemandem. Trink noch ein bißchen Kaffee.«

Da sitzen sie nun, in der Küche von World's End, zusammen, getrennt und anderswo. Teresa befindet sich in London und belauert Maurice, und sie befindet sich auch in der letzten Woche und der Woche davor und der noch davor –

deutet einen Blick, spult ein Gespräch zurück. Auch Pauline betritt andere Zeiten, andere Orte. Nur Luke ist im Hier und Jetzt, er wackelt im Zimmer herum und erforscht die Teppichfransen, eine Feder, ein abgebranntes Streichholz, einen Sonnenstrahl.

Follets Buch-Raritäten ist geschlossen, als Pauline um halb sieben eintrifft. Hugh wird hinten im Büro sein, sie sollte läuten. Sie bleibt stehen und schaut kurz ins Schaufenster, in dem Erstausgaben von Kinderbüchern ausgestellt sind, illustriert von Arthur Rackham und Dulac, außerdem topographische Bücher vom Anfang des 19. Jahrhunderts. Und dann sieht sie, daß Margery da ist, die aufblickt und sofort an die Tür kommt.

»Ein Kunde hat ihn mit Beschlag belegt, Mrs. Carter, deswegen bin ich dageblieben. Um Sie hereinzulassen. Anscheinend kann er ihn nicht loswerden.«

»Vielleicht können wir ihn retten, indem wir so tun, als sei ich auch eine Kundin.«

Margery hat Bedenken. Nein, denkt Pauline, ich sehe für diese Rolle nicht richtig aus: kein Regenmantel, keine abgeschabte Aktenmappe. »Wir haben ja noch genug Zeit. War gestern – alles in Ordnung?«

»Soweit es in solchen Fällen möglich ist, lief alles glatt.« Der diskrete Vorbehalt in Margerys Ton enthält ein ganzes Szenarium. Pauline sieht die kleine Trauergemeinde in der Krematoriumskapelle vor sich, den beflissenen Blumenschmuck, die salbungsvolle Ansprache beim Gottesdienst.

Margery seufzt. »Jedenfalls ist es nun vorbei. Er wird erleichtert sein.« Es ist nicht klar, ob sie von der Beerdigung spricht oder von etwas Allgemeinerem. Sie ist eine Frau anfang fünfzig, klein und lebhaft, stets zurückhaltend gekleidet. Es kommt Pauline in den Sinn, daß sie nichts über

Margerys persönliche Verhältnisse weiß. Ist sie verwitwet oder geschieden? Keins von beidem? Sie ist Hugh sichtlich sehr zugetan, schon immer mit der Hingabe der geborenen Zuarbeiterin. Sie führt das Geschäft, wenn Hugh außer Landes ist, und ist immer zur Hand, wenn es gilt, ihn an etwas zu erinnern. Was sie wohl während all dieser Zeit für ihn empfunden hat? Pauline betrachtet Margery mit neuen Augen. Sie überlegt, was sie selbst empfinden würde, wenn Hugh …

»Er hat es gut durchgestanden«, sagt Margery in gedämpftem Ton mit einem Seitenblick zur Tür von Hughs Büro. »Ich fürchte nur, daß es ihn nächste oder übernächste Woche erst so richtig treffen wird. Da wird er Beistand brauchen.«

»Ja«, sagt Pauline. »Ich bin froh, daß er Sie hat, Margery. Ich weiß, was für eine wundervolle Hilfe Sie waren.«

Margery zuckt leicht die Achseln, womit sie offenbar meint, es sei nicht der Rede wert, oder daß sie sowieso dafür bezahlt wird. »Er verdiente es wirklich auszuspannen, der Ärmste. Ich sähe ihn gern mal fröhlicher.«

»Ich auch.«

»Ganz recht.« Margery hat sich an ihren Schreibtisch gesetzt und zieht für Pauline einen Stuhl heran. Ihr Blick ist zugleich vorsichtig und ein klein wenig streng. Misch dich nur nicht in meine Angelegenheiten, scheint er zu besagen. Paulines eben erwachte Aufmerksamkeit wird noch schärfer. »Mrs. Carter, ich weiß, daß Sie zu seinen engsten Freunden gehören, wir wollen also bestimmt das gleiche für ihn.« Sie bricht ab, weil Hughs Tür sich öffnet und er mit einem Japaner herauskommt, den er mit einem kleinlauten Blick auf Pauline zur Straße hinausbegleitet.

»Ja, ich muß jetzt gehen«, sagt Margery. Sie nimmt Mantel und Handtasche. »Ich überlasse ihn Ihnen, Mrs. Carter.«

Sie bleibt in der Tür stehen, wo Hugh sich von dem Japaner befreit hat, und wechselt leise ein paar Worte mit ihm, ehe sie die Tür aufschließt und die Straße hinunterstöckelt. Sie gehört zu den Frauen, die immer hohe Absätze tragen.

»Tut mir leid,« sagt Hugh. »Nette Geschäftspartner, die Japaner, aber beide Parteien verschwenden viel Zeit für Höflichkeiten, und dadurch dauert alles doppelt so lang. Margery hat gesagt, sie kümmert sich um dich.«

»Hat sie auch. Hat er was gekauft?«

»Ja, dies und das«, sagt Hugh unbestimmt. »Im Moment ist alles Botanische bei denen in, und davon hab ich nicht viel auf Lager. Gehen wir? Ich muß ganz dringend was trinken. Ich dachte, wir essen italienisch, wenn dir das recht ist.«

Im Restaurant stürzt er einen Campari in wenigen Zügen hinunter. »Ich glaube, ich bestell mir noch einen. Sonst bin ich nicht so, oder? Meinst du, daß ich ein alter Säufer werde?«

»Das glaube ich eigentlich nicht. Du hast eine böse Woche hinter dir, das ist alles.«

»Da hast du nur zu recht.« Plötzlich sieht er erschöpft aus, fährt sich mit der Hand über das Gesicht. »Nun, jetzt ist alles vorbei ...« Er schweigt einen Augenblick. »Jedenfalls ist dies hier ein Genuß. Danke, daß du gekommen bist.«

»Sag mir etwas«, sagt Pauline. »War Margery je verheiratet?«

»Großer Gott, nein. Sie lebt in Richmond mit einer anderen Frau.«

Natürlich, denkt Pauline. Das war begriffsstutzig von

mir. Sie sagt: »Ich habe mir all die Jahre vorgestellt, daß Margery eine heimliche Leidenschaft für dich hätte und jetzt damit herauskommen wird.«

»Das wäre ungefähr das Letzte, was sie täte, ehrlich. Ihre Freundin ist Schweizerin. Ivette heißt sie. Macht phantastische Torten. Margery bringt mir manchmal eine mit.«

Die Kellnerin kommt, und sie bestellen. »Das hier wird mein erstes richtiges Essen, seit ... nun ja, seit es passiert ist«, sagt Hugh. »Mir war nicht nach Essen. Ich war selten zu Hause. Ich hab im Büro gepennt, aber ich glaube, so kann ich nicht weitermachen.«

»Verkauf es.«

»Was, das Büro?« sagt Hugh erschrocken.

»Nein, nein, das Haus. Du brauchst dort nicht mehr zu wohnen. Kauf dir eine Wohnung in der Stadt. Das hättest du schon immer gern getan.«

»Ja. Ja, das könnte ich doch, nicht wahr?« Hugh überlegt. Es ist, als würde er von seiner neuen Freiheit der Wahl überwältigt. »Ja ... eigentlich ... ich glaube, das tu ich.«

»Wenn du soweit bist. Du brauchst nichts zu überstürzen.«

»Nein.« Er runzelt die Stirn und blickt konzentriert auf das Brot, das er zerkrümelt. »Weißt du ... wir waren 27 Jahre verheiratet. Ich hab das nie so recht gemerkt, bis ich ihre Papiere geordnet habe. Ich habe ihr zum Hochzeitstag immer Blumen gebracht, aber ich habe die Jahre nie gezählt. Aus naheliegenden Gründen, meine ich.«

»Hugh ... Wann hat alles angefangen? Mit Elaines Krankheit?«

Er sieht sie über den Rand des Glases hinweg an. Sie ist auf verbotenes Terrain vorgedrungen, und einen Moment scheint es, als ob er ihrer Frage ausweichen, umschwenken wird auf die Beurteilung des Restaurants oder den Bericht über eine Buchkauf-Reise. Dann gibt er auf.

»Fast sofort. Ich dachte, ich sei irgendwie schuld. Erst ging es ihr gut, und ungefähr innerhalb von einem Jahr verwandelte sie sich in eine andere. Konnte nicht mehr reden. Wollte nicht mehr aus dem Haus. Sehr munter und extrovertiert war sie ja nie, aber es war klar, daß irgendwas schrecklich verkehrt gelaufen war. Ich brachte sie natürlich zu Fachleuten. Zu Spezialisten.«

»Und was haben die gesagt?«

»Ach, alles. Agoraphobie hieß es einmal. Dann wieder Mißbrauch durch die Eltern. Irgendwas Schmutziges im Holzschuppen, als sie sechs Jahre alt war. Dann wieder: sexuelle Funktionsstörung.«

»War es das denn?«

»Sex? Nun, sie war in dem Punkt nicht besonders interessiert, könnte man sagen. Aber ich bin ja selber auf dem Gebiet nicht übertrieben anspruchsvoll.« Hugh meidet Paulines Blick. »Angemessene Häufigkeit, mehr hab ich nie verlangt. Trotzdem habe ich anfangs gedacht, es läge an mir.«

»Es lag nicht an dir«, sagt Pauline. »Ich bin überzeugt, es wäre in jedem Fall so gekommen.«

»Heute glaube ich das auch. In gewisser Weise weiß ich, was es war. Sie hielt ganz einfach nichts von sich. Sie dachte, sie hätte absolut nichts zu bieten, sie sei langweilig, häßlich, dumm und untüchtig. Andere Menschen wurden eine Bedrohung. Ihr blieb nichts, als sich zu verstecken. Fehlende Selbstachtung, nennt man das nicht so?«

»Ja, ich glaube.«

»Schließlich machte sie das zu ... nun ja, sie hörte einfach auf, das zu sein, was man auf irgendeinem Gebiet normal nennt. Das finde ich am allerschlimmsten, daß eine Frau zu zerstören ist durch die Meinung, die sie von sich selbst hat.«

Pauline nickt. »Manchmal geschieht auch das Umgekehrte. Menschen, die sich selbst erschaffen.« Sie denkt an die Höhenflüge der Selbstzufriedenheit, die eine ganze Karriere antreiben können, an das Selbstbewußtsein, das sich sein eigenes Image konstruiert.

Das Essen kommt. Hugh beginnt von der Beerdigung zu berichten. »Mit der Orgelmusik hattest du recht. Ein Choral wäre zu pathetisch geworden. Das Ganze war sowieso einigermaßen gräßlich. Dieser Moment, in dem der Sarg anfängt hinunterzusinken, und ich dachte ... Aber Elaine war ja im Grunde schon seit langem nicht mehr dagewesen. Sie hat seit Jahren kaum noch mit mir gesprochen, verstehst du.«

»Es ist vorüber«, sagt Pauline sanft. »Jetzt wird alles anders.«

»Ja. Ich hab versucht, mir das vorzustellen.«

»Iß deine *saltimbocca* ... Das hast du doch bestellt?«

Hugh nimmt Messer und Gabel zur Hand. »Mmm. Schmeckt prima. Jetzt erzähl du mal, was du so gemacht hast.«

»Nichts«, sagt Pauline. »Gearbeitet. Das Weizenfeld beobachtet.«

»Komm doch wieder nach London.«

»Nein. Jedenfalls noch nicht.«

Irgend etwas hört er aus ihrem Ton heraus. »Ich begreife nicht, was dich da unten so festhält.«

»Das Wetter zum Beispiel«, sagt Pauline. »Es ist der schönste Sommer seit fünfzig Jahren, heißt es.«

»Unsinn.« Er sieht sie durchdringend an. »Da ist noch was anderes, das merke ich doch.« Er hört auf zu essen, von plötzlichem Scharfblick gebremst. »Oh Gott, daran hätte ich ja schon längst denken sollen. Hast du ... Gibt es da einen Mann?«

Pauline lacht. »Soviel Glück hab ich nicht ... Natürlich gibt es keinen Mann, Hugh.«

Er seufzt. »Tut mir leid, aber ich bin froh, das zu hören. Es hätte mich noch mehr aus dem Takt gebracht, als ich es schon bin.«

Viel später, wieder in ihrer Wohnung, kann sie nicht schlafen. Sie liegt da und lauscht den Nachtgeräuschen der Großstadt: dem schrillen Pulsieren der Einbruchssicherung eines Wagens am Ende der Straße, dem Heulen einer Polizeisirene, Stimmen, Schritte, eine zugeschlagene Tür. Anonym und neutral.

Pauline denkt an World's End, wie es in der schweigsamen Finsternis eines Tales thront. Sie beschwört herauf, wie es riecht, wie es sich anfühlt. Aber dabei ist nichts Neutrales. Es ist voll von Stimmen und Gesichtern. Am deutlichsten Teresas Küche Anfang der Woche beim Frühstück, die von Feindseligkeit vibriert.

»Hallo?« sagt Teresa. »Wie war's mit Hugh?« Sie ist auf den Feldweg herausgekommen, als Paulines Wagen hält, lugt unter einem geheimnisvollen Schleier hervor und tut so, als freue sie sich ganz einfach, ihre Mutter zu sehen. »Wie geht's ihm denn?« sagt sie noch einmal, als merke sie nicht, daß sie sich wiederholt.

»Hugh scheint wieder aufzutauchen. Wir hatten einen netten Abend miteinander.«

»Aha. Wie schön.«

Aus dem offenen Fenster von Maurices Arbeitszimmer kommt das Raspeln seines Druckers. Ratsch, ratsch, immer hin und her. Soll ich dir sagen, was du tun sollst, denkt Pauline. Verbrenn sein Buch. Es konzentriert das Gehirn wundervoll. Aber Teresa wird nie so etwas tun, sie wird nicht einmal versuchsweise ein, zwei Seiten verbrennen. Sie ist nicht der Typ, der Bücher verbrennt. Sie selbst ist es, die verbrennen wird.

Pauline geht ins Haus, um sich um die Post und den Anrufbeantworter zu kümmern. Von der Bekannten, die für September die Reise nach Venedig vorhatte, ist eine Karte da. Der Autor der Nordsee-Ölbohrungen hat ein paar Fragen aufs Band gesprochen. Es ist Zeit fürs Mittagessen, daher macht sie sich einen Salat und liest eine Weile die Zeitung, bevor sie ins Arbeitszimmer hinaufgeht. Sie fängt an, die einzelnen Punkte der vom Nordseeöl-Autor aufgeworfenen Fragen durchzugehen, aber sie kann sich nicht konzentrieren. Sie sitzt an ihrem Schreibtisch und starrt auf die maschinengeschriebenen Seiten vor sich.

Ich könnte wegfahren, denkt sie. Ich könnte allem den Rücken kehren, da ich ohnehin nichts tun kann. Ich könnte nach London ziehen und dort arbeiten und meine Bekannten anrufen und sie zum Abendessen einladen und ins Kino gehen und Hugh aufheitern. Im September fahre ich sowieso nach Venedig.

Aber sie weiß, sie wird bleiben. In diesem Sommer – egal was geschieht – muß es durchgestanden werden.

Der Juli ist hinübergeglitten in den August. Und alles ist verbrannt. Jetzt sind die Wegränder ausgebleicht zu ledernen

Grasbüscheln und den braunen Kandelabern des Knöterichs. Die blauen Seen des Flachses sind versickert. Statt dessen gibt es jetzt die Mohnblumen – rote Striche im reifen Weizenfeld oder eine flammende Röte an der Straße. Der Weizen liegt schon zum größten Teil – ganze Streifen goldener Stoppeln sind gesprenkelt von gewaltigen, in Jute verpackten Rollen.

In World's End schleichen die Tage. Maurice kommt und geht häufig. Er scheint ständig etwas zu benötigen: Zeitungen, Bierdosen, Weinflaschen, Büroklammern. Der Wagen verschwindet in einer Staubwolke den Feldweg hinunter, ist eine halbe Stunde oder eine ganze Stunde später wieder da, aus dem Dorf oder aus Hadbury oder wo immer er gewesen ist. Es ist deutlich: Er kommt nicht zur Ruhe. Abends patrouilliert er im Garten und kippt dabei gläserweise Rotwein. Mehrmals verschwindet er länger – für zwei Stunden, für einen Nachmittag. Er hakt noch ein paar Sehenswürdigkeiten der Gegend ab, sagt Teresa. Spritztouren also, gerechtfertigt im Namen der wissenschaftlichen Forschung. Doch Teresa hat ihn auf diesen Fahrten nie begleitet. »Es würde für Luke zu heiß, er würde quengeln«, erklärt sie und kommt dadurch jeder Bemerkung von Pauline zuvor. »Und überhaupt war ich schon mal dort.«

Es ist zur Zeit sehr ruhig in World's End. Die einzige Stimme, die man ständig hört, ist die von Luke. Durch das Cottagefenster hört Pauline Luke. Sie hört Teresa mit Luke sprechen. Sie hört Teresa nicht mit Maurice sprechen oder Maurice mit Teresa. Abends schnattert das Fernsehen oder ein Promenadenkonzert ergießt sich in die warme Dunkelheit.

Pauline möchte nicht darüber nachdenken, was im Nachbarhaus gesagt oder nicht gesagt wird. Besonders letzteres, weil sie gezwungen ist, es jedesmal zu erkennen, wenn sie Teresa begegnet und ihr aufmerksam ins Gesicht sieht, wenn Teresa mit Luke im Garten herumgeht oder ihn festhält, weil er versucht den Zaun neben dem Feldweg zu überklettern. Teresas Gesicht verändert sich von Tag zu Tag. Es verliert seine Munterkeit. Es gibt keine Augenblicke unvermuteter Erleuchtung mehr, diese Fluchten aus dem nüchternen Ernst, diese Fluchten aus der Konzentration in die plötzliche Beschwingtheit. In Teresas Gesicht kommt die Sonne nicht mehr zum Vorschein. Vor allem das Strahlen gibt es nicht mehr, wenn sie Maurice erblickt, wenn er ins Zimmer tritt, wenn er sich ihr zuwendet.

»Leider schon wieder ich«, sagt Chris Rogers.

»Ah. Ist alles in Ordnung? Hoffentlich! Ist Ihre Frau …?«

»Ja, sie ist wieder da. Gott sei Dank. Auf dem Gebiet ist alles gut und schön. Die Sache ist nur die – ich hab mich noch immer nicht an das Kapitel setzen können.«

»Macht nichts«, sagt Pauline.

»Es ist nämlich so, Tom war sehr krank, unser Dreijähriger. Ganz plötzlich, aus heiterem Himmel, peng! Einen Tag putzmunter, fiel uns allen auf den Wecker, und 24 Stunden später lauter Telefonate und Krankenwagen und Ärzte, die die Korridore im Krankenhaus entlangrennen, und er bewußtlos und überall an Schläuchen. Mein Gott, sowas möcht ich nicht nochmal erleben.«

»Ist er über den Berg?«

»Ja. Es heißt, er wird wieder ganz gesund. Sue ist jetzt noch in der Klinik, aber nächste Woche darf er heim. Es war eine Art rasanter Lungenentzündung. Jedenfalls ist es vorbei.

Du lieber Himmel, ich wußte nicht, daß man sich so fühlen kann. Als ob man in ein schwarzes Loch geworfen würde.«

Pauline ist still. »Ja«, sagt sie schließlich. »Ich kann es mir vorstellen. Ich hab so etwas zwar nie erlebt, aber ich kann es mir vorstellen.«

»Ich habe Sie nie gefragt: Haben Sie Kinder?«

»Ja. Eines.«

»Aha, dann können Sie es. Sich vorstellen, meine ich. Bis jetzt war das Vatersein für mich eine Sache mit anfänglicher Euphorie und großem Staunen und dann ein schlafloses Eingekerkertsein mit winzigen Größenwahnsinnigen, die nur eins bezwecken – sich wehzutun. Entweder man dreht sich vor lauter Angst um die eigene Achse, oder man möchte sie umbringen. Man könnte auch *für sie* morden, wenn es not täte. Ich meine, Himmel nochmal, man ist kein Mensch mehr. Ich sehe mir die Tierfilme an und denke, jawohl, stimmt, sowas bin ich auch. Nur ein Vehikel für den genetischen Trieb. Stimmt doch?«

»Stimmt«, sagt Pauline. »Genau meine Gefühle.«

»Und dann passiert sowas, und man merkt, daß man überhaupt nichts begriffen hat. Bis dahin war man ein Einfaltspinsel, ein Blödmann. Puh! Aber es hört schließlich mal auf, heißt es.«

»Was hört auf?«

»Sie werden erwachsen. Ihres doch wohl auch? Sohn oder Tochter?«

»Tochter. Es hört auf, haben Sie gesagt?«

»Nicht direkt, glaube ich«, sagt Chris. »Aber sie bekommen doch ein bißchen Selbsterhaltungstrieb und lassen einen nachts schlafen.«

»Ach – tatsächlich.«

Eine Pause. Chris wird vorsichtig. »Bin ich da im Irrtum oder was?«

»Ein bißchen, fürchte ich. In Wirklichkeit wird es so, daß man zwar nicht mehr binnen Sekunden hinstürzen muß, bevor sie aus dem Fenster fallen oder sich verbrühen, aber man muß danebenstehen und zuschauen, wie es passiert. Oder darauf warten, daß es passiert. Oder grübeln, ob es passieren wird.«

»Oh«, sagt Chris. »Ich hatte bislang vor, zu ihnen zu sagen: So, jetzt seid ihr selbständig. Paßt auf euch auf. Ich gehe emotional in Rente.«

»Sagen können Sie es. Leider empfindet man es nicht so. Schön wär's. Und doch – das möchten Sie aber im Moment sicher nicht hören.«

»Ich verstehe schon, worauf Sie hinauswollen. Die Strafe ist lebenslänglich. Dann bringe ich das Buch lieber jetzt unter Dach und Fach, während dieser kurzen Atempause. Ich dachte nur, ich müßte Ihnen die Verzögerung erklären.«

»Schicken Sie mir das Kapitel, wenn Sie soweit sind«, sagt Pauline. »Sie müssen zu Atem kommen, meine ich. Und ich bin aufrichtig froh, daß es Tom wieder gutgeht.«

Wieder fährt Maurice nach London. Pauline erfährt es erst am Spätnachmittag, als sie merkt, daß der Wagen, der morgens früh wegfuhr, noch immer nicht zurück ist. Sie findet Teresa und Luke im Garten. Luke wirft seine Bauklötze ins Blumenbeet, und Teresa holt sie geduldig wieder heraus.

»Ist Maurice fort?« fragt Pauline unverblümt.

»Er wollte zu einem Vortrag in London. Und er brauchte ein paar Unterlagen.« Teresa klingt ausdruckslos. Sie sieht

Pauline offen an. »Das hat er jedenfalls gesagt. Er kommt morgen wieder.«

Pauline fährt eine eisige Faust in den Magen. Teresa sicherlich auch. Sie weiß nichts zu sagen, daher läßt sie sich nieder ins Gras und fängt an, aus Lukes Bauklötzen einen Turm für ihn zu errichten. Sie baut ihn und Luke wirft ihn um, und dann baut sie ihn wieder, und Luke wirft ihn wieder um. Teresa sitzt auf der Bank und sieht schweigend zu. Luke ist hell begeistert.

Pauline träumt. Sie träumt von Harry.

Harry kommt durch die Küchentür in World's End herein. »Tag auch«, sagt er. »Und wie geht's *dir*.« Er ist keinen Tag älter. Er ist genau wie er war, als ihn Pauline zuletzt sah, und das ist jetzt viele Jahre her. Er ist ganz einfach Harry.

»Geh weg«, sagt Pauline gereizt. »Ich will dich hier nicht haben.«

Harry schüttelt mißbilligend den Kopf. »Nicht so laut. Teresa könnte es hören.«

»Teresa soll es hören.«

Jetzt wird Harry streng. »Dann bist du eine schlechte Mutter, Pauline.«

»Das sagst ausgerechnet du«, schnauzt Pauline.

Harry schüttelt den Kopf. »Ich habe Teresa immer sehr liebgehabt.«

»Wenn du gerade einen Moment übrig hattest.«

»Pauline«, sagt Harry. »Ich hatte zu arbeiten.«

»Wir haben alle unsere Arbeit.«

»Schätzchen, ich bin nicht hergekommen, um zu streiten.«

»Ich habe dich nicht gebeten herzukommen«, sagt Pauline. »Ich will, daß du gehst.«

Und da fängt Harry an zu weinen. Er steht da, und Tränenbäche laufen ihm über das Gesicht. Es ist ein Traum, und in Träumen ist die Glaubwürdigkeit aufgehoben, daher kommt Pauline nicht in den Sinn, daß ein solches Verhalten unvorstellbar ist und überhaupt nicht zu ihm paßt. Harry weint nie, niemals. Sie ist auch nicht erstaunt, daß Teresa, ungefähr sechsjährig, jetzt in der Küche von World's End aufgetaucht ist und ihren weinenden Vater ansieht.

»Beachte ihn gar nicht«, sagt Pauline zu Teresa. Und Teresa starrt ihn weiter an.

Und jetzt, weil es nun einmal ein Traum ist, hat die Küche von World's End sich aufgelöst in das Reihenhaus in der Domstadt. Auch das wundert Pauline nicht, wohl aber die Tatsache, daß Harry – der nun nicht mehr weint – jetzt von einer ganzen Schar von Frauen begleitet ist, von denen sie einige, aber nicht alle erkennt. Myra Sams, Mrs. Gatz, noch andere.

»Glaub ja nicht, daß ich für die Mittagessen koche«, sagt Pauline. »Ich denke nämlich gar nicht dran. Es sind ja Dutzende!«

»Pauline, du hast immer gern übertrieben«, sagt Harry. Die Frauen, die hinter ihm auf der Lauer liegen, graue, schattenhafte Un-Personen wie Seelen im Fegefeuer, sagen und tun nichts. Sie sind nur da.

»Mach, daß du sie los wirst«, sagt Pauline. »Sofort.«

»Kann ich nicht«, sagt Harry. »Sie sind passiert, das ist alles. Ich kann nichts daran ändern. Du weißt es.«

Die Mähdrescher kriechen näher an World's End heran. Das Bums-bums hat die Hügelkuppe erreicht. Bald wird das Feld von World's End an die Reihe kommen. Der Zwanzigacker. So heißt das Feld anscheinend. Pauline hat es einmal von Chaundy erfahren. »Wie heißt denn dieses Feld?« hat sie gefragt. »Das ist der Zwanzigacker«, hat Chaundy kurz angebunden erwidert und sie angeglotzt, als habe sie etwas Idiotisches von sich gegeben. »Ich dachte, Felder hätten noch besondere Namen«, sagt Pauline. »So wie Perkins Place und Wood Assarts und Long Lea.« »Davon weiß ich nichts«, sagte Chaundy. »Es sind eben zwanzig Acres.« Pauline erinnerte sich, daß ihre Information aus einer Fernsehsendung stammte, und nahm an, daß solche Sendungen die letzte Fundgrube derartiger Geheimwissenschaften seien.

Der Zwanzigacker wird also binnen kurzem dem Mähdrescher zum Opfer fallen, die Traktoren brüllen auf dem Feldweg auf und ab und tragen das Korn der zehn Acre oder der fünfzehn Acres oder der fünfundzwanzig Acres auf dem Hügel fort. Nach allem, was man so hört, ist es keine gute Ernte. Die Lokalzeitung bringt das Bild eines Bauern mit vorwurfsvoller Miene, der eine verschrumpelte Weizenähre hochhält. Selbst die Landesnachrichten, die im August ein gewisses Defizit an politischen Skandalen und weltweiten Katastrophen verzeichnen, erwähnen die Tatsache zugleich mit Rekordzahlen bei Eis- und Limonadeumsätzen. Die Nation ist jedenfalls zur Zeit auf Urlaub und nicht interessiert an Landwirtschaftlichem.

In World's End ist die Ernte nur Szenerie und Geräuschkulisse. World's End ist anderweitig in Anspruch genommen.

Im großen und ganzen gehen sich Pauline und Maurice aus dem Weg. Das heißt, manchmal trifft Pauline im Garten auf Teresa und Maurice oder in Teresas Küche auf Maurice, der zufällig dort ist, doch sie bemüht sich, nicht mit ihm allein zu bleiben. Sie hat Maurice nichts mehr zu sagen, weder jetzt noch überhaupt, was allerdings eine schwer vorstellbare Aussicht ist. Maurice ist zu Pauline beflissen höflich, wenn Teresa dabei ist, er scheint sie nicht zu meiden, vielmehr seinem gewohnten Tagesablauf nachzugehen. Bringt ihn der mit Pauline in Berührung, auch gut. Dann macht er eine Bemerkung, irgendeine nichtssagende, belanglose – und lächelt ihr zu, sein merkwürdiges Lächeln. Schau, scheint er zu sagen, dieser Anfall von Übelwollen ist ausschließlich deine Sache. Wir wollen uns doch aufführen wie vernünftige Menschen.

So entfalten sich die Tage. Verkniffene, verspannte Tage. Blau-goldene Tage, an denen die Sonne herunterbrennt.

Pauline stellt fest, daß Maurices Wagen unterwegs ist, zu Besorgungen in Hadbury oder sonstwo, daher geht sie ins Nachbarhaus auf Besuch. Sie amüsiert Luke, während sich Teresa im ersten Stock die Haare wäscht. Das Telefon klingelt.

»Gehst du ran, Mum?« ruft Teresa.

»Teresa?« sagt die Stimme von James Saltash unsicher.

»Nein, Pauline.«

»Ich dachte es mir fast …« James zögert. »Ist Maurice da?«

»Im Moment ist er außer Haus. Soll ich Teresa bitten, ihm auszurichten, daß er Sie zurückrufen soll?«

»Nicht nötig«, sagt James. Seine Stimme klingt etwas kalt, etwas verkrampft. Doch das, spürt Pauline, gilt nicht ihr. »Könnte vielleicht jemand ausrichten, daß der Indexverfasser, den wir bei seinem letzten Buch hatten, diesmal nicht zu haben ist und daß wir uns nach jemand anders umschauen? Er braucht mich nur dann anzurufen, wenn er damit nicht einverstanden ist.«

»Ist gut«, sagt Pauline.

»Und wie geht es Ihnen? Hier ist es drückend heiß. Sie haben Glück, daß Sie das nicht mitmachen müssen.« Sie plaudern noch kurz, ehe Pauline einhängt.

Er weiß es also. Oder wenn nicht, hat er es gewittert, und diese Witterung war so scharf, daß es ihn aus dem Gleis geworfen hat. Armer Kerl. Obwohl ihn das natürlich – wenn er es wüßte – im Lauf der Zeit von diesem Mädchen lösen wird. Wenn er genug Selbsterhaltungstrieb hat. Dadurch wird er vielleicht jemanden treffen, der mehr sein Format hat. Aber eben jetzt ist er aus dem Gleichgewicht, was man an seiner Stimme merkt, an der Art, wie er Maurices Namen ausspricht, an einer bei ihm ungewohnten Reserviertheit. Die menschliche Stimme ist etwas Sonderbares, denkt Pauline. Verblüffend viel kann sie ausdrücken, so oder so. Kein Wunder, daß der Schauspielerberuf so viel bewirkt. Zur Zeit hilft es ihr, die Gedanken auf solche interessanten, abstrakten Dinge zu richten.

»Vielleicht solltest du zur Bühne gehen«, sagt sie zu Luke. »Sag mal ›Daddy‹! Nein, tu's nicht. Sag mal ›Mummy‹. Mum-mum-mum ...«

Luke schaut sie aufmerksam an. Er strahlt. Er preßt die Lippen zusammen. »Mmmm ...«, macht er. Vielleicht.

Der Mähdrescher ist eingetroffen. Er kriecht den ganzen Tag hin und wieder zurück. Ein gelbes, dreschendes Monstrum, das den Weizen frißt. Einen Tag, zwei Tage, dann ist es fort. Das Stroh wird zu Ballen gerollt, und das Feld ist eine neue, nackte Landschaft, eine hingebreitete goldene Fläche Stoppeln, die von den Reifenspuren hierhin und dorthin gebürstet sind. Und überall darauf stehen die Strohwalzen, gepreßte, tadellose Schnecken. Am Tage sehen sie aus wie riesige Garnspindeln, aber bei Nacht verwandeln sie sich. Sie werden geheimnisvoll monolithische Erscheinungen, eine gemeißelte Armee, am Hügelabhang in Stellung gegangen, die aus leeren Gesichtern auf World's End herunterstarrt.

Pauline hat vergessen, daß Harry mittlerweile in London eingetroffen sein muß. Sie ist bestürzt, als Teresa sagt, daß sie am nächsten Morgen früh losfahren wird. Ihre Verwirrung ist deutlich zu sehen. »London«, sagt Teresa. »Harry. Weißt du nicht mehr?«

»Aber selbstverständlich.«

»Wir gehen mit Luke in den Zoo oder irgendwohin.«

Pauline kann sich Harry im Zoo nicht recht vorstellen, weder jetzt noch sonstwann. »Das wird sicher lustig«, sagt sie. »Jedenfalls für Luke.«

»Maurice kommt nicht mit. Es hätte echt keinen Zweck. Es ist allein meine Sache, Harry Luke zu zeigen. Außerdem ist Maurice nicht scharf auf Autofahrten mit Luke.« Teresa stößt ein trockenes kleines Lachen aus. Dieses Lachen erschüttert Pauline – es ist eher ein Schnarren, eine erstickte Explosion. Es zeigt, wie weit Teresa in den letzten paar Wochen gekommen ist. Früher wäre es ihr unmöglich gewesen,

Kritik an Maurice durchblicken zu lassen oder eine Unzulänglichkeit von ihm anzudeuten. Sekundenlang erblickt Pauline flüchtig den Menschen, zu dem Teresa vielleicht in der Atmosphäre von Maurice werden wird: verbittert, zänkisch, in die Falle gegangen.

»Ich sollte dich vielleicht hinfahren«, schlägt Pauline vor.

»Ich mach das schon.« Teresa ist jetzt gereizt. Mitgefühl will sie nicht. Sie will diese Pflicht hinter sich bringen, das ist alles. Pauline spürt wieder eine Andeutung von Gewissensbissen, weil Harry zu einer Pflicht geschrumpft ist. Was für ein Absturz!

»Zum Mittagessen am Freitag bin ich wieder da«, sagt Teresa.

Hugh ruft an. »Hör mal«, sagt er. »Hast du einen Moment Zeit?«

»Natürlich«, sagt Pauline. »Hier hat man abends um halb elf keine dringenden Verabredungen mehr.«

»Ich sitze seit Stunden in meinem Büro, ganz allein, und trinke eine Flasche ungarischen Roten, sonst hätte ich auch vermutlich nicht genügend Courage zusammengekriegt, um das zu sagen. Ich meine ... könntest du ... könntest du dir vorstellen ... mich zu heiraten?«

»Oh.« Pauline ist vollkommen aus dem Konzept. »Ach, Hugh, bist du sicher ... Sieh mal, wir sollten das beide sehr genau bedenken. Ich meine ... wir wollen beide nochmal überlegen ...«

Sie wissen beide sofort, daß sie damit nein sagt.

»War nur so ein Gedanke«, sagt Hugh. »Möglicherweise deplaziert. Na, jedenfalls, überleg mal.« Er beginnt, von einer Buchauktion zu erzählen, bei der er war, und einem exzentrischen dänischen Kunden und einer Ausstellung, die Pauline nicht versäumen darf. Er ist liebenswürdig, guter Dinge, ganz leicht verschwommen vom Wein. Pauline weiß, daß er die Frage der Heirat nie wieder aufwerfen wird, außer wenn man ihn dazu auffordert. Innerlich erschrickt sie über ihren spontanen Widerstand. Aber ich habe recht, denkt sie. Ich weiß es, ich habe recht. Es wäre nichts, jetzt nicht. Und überhaupt nie.

Teresa fährt nach London. Pauline kommt vors Haus, um ihr auf Wiedersehen zu sagen, hält sich aber dabei nicht länger auf. Von ihrem Fenster aus sieht sie Teresa Luke in seinem Kindersitz verstauen. Sie sieht, wie Maurice Teresa einen Koffer hinausträgt. Dann fährt Teresa ab, und Maurice winkt nicht, noch sieht er dem wegfahrenden Wagen nach, sondern geht sofort ins Haus. Wo er vermutlich bis zu ihrer Rückkehr wird bleiben müssen. Heute gehst du mir auf keine Spritztouren, denkt Pauline. Du wirst dich hinsetzen und hinter die Arbeit klemmen müssen. Nichts als das Faxgerät und das Telefon. Außer du läßt es dir einfallen, zu mir zu kommen und mich um meinen Wagen zu bitten.

Heute ist es noch heißer. Pauline findet ihr Arbeitszimmer stickig, selbst bei weit offenen Fenstern. Sie bummelt den halben Vormittag durchs Haus, macht sich kalte Drinks. Sie hat Hugh im Kopf – seine Stimme gestern abend am Telefon, seine Worte. Ob sie ihn gekränkt hat? Ob sie zum *status quo* zurückkehren können? Gewiß doch, denkt sie, gewiß ... Was zwischen ihnen besteht, ist stabil genug, um einer prekären Situation standzuhalten. Sie erwägt, ihn anzurufen, und entschließt sich dann dagegen. Besser alles vorbeigehen lassen, abklingen lassen, Hugh erlauben, seine plötzliche Anwandlung auf den ungarischen Roten zu schieben und die Episode zu begraben.

Sie denkt an Teresa und Luke auf der Autobahn mit einem kleinen Aufzucken der Besorgnis und würde gern feststellen, ob sie gut angekommen sind. Wieder ein Telefonat, das besser unterbleibt.

Mittags trägt sie sich einen Drink in den Garten und sitzt kurze Zeit im Schatten des Apfelbaums. Maurice taucht nicht auf, und im Grunde denkt sie kaum an ihn. Es ist jetzt sehr still in World's End, ohne Lukes Gequietsche und Geplapper, ohne das Gerassel des Mähdreschers. Nur Vogelgezwitscher und gelegentlich das ferne Dröhnen eines Flugzeugs.

Pauline kann im Lauf des Nachmittags einige Arbeit erledigen. Die Sonne steht jetzt nicht mehr auf ihrem Arbeitszimmer, daher ist es kühler, und als sie um ungefähr fünf Uhr beschließt aufzuhören und aus dem Fenster schaut, scheint die Sonne gänzlich verschwunden zu sein. Der Himmel ist stumpf – nicht so sehr bewölkt als vielmehr sonderbar undurchsichtig. Die Luft ist dick und lastend, und von irgendwo weit weg kommt ein langer zitternder Laut. Das Radio hat heute früh verbreitet Gewitter gemeldet. Aber anscheinend verbreiten sie sich anderswo. Sie geht hinunter, macht sich eine Tasse Tee und liest, während sie ihn trinkt. Dann steigt sie die Treppe wieder hinauf, um ein Bad zu nehmen. Sie liegt lange Zeit im Wasser, halb dösend.

Als sie schließlich aus der Wanne steigt, ist der kleine Raum finster, und sie muß Licht machen. Beim Hinausschauen sieht sie, daß hinter dem Hügel eine graue Wand aufgestiegen ist. Der Himmel grollt erneut, diesmal näher.

Die nächsten paar Stunden umrundet das Gewitter das Tal. Einmal zieht es sich sogar ganz zurück, der Himmel klart auf, und es scheint eine wäßrige Sonne. Die Vögel singen lärmend. Pauline kocht sich ein Abendessen, ißt es und beobachtet dabei die langen, von den Strohballen geworfenen Schatten, die wie dunkle Finger über das Stoppelfeld weisen. Dann zerschmelzen die Schatten, der Himmel verdunkelt sich wieder – so sehr, daß schon der Abend zu dämmern scheint, dabei ist es erst sieben Uhr und Sommer. Es ist sehr still, und der Gesang der Vögel, der überlaut durch diese Stille dringt, hat jetzt etwas Irres. Die Luft hat sich wieder verdickt, so sehr, daß man sich bedrückt fühlt, als würde alles zusammengepreßt. Ein aufflammendes Wetterleuchten, ein kurzer Donner. Das wird, denkt Pauline, das größte Gewitter aller Zeiten werden. Sie geht durchs Haus und schließt die Fenster, denn so etwas hat sie in World's End schon einmal erlebt und weiß, was jetzt kommt. Aus irgendeinem Grunde scheint das Tal Gewitter einzufangen. Sie bleiben darüber hängen und produzieren ungeheure Mengen Wasser, das versucht, an ungeschützten Stellen einzudringen. Sie stopft einen Stoß Zeitungen unter die Hintertür.

Der Himmel reißt entzwei, direkt über ihr. Blendendes weißes Licht, dann ein wuchtiger Donnerschlag, der zur Stille vergrollt, in der Pauline den ersten Regen an die Fensterscheiben dreschen hört. Sie bleibt stehen und beobachtet interessiert diesen elementaren Vorgang. Binnen Minuten gießt es derart, daß sie die Umrisse der Strohballen auf dem Feld kaum noch ausmachen kann, und bald sind sie ganz ausgelöscht hinter einem dicken, grauen Regenvorhang, der sich in Hagel verwandelt, in eine weiße, alles verschlingende

Wand. Wetterleuchten, gezackte Blitze, Donnerschläge. Die Küchenlampe flackert.

Pauline geht zum Schrank und nimmt Kerzenhalter und Kerzen heraus. Das ist das nächste Stadium, ebenfalls vertraut. Ländliche Stromversorgung, das kennt sie, ist rührend anfällig für schlechtes Wetter.

Die Zeitungspapierstöße vor der Küchentür sind durchweicht. Sie erneuert sie und geht im ganzen Cottage herum, um Fensterbretter abzuwischen. Jetzt herrscht ein solcher Lärm, daß sie die eigenen Schritte nicht hört. Sie kehrt in dem Moment in die Küche zurück, als das Licht wieder flackert und dann erlischt. Sie zündet Kerzen an, stellt eine auf den Tisch, eine andere auf das Büffet. Der Raum wird zu einer Höhle aus Licht und Dunkelheit, weicher, älter. Pauline setzt sich in den Korbstuhl neben dem Büffet und bewundert diesen Effekt. Das grüne Auge am Kühlschrank ist erloschen, ebenso die glimmenden grünen und roten Digitalzahlen am Kocher und der Mikrowelle. Der Raum ist jetzt sepiabraun wie ein altes Gemälde mit goldenen Lichttümpeln rings um die Kerzen. Das Fenster wird ein leuchtend weißes Rechteck, wenn ein Blitz aufflammt. Die Hagelkörner springen von den Fensterbänken in die Höhe. Wieder kracht der Donner. Pauline bleibt gelassen. Schon andere haben in diesem Raum ein Gewitter ausgesessen, denkt sie, und so ziemlich das Gleiche gesehen.

Eine Tasse Kaffee wäre jetzt hübsch. Sie will aufstehen, da fällt ihr ein, daß das nicht möglich ist. Noch etwas geschieht. Sie hebt den Telefonhörer ab. Tot. Natürlich – auch das ist ein vertrautes Gewitter-Ritual.

Statt der Tasse Kaffee trinkt sie ein Glas Wein und setzt sich damit an die Kerze. Sie liest die Zeitung, beobachtet das überirdische Blenden der Blitze, wartet auf das nächste Donnergrollen. Wieder macht sie im Zimmer die Runde, wischt auf und wirft einen argwöhnischen Blick auf ihre Schlafzimmerdecke, weil sie weiß, daß dort eine Schwachstelle ist. So weit, so gut. Jetzt sind die Blitze allmählich weniger stark, der Donner ferner. Der Regen drischt nicht mehr ganz so wütend herunter. Das Gewitter ist auf dem Rückzug. Aber es besteht wenig Hoffnung, daß der Strom vor morgen früh wiederkommt – das weiß sie aus Erfahrung.

Um halb zehn hat der Regen aufgehört, und der Donner ist meilenweit. Pauline öffnet die Haustür und blickt kurz auf die durchweichte Landschaft, die jetzt schon fast finster ist. Dann räumt sie in der Küche auf, tastend in der ungewissen Beleuchtung, und steigt nach oben, um erneut die Schlafzimmerdecke zu inspizieren, einen Kerzenhalter in der Hand.

Vom Schlafzimmer aus hört sie auf dem Feldweg einen Wagen, er fährt mit aufgeblendeten Scheinwerfern vorüber, und sie ist sekundenlang verdutzt, dann fallen ihr die Hühnerställe ein. Natürlich, da sind, wenn der Strom aussetzt, Notmaßnahmen fällig.

Sie ist im Badezimmer und überprüft dort ebenfalls die Zimmerdecke, die auch schon einmal Wasser durchgelassen hat, da hört sie unten ein Geräusch. Jemand ist durch die unverschlossene Tür eingetreten. Einen Augenblick lang dreht sich ihr der Magen um, dann erst denkt sie an Maurice, den sie bis zu diesem Moment vergessen hat. Und wirklich, als sie auf den Treppenabsatz tritt, ist er da, schon halb die Treppe herauf.

»Du hättest anklopfen sollen«, sagt Pauline. »Ich dachte schon, du bist ein Einbrecher.«

Maurice stolpert und streckt eine Hand aus, um sich zu stützen. Als er anfängt zu reden, merkt Pauline, daß er ziemlich betrunken ist. »Eben ist jemand mit einem Traktor vorbei. Was glaubst du, was er vorhat?«

»Nichts. Sie müssen in den Hühnerställen etwas tun, wenn der Strom ausgefallen ist.«

»Wieso ist das Licht nicht schon wieder an?«

»Gewöhnlich bleibt es stundenlang weg. Hast du Kerzen?« ergänzt sie mechanisch. Sie weiß, daß Teresa einen Vorrat hat, begreiflicherweise weiß Maurice nicht, wo sie sind.

Maurice tut das mit einer Handbewegung ab. Er steht jetzt bei ihr auf dem Treppenabsatz, den Rücken der Treppe zugewandt. Sie ist an der Tür zum Bad. »Komm rüber und trink was. Ich bin mitten bei einer sehr guten Flasche Claret.«

»Ich geh ins Bett«, sagt Pauline. »Und du tätest gut daran, die Decken in den oberen Zimmern zu kontrollieren. Das Dach ist bekanntlich nicht dicht.«

»Pauline«, sagt Maurice, »warum behandelst du mich so abweisend?«

Sie stehen sich auf dem Treppenabsatz gegenüber. Hinter Maurice ist der schwarze Abgrund des engen Treppenhauses. Nur sein Gesicht ist von ihrer Kerze beleuchtet – knochig, verschattet, grinsend.

»Du weißt warum«, sagt sie.

»Ach, komm schon«, sagt Maurice. »Du bist eine erwachsene Frau. Sowas passiert eben – das mußt du doch wissen.«

Sie starrt ihn an.

»Mich kaltzustellen nützt doch nichts. Ich kann nichts

daran ändern. Und du auch nicht. Tut mir leid, aber so ist es.«

Später, viel später weiß sie, wenn sie sich diesen Augenblick zurückzurufen versucht, daß sie eine Bewegung auf ihn zu gemacht hat, von Zorn getrieben. Nie hat sie eine solche Wut gehabt, die von irgendwo tief unten dröhnend heraufstieg. Die ganze Szene ist verzerrt von der Heftigkeit dieser Wut. Sie macht eine Bewegung. Es ist möglich, daß sie etwas gesagt hat, daß sie die Hand gehoben hat. Maurice wankt. Er hat keinen sicheren Stand, vielleicht wegen des Alkohols, vielleicht wegen etwas anderem – er verlagert sein Gewicht auf sein schwaches Bein und tut einen Schritt rückwärts, um das Gleichgewicht wiederzufinden.

Er stürzt kopfüber die steile Stiege hinunter in die kleine Diele. Und später, viel später wird Pauline glauben, sie habe den knackenden Laut gehört, mit dem er sich, gegen die Tür prallend, das Genick brach.

Manche Leute werden in den folgenden Tagen und Wochen über Maurices Tod eine Menge zu sagen haben. Mit Pauline sprechen sie leise, in vertraulichem Ton, ihre Bekannten, Teresas Bekannte. Mit Teresa sprechen sie anders. Da sind sie energisch und realistisch, laden sie ein, sie zu besuchen, ihnen Luke zu bringen aus diesem und jenem Anlaß. Sie möchten, daß Teresa ihre Tage füllt. Pauline gegenüber murmeln sie halblaut, daß es hätte noch schlimmer kommen können, nicht wahr … Ich meine, sagen sie, er könnte auch *nicht* gestorben sein, er hätte überleben können. Aber nach einem solchen Sturz … Das Unausgesprochene bleibt in der Luft hängen. Maurice gelähmt, mit Hirnschaden. Teresa mit dreißig an das Bett eines Dahinvegetierenden gefesselt. Es ist weiß Gott erschütternd und eine Tragödie, sagen sie, aber man kann sich noch Ärgeres vorstellen.

Ja, sagt Pauline, das kann man.

So wie es jetzt ist, sagen sie, kann sie – wenn, ja wenn sie erst darüber hinweg ist, ein neues Leben anfangen.

Ja, sagt Pauline, ja, das kann sie.

Und Luke, der hatte ja kaum Zeit, ihn kennenzulernen. Ich meine, der wird sich kaum an ihn erinnern.

Nein, sagt Pauline. Das wird er nicht.

Aber es ist fürchterlich, sagen sie. Unglaublich. Aus heiterem Himmel, einfach so. Und ausgerechnet Maurice.

Hugh sagt: »Verkauf das Ding.«

»Tu ich wahrscheinlich auch«, sagt Pauline.

»Und zieh um Gotteswillen wieder nach London, jetzt wo die gerichtliche Untersuchung vorbei ist. Pack deine Siebensachen und komm.«

»Ja«, sagt sie. »Ja, ich glaube, das tue ich.« Und erst jetzt erzählt sie ihm von diesem Sommer in World's End.

Chaundys Faktotum sagt: »So ein Arsch.« Er steht im Eingang zum Cottage und besieht sich die Stiege, als der Krankenwagen wieder weg ist. Er ist dageblieben, weil er findet, daß Pauline jetzt nicht allein bleiben sollte nach allem, was passiert ist und sie den Hügel heraufgefahren kam, um Hilfe zu holen bei wem auch immer in den Hühnerställen. »So ein Arsch«, sagt er, und einen verwirrten Moment lang glaubt Pauline, er meint Maurice, aber er meint natürlich die Stiege. »Mein Tantchen ist auch mal kopfüber runtergekommen«, fährt er fort, »aber nicht so schlimm.« Es erweist sich, daß Verwandte von ihm vor langer Zeit hier gewohnt haben. »Verdammte alte Kiste«, sagt Chaundys Faktotum. »Mein Tantchen war froh, sie los zu sein und ins Dorf zu ziehen. Jetzt ist das natürlich was anderes«, setzt er hastig hinzu.

Harry sagt: »Ich ruf nur an, um zu sagen ... Wenn ich irgendwas tun kann, irgendwas ... Ich hab schon zu Teresa gesagt, ich hoffe, daß sie vielleicht für eine Weile nach L. A. kommt. Später dann. Um mal etwas Abwechslung zu haben.«

»Das wäre vielleicht keine schlechte Idee«, sagt Pauline. »Später.«

»Was für ein entsetzliches Ereignis«, sagt Harry. »Man ist wie vor den Kopf geschlagen. Ich meine, man denkt nach ...« Pauline begreift, was Harry sagen will, daß Maurices Tod ihn dazu getrieben hat, über die eigene Sterblichkeit nachzudenken. »Ich wollte, ich hätte Gelegenheit gehabt, ihn näher kennenzulernen«, fährt er fort. »Wir sind uns nur einmal begegnet. Wie, glaubst du, geht es Teresa jetzt? Ich habe letzte Woche mit ihr telefoniert und fand sie – na ja, ziemlich gefaßt, wenn man bedenkt ... Kommt sie zurecht, glaubst du?«

»Ich weiß es nicht«, sagt Pauline. »Ich hoffe es.«

Harry schweigt kurz. »Wenn du dich entschließen könntest, sie nach L. A. zu begleiten, wäre mir das ein sehr lieber Gedanke.«

»Ich glaube nicht, daß ich das schaffe«, sagt Pauline. »Aber vielen Dank für die Einladung.«

James Saltash sagt wenig. Er steht mit Pauline in Maurices Arbeitszimmer in World's End, wohin er gekommen ist, um Maurices Manuskript und seine Notizen durchzugehen und das Wichtigste mitzunehmen.

»Wir können es bringen«, sagt er. »Er ist bei der Durchsicht weit genug gewesen, daß ich es fertigmachen kann. Das brächte ja dann auch Geld für Teresa.« Er nimmt Papiere auf und legt sie wieder hin. Die schwarze Haarsträhne fällt ihm in die Stirn. Noch immer ist er schlaksig wie ein junger Hund, aber jetzt wie ein junger Hund, der Schlimmes erlebt hat und auf der Hut ist. Er sieht Pauline kaum an. »Sagen Sie bitte Teresa schöne Grüße?«

»Ja, natürlich.«

»Übrigens – was ich noch sagen wollte: Carol und ich haben uns getrennt.«

»Aha«, sagt Pauline. »Ich verstehe.«

Und James Saltash ist ersichtlich zu stark eingesponnen in seine eigene Maläse, um darin eine Neutralität zu bemerken, die man als mangelndes Mitgefühl auslegen könnte. Er nimmt immer noch Hände voller Papier auf und legt sie wieder hin. »Jedenfalls«, sagt er, »mache ich hier weiter. Kümmern Sie sich gar nicht um mich. Ich bin sicher, Sie haben viel zu tun.« Er spricht nicht über Maurice. Maurice ist in seinem Buch zusammengefaßt. Er ist zu einer beruflichen Verpflichtung geworden.

Am wenigsten von allen sagt Teresa. Als sie aus der grauen Stille des Schocks wieder hervortritt, nimmt sie eine neue Verschlossenheit an: Sie spricht über alles und jedes außer über Maurice. Ihre Freundinnen machen sich deswegen Sorgen. Meinen Sie nicht, daß ihr das schadet? sagen sie zu Pauline. Sollte sie sich nicht … erinnern? Sollte sie sich nicht alles vom Herzen reden? Glauben Sie, sie unterdrückt das alles? sagen sie.

Zu Pauline sagt Teresa: »Ich weiß nicht, was passiert ist, und ich will es nicht wissen.« Sie starren einander an. Die Worte hängen einen Augenblick lang in der Luft. Danach und später ist es, als seien sie nie ausgesprochen worden.

Penelope Lively im dtv

»Penelope Lively ist Expertin darin, Dinge von zeitloser Gültigkeit in Worte zu fassen.«
New York Times Book Review

Moon Tiger
Roman · dtv 12380
Das Leben der Claudia Hampton wird bestimmt von der Rivalität mit ihrem Bruder, von der eigenartigen Beziehung zum Vater ihrer Tochter und jenem tragischen Zwischenfall in der Wüste, der schon mehr als vierzig Jahre zurückliegt...

Klcopatras Schwester
Roman · dtv 11918
Eine Gruppe von Reisenden gerät in die Gewalt eines größenwahnsinnigen Machthabers. Dabei entwickelt sich eine ganz besondere Liebesgeschichte...

London im Kopf
dtv 11981
Der Architekt Matthew Halland, Vater einer Tochter, geschieden, arbeitet an einem ehrgeizigen Bauprojekt in den Londoner Docklands. Während der Komplex aus Glas und Stahl in die Höhe wächst, wird die Vergangenheit der Stadt für ihn lebendig.

Ein Schritt vom Wege
Roman · dtv 12156
Annes Leben verläuft in ruhigen, geordneten Bahnen. Als ihr Vater langsam sein Gedächtnis verliert und sie seine Papiere ordnet, erfährt sie Dinge über sein Leben, die sie tief erschüttern. Dann lernt sie einen Mann kennen, dem sie sich ganz nah fühlt...

Der wilde Garten
Roman · dtv 12336
Die Geschwister Helen und Edward leben in einem großen Haus mit wildem Garten. Nach dem Tod ihrer Mutter gerät das Leben der Geschwister – beide unverheiratet und Anfang Fünfzig – plötzlich in Bewegung.

Hinter dem Weizenfeld
Roman · dtv 12515
Ein Roman von Müttern und Töchtern, Untreue und Eifersucht, Selbstbetrug und Solidarität.

Nina Bawden im dtv

»Kaum jemand kann weibliche Lebenssituationen sensibler darstellen als Nina Bawden.«
The Times Literary Supplement

Ein Haus mit Garten
Roman · dtv 24103
Fanny Pye stellt sich auf der Straße einer Gruppe von Gewalttätern in den Weg. Sie erwacht im Krankenhaus, und ihr Leben verändert sich auf eine Weise, die ihre Familie einigermaßen in Bestürzung versetzt.

Besuch bei Freunden
Roman · dtv 11635
Laura ist glücklich verheiratet und eine erfolgreiche Schriftstellerin. Doch da sind diese Alpträume, in denen das Haus über ihr zusammenbricht...

Eine Frau in meinen Jahren
Roman · dtv 11726
Eine Urlaubsreise nach Marokko wird für Elizabeth Anlaß, den eigenen Lebenslügen nachzuspüren.

Das Eishaus
Roman · dtv 11775
Ruth und Daisy sind Freundinnen fürs Leben. Die Entdeckung, daß ihr Mann eine Affäre hat, bringt Ruth jedoch völlig aus dem Gleichgewicht.

Kunst der Täuschung
Roman · dtv 11908
Ein Mann, zwei Frauen, Kinder. Er verdient sein Geld mit dem Kopieren alter Meister. Täuschung ist sein Lebenselement. Doch manchmal täuscht er sich auch selbst.

Ein Flamingo im Regen
Kriminalroman
dtv 12314
Ein Mädchen wird tot aus der Themse gefischt. In ihrer Tasche findet man Briefe, die den Schuldirektor Humphrey schwer belasten.

Margriet de Moor im dtv

»Ich möchte meinen Leser genau in diesen zweideutigen Zustand versetzen, in dem die Gesetze der Wirklichkeit aufgehoben sind.«
Margriet de Moor

Erst grau dann weiß dann blau
Roman · dtv 12073

Eines Tages ist sie verschwunden, einfach fort. Ohne Ankündigung verläßt Magda ihr angenehmes Leben, die Villa am Meer, den kultivierten Ehemann. Und ebenso plötzlich ist sie wieder da. Über die Zeit ihrer Abwesenheit verliert sie kein Wort. Die stummen Fragen ihres Mannes beantwortet sie nicht.

Der Virtuose
Roman · dtv 12330

Neapel zu Beginn des 18. Jahrhunderts – die Stadt des Belcanto zieht die junge Contessa Carlotta magisch an. In der Opernloge gibt sie sich, aller Erdenschwere entrückt, einer zauberischen Stimme hin: Es ist die Stimme Gasparo Contis, eines faszinierend schönen Kastraten. Carlotta verführt den in der Liebe Unerfahrenen nach allen Regeln der Kunst.

Rückenansicht
Erzählungen · dtv 11743

Doppelporträt
Drei Novellen · dtv 11922

»De Moor erzählt auf unerhört gekonnte Weise. Ihr gelingen die zwei, drei leicht hingesetzten Striche, die eine Figur unverkennbar machen. Und sie hat das Gespür für das Offene, das Rätsel, das jede Erzählung behalten muß, von dem man aber nie sagen kann, wie groß es eigentlich sein soll und darf.«
Christoph Siemes in der ›Zeit‹

Angelika Schrobsdorff im dtv

»Die Schrobsdorff hat ihr Leben lang nur wahre Sätze geschrieben.«
Johannes Mario Simmel

Die Reise nach Sofia
dtv 10539
Sofia und Paris – ein Bild zweier Welten: Beobachtungen über Konsum und Liebe, Freiheit und Glück in Ost und West.

Die Herren
Roman
dtv 10894
Ein psychologisch-erotischer Roman, dessen Erstveröffentlichung 1961 als skandalös empfunden wurde.

Jerusalem war immer eine schwere Adresse
dtv 11442
Ein Bericht über den Aufstand der Palästinenser, ein sehr persönliches, menschliches Zeugnis für Versöhnung und Toleranz.

Der Geliebte
Roman
dtv 11546

Der schöne Mann und andere Erzählungen
dtv 11637

Die kurze Stunde zwischen Tag und Nacht
Roman
dtv 11697
Jerusalem – Paris – München: Städte, mit denen die Erzählerin schicksalhaft verbunden ist.

»Du bist nicht so wie andre Mütter«
Die Geschichte einer leidenschaftlichen Frau
dtv 11916

Spuren
Roman
dtv 11951
Ein Tag aus dem Leben einer jungen Frau, die mit ihrem achtjährigen Sohn in München lebt.

Jericho
Eine Liebesgeschichte
dtv 12317

Grandhotel Bulgaria
Heimkehr in die Vergangenheit
dtv 24115
Eine Reise nach Sofia heute.

Isabella Nadolny im dtv

»Isabella Nadolny ist eine Moralistin der Lebensweisheit, eine Herzdame der Literatur.«
Albert von Schirnding

Ein Baum wächst übers Dach
Roman · dtv 1531 und dtv großdruck 25058
Ein Sommerhaus an einem der oberbayrischen Seen zu besitzen – wer würde nicht davon träumen? Für die Familie der jungen Isabella wurde dieser Traum in den dreißiger Jahren wahr. Doch wer hätte zum Zeitpunkt der Planung und des Baus daran gedacht, daß dieses kleine Holzhäuschen eines Tages eine schicksalhafte Rolle im Leben seiner Besitzer spielen würde?

Seehamer Tagebuch
dtv 1665 und dtv großdruck 2580

Vergangen wie ein Rauch
Geschichte einer Familie
dtv 10133
Als einfacher Handwerker aus dem Rheinland ist er einst zu Fuß nach Rußland gewandert und hat es dort zum Tuchfabrikanten gebracht, in dessen Haus Großfürsten und Handelsherren, der deutsche Kaiser und der russische Zar zu Gast waren: Napoleon Peltzer, der Urgroßvater des Kindes, das ahnungslos die Porträts und Fotografien betrachtet, die in der Wohnung in München hängen.

Providence und zurück
Roman
dtv 11392
»Zuhause ist kein Ort, zuhause ist ein Mensch, sagt der Spruch, und es ist wahr. Hier in diesem Sommerhaus war kein Zuhause mehr seit Michaels Tod…« In ihrer Verzweiflung über den plötzlichen Tod ihres Mannes folgt Isabella Nadolny einer Einladung in die Staaten. Von New York über Boston bis Florida führt sie diese Reise zurück zu sich selbst.

Durch fremde Fenster
Bilder und Begegnungen
dtv großdruck 25118

Joyce Carol Oates im dtv

»Mit dem Schreiben sei es wie mit dem Klavierspiel, hat Joyce Carol Oates einmal gesagt. Man müsse üben, üben, üben. Die Oates muß nicht mehr üben. Sie ist bereits eine Meisterin.«

Petra Pluwatsch, ›Kölner Stadtanzeiger‹

Grenzüberschreitungen
Erzählungen · dtv 1643

Lieben, verlieren, lieben
Erzählungen · dtv 10032

Bellefleur
Roman · dtv 10473
Eine Familiensaga wird zum amerikanischen Mythos.

Engel des Lichts
Roman · dtv 10741
Eine Familie in Washington zwischen Politik und Verbrechen.

Unheilige Liebe
Roman · dtv 10840
Liebe, Haß und Heuchelei auf dem Campus einer exklusiven Privatuniversität.

Die Schwestern von Bloodsmoor
Ein romantischer Roman
dtv 12244

Das Mittwochskind
Erzählungen · dtv 11501

Das Rad der Liebe
Erzählungen · dtv 11539

Im Zeichen der Sonnenwende
Roman · dtv 11703
Aus der Nähe zwischen zwei Frauen wird zerstörerische Abhängigkeit.

Die unsichtbaren Narben
Roman · dtv 12051
Enid ist erst fünfzehn, als ihre *amour fou* mit einem Boxchampion beginnt...

Schwarzes Wasser
Roman · dtv 12075
Eine Nacht mit dem Senator: den nächsten Morgen wird Kelly nicht erleben...

Marya – Ein Leben
Roman · dtv 12210
Maryas Kindheit war ein Alptraum. Dieser Welt will und muß sie entkommen.

Amerikanische Begierden
Roman · dtv 12273
Der Collegeprofessor Ian soll seine Frau ermordet haben. Wegen einer anderen...

Christa Wolf im dtv

»Grelle Töne sind Christa Wolfs Sache nie gewesen; nicht als Autorin, nicht als Zeitgenossin hat sie je zur Lautstärke geneigt, und doch hat sie nie Zweifel an ihrer Haltung gelassen.«
Heinrich Böll

Der geteilte Himmel
Erzählung
dtv 915

Nachdenken über Christa T.
dtv 11834

Kassandra
Erzählung · dtv 11870

Voraussetzungen einer Erzählung: Kassandra
Frankfurter Poetik-Vorlesungen
dtv 11871

Kindheitsmuster
Roman · dtv 11927

Kein Ort. Nirgends
dtv 11928
Fiktive Begegnung zwischen Karoline von Günderrode und Heinrich von Kleist.

Was bleibt
Erzählung · dtv 11929

Störfall
Nachrichten eines Tages
dtv 11930

Im Dialog
dtv 11932

Sommerstück
dtv 12003

Unter den Linden
Erzählung
dtv 12066

Gesammelte Erzählungen
dtv 12099

Auf dem Weg nach Tabou
Texte 1990–1994
dtv 12181

Medea. Stimmen
Roman
dtv 12444

Die Dimension des Autors
Essays und Aufsätze, Reden und Gespräche 1959–1985
SL 61891

Christa Wolf/Gerhard Wolf:
Till Eulenspiegel
dtv 11931